瀛奎律髓彙評

〔元〕方回　選評
李慶甲　集評校點

四

上海古籍出版社

瀛奎律髓彙評卷之二十七　着題類

着題詩，即六義之所謂賦而有比焉，極天下之最難。石曼卿紅梅詩有曰：「認桃無緑葉，辨杏有青枝。」不爲東坡所取，故曰：「題詩必此詩，定知非詩人。」然不切題，又落汗漫。今除梅花、雪、月、晴雨爲專類外，凡雜賦體物肖形，語意精到者，選諸此。

馮舒：「賦而有比」，四字盡矣。東坡云：「題詩必此詩，定知非詩人。」二語妙極，然坡詩未始非着題也。

馮班：詩緣情而綺靡，賦體物而瀏亮。全作體物語而無託興，非詩人語也。然宋人以後不得廢着題詩矣，少作可也，如老杜咏物乃爲最佳。唐人只賦意，便自生動；宋人黏滯，所以不及。〇方君云：「體物肖形，語意精到。」宋人詩好煞，只得此八字，唐人玄遠處未夢見。

紀昀：「賦而有比」，此語是。〇「題詩必此詩，定知非詩人。」此論亦是。

五言 三十首

房兵曹胡馬

杜工部

胡馬大宛名，鋒稜瘦骨成。竹批雙耳峻，風入四蹄輕。所向無空闊，真堪託死生。驍騰有如此，萬里可横行。

方回：自漢天馬歌以來，至李、杜集中諸馬詩始皆超絶，蘇、黄及張文潛畫馬詩亦然，他人集所無也。學者宜自撿觀。此但選五言律之一耳。

馮舒：落句似複。

馮班：力能扛鼎，勢可拔山。

何義門：第五，馬之力。第六，馬之德。

紀昀：後四句撇手遊行，不跼於題，妙。仍是題所應有，如此乃可以咏物。

無名氏(甲)：凡經少陵刻畫，便成典故，堪與史、漢並傳。

無名氏(乙)：「竹批」句小巧，對得飄忽；五、六便覺神旺氣高。

許印芳：「宛」，平聲。

畫鷹

素練風霜起，蒼鷹畫作殊。攫身思狡兔，側目似愁胡。絛鏇光堪擿，軒楹勢可呼。何當擊凡鳥，毛血灑平蕪。「攫」，苟勇切，猶竦身也。鷹出於岱北〔一〕，胡地也。「絛鏇」，圓轆轤也，所畫絆鷹之絛。「鏇」，徐釧切，光而堪擿取也。

紀昀：解四句謬。

方回：此詠畫鷹，極其飛動。「攫身」「側目」一聯已曲盡其妙。「堪擿」「可呼」一聯，又足見爲畫而非真。王介甫虎圖行亦出於此耳。「目光夾鏡當坐隅」，即第五句也。「此物安可來庭除」，即第六句也。「何當擊凡鳥，毛血灑平蕪。」子美胸中憤世疾邪，又以寓見深意。謂焉得烈士有如真鷹，能搏掃庸繆之流也。蓋亦以譏夫貌之似而無能爲者也。詩至此神矣。

紀昀：虚谷云「蓋亦以譏夫貌之似而無能爲者也」，無此意。

馮班：如此詠物，後人何處效顰？山谷瑣碎作新語，去之千里。○唐人只賦意，所以生動。宋人黏滯，所以不及。

陸貽典：咏物只賦大意，自然生動，晚唐便傷於纖巧。

查慎行：全篇多用虚字寫出畫意。

何義門：落句反醒畫字，兜裹超脱。

紀昀：起筆有神，所謂頂上圓光。五、六清出是畫，「何當」二字乃有根。

無名氏（乙）：極動宕之致，到底不離「畫」字。

許印芳：凡寫畫景，以真景伴説乃佳。此詩首聯説畫，次聯説真，三聯承首聯，尾聯承次聯，其歸宿在真景上，可悟題畫之法。惟第七句「凡鳥」當作「妖鳥」，老杜下字尚有未穩處。詩蓋作於中年，若老年則所謂「晚節漸於詩律細」，無此疵纇矣。

孤雁

孤雁不飲啄，飛鳴聲念羣。誰憐一片影，相失萬重雲。望盡似猶見，哀多如更聞。野鴉無意緒，鳴噪自紛紛。

方回：唐末有鮑當爲孤雁詩，因謂之「鮑孤雁」，亦未能逮此。

馮舒：詩中所應有，無所不有，詩中周、孔也。

查慎行：次聯筆意空闊。

李天生：着意寫「孤」字，直探其微，而無一筆落呆。

何義門：五、六遥遥一雁在前，又隱隱一羣在後，虚摹「孤」字入神。○亦自喻差池流落，遠去王室也。

紀昀：前半就孤雁意中寫，三、四自然。後半就咏孤雁者意中寫，不着一分裝點。結稍露骨；託之咏物，尚不甚礙耳。

許印芳：全詩主意在第二句。三、四固佳，五、六尤沈刻。世人但知學三、四之自然，往往流爲浮滑淺率，正宜學五、六以救之。結句「野鴉」襯「雁」，「紛紛」襯「孤」。題字無一落空，此法律謹嚴處。○「鳴」字複。

螢火

幸因腐草出，敢近太陽飛？未足臨書卷，時能點客衣。隨風隔幔小，帶雨傍林微。十月清霜重，飄零何處歸。

方回：老杜詩集大成，於「着題詩」無不警策。說者謂此詩「腐草」「太陽」之句以譏李輔國。凡評詩，政不當如此刻切拘泥。言之者無罪，聞之者足以戒。大丈夫耿耿者，不當爲螢爝微光，於此自無相關。世之僅明忽晦不常者，又豈一輔國？則見此詩而自愧矣。學者觀大指可也。

馮班：此評在是非之間。用事之法，取材宜清，用意宜切，湊合宜瞻，言盡而意有餘。如詩人用鳥獸草木爲比興者，上也；直用古事，言切理舉者次也；鍜煉華詞，以助文章者下也。詞繁意寡則昏睡耳目，學「西崑」者往往有此病。至「江西」之文，欲用新事而意爲事使，冗碎乖僻，取材欠清，讀之使人不喜。然山谷文有力，氣勢勁折，固是高手。後山五言詩，則杜詩之面也，最不可學。

查慎行：詩家賦物，毋論大小妍醜，必有比況寄託。即以擬人，亦未爲失倫。如良馬以比君子，青蠅以喻讒人，如此者不一而足。必欲取一事一人以實之，隘矣。此評能見大意，學者可以類推。

紀昀：此真通人之論。○虚谷云：「大丈夫耿耿者，不當爲螢爝微光，於此自無相關。世之僅明忽晦不常者，又豈一輔國，則見此詩而自愧矣。」此數句語意皆不了了，删去直接「學者」句，則善矣。

許印芳：大家之詩，必非無爲而作，小小詠物，亦有寓意。詳味此詩語意，確係譏刺小人，但不可指實其人耳。若一指實，必有穿鑿附會之病。且一直道破，味同嚼蠟。虚谷但觀大指之説最當。

何義門：句句妙。刺詩仍帶閔惜，故味長。

紀昀：螢不晝飛，「敢」者豈敢也。末句似自寓飄零之感。

許印芳：末二語指小人積惡滅身言。措詞和婉，有哀憐意，有警醒意，是真詩人之筆。曉嵐解爲「自寓飄零之感」，與全詩語意不合，未可從也。

許印芳：以上四詩皆詠物體，故方氏選入「着題類」。學者當於傳神寫意處細心體會，又當觀其筆法變化各出機杼之妙。即一起筆點題，有順有逆，有明有暗。順與明常法也，可以常用；逆與暗變法也，可以參用。總之無一定之法，在學者善自領悟耳。

嚴鄭公同詠竹得香字

緑竹半含籜，新梢纔出牆。色侵書帙晚，陰過酒樽涼。雨洗涓涓浄，風吹細細香。但令無剪伐，會見拂雲長。

方回：疑者謂「細細香」非所以題竹。於新竹含籜時審之，老杜非過許也，竹林自有一種奇氣。

紀昀：「奇」字不妥，當改「清」字。

何義門：「晚」字、「涼」字妙。

紀昀：此首平庸。時在嚴幕下，故末二句借以託意。

柳邊

只道梅花發，那知柳亦新。枝枝總到地，葉葉自開春。紫燕時翻翼，黄鸝不露身。漢南應老盡，灞上遠愁人。

方回：前輩最喜「葉葉自開春」，其實十字俱精。「漢南」，老「樹〔一〕猶如此，我何以堪」事。「灞上」，借以指亞夫細柳營也。意極悽婉。老杜着題之佳者不一，如薤云：「束比青芻色，圓齊玉筋頭。」如鸚鵡云：「翠衿渾短盡，紅嘴漫多知。」如黄魚云：「脂膏兼飼犬，長大不容身。」如歸雁云：「雲裏相呼疾，沙邊自宿稀。」又云：「是物關兵氣，何時免客愁？」皆工而有味。

馮舒：落句是六朝舊法，正用細柳事，非借也。乃知虚谷全不曉古來用事法。

紀昀：此灞上自指灞橋送行，有云借用細柳，馮云不借，俱誤也。○「枝枝」句豈可云精？○忽拈此數聯，又皆不佳，不可解。

馮班：似庾信。妙在起句。○解此落句，否。齊、梁體格也。陳無己多如此，便不佳。

紀昀：此首拙鄙，勿以杜而爲之辭。

病蟬

賈島

病蟬飛不得，向我掌中行。折翼猶能薄，酸吟尚極清。露華凝在腹，塵點誤侵睛。黄雀并鳶鳥，俱懷害爾情。

方回：賈浪仙詩得老杜之瘦而用意苦矣。蟬有何病？殆偶見之，託物寄情，喻寒士之不遇也。中四句極其奇澀，而「塵點誤侵睛」，尤亘古詩人所未道，故曰浪仙用意苦矣。

馮班：此有所刺也。

紀昀：虛谷云：「賈浪仙詩得老杜之瘦而用意苦矣。」此解確。又云：「中四句極其奇澀。」未嘗澀。

馮舒：鎪雕如鬼工。○「四靈」腹聯之外，便無餘力，不得長江一支也。

查慎行：第三句費解。○結有防微遠患之戒。

紀昀：次句領下四句，惟在「掌中」，故得細看、細寫。四句極刻畫而自然，不得目以奇澀。

別鶴

雙鶴出雲溪，分飛各自迷。空巢在松頂，折羽落江泥。尋水終不飲，逢林亦未棲。別離應易老，萬里兩淒淒。

方回：此寓言，似寫離別者之苦。

紀昀：此殊凡近，五、六尤不佳。

古樹

古樹枝柯少，枯來復幾春。露根堪繫馬，空腹定藏人。蠹節莓苔老，燒根霹靂新。若當江浦上，行客祭爲神。

方回：一古樹耳，模寫至此。妙甚。尾句尤佳。

馮班：腹聯勝頷聯。

陸貽典：此詩甚有才氣。

紀昀：語皆平平。三句本枯樹賦，末二句託意亦淺。

賦得古原草送别

白樂天

離離原上草，一歲一枯榮。野火燒不盡，春風吹又生。遠芳侵古道，晴翠接荒城。又送王孫去，萋萋滿别情。

方回：「春風吹又生」一聯，樂天妙年以此見知於顧況。

馮舒：逋翁真巨眼。

查慎行：人但知三、四之佳，不知先有「一歲一枯榮」句緊接上，方更精神。試置之他處，當亦索然。

紀昀：此猶是未放筆時，後乃愈老愈頽唐矣。

許印芳：「又」字複。○白居易，字樂天，自號香山居士。太原人。官少傅，封馮翊縣侯，謚曰文。

賦得邊城角

邊角兩三枝，霜天隴上兒。望鄉相並立，向月一時吹。戰馬頭皆舉，征人首盡垂。嗚嗚三奏罷，城上展旌旗。

方回：尾句無力，三、四好，第五句尤好。

紀昀：五、六俚陋至極。

孤雁

崔塗

幾行歸塞盡，念爾獨何之。暮雨相呼疾，寒塘欲下遲。渚雲低暗度，關月冷相隨〔三〕。未必逢矰繳，孤飛自可疑。

方回：老杜云：「誰憐一片影，相失萬重雲。」此云：「暮雨相呼疾，寒塘欲下遲。」亦有味，而不及老杜之萬鈞力也。爲江湖孤客者，當以此尾句觀之。

何義門：「念」字貫注到落句。

查慎行：結意更深。

紀昀：「相呼」則不孤矣，三句有病。「寒塘」句不言孤而是孤，不言雁而是雁，此爲句外傳神。

「渚雲」二句反襯出「孤」字。結處展過一步，曲折深至，語切境真，寓情無限。

許印芳：孤雁乃失偶之雁，而未嘗無羣，「相呼」者呼其羣也。曉嵐訾之，非是。○「相」字複。

杜中丞書院新移小竹

王　建

此地本無竹，遠從山寺移。經年求養法，隔日記澆時。嫩緑長新葉，殘黄收故枝。色經寒不動，聲與静相宜。愛護出常數，稀稠看自知。貧家緣未有，客散獨行遲。

方回：所點兩聯甚佳。

紀昀：所點皆是小様範，「色經」句尤拙，不但不佳也。

馮舒：全篇好。

何義門：七句反映到中丞。

紀昀：卑弱之甚。○八句佳，九、十兩句俚。

燕

梅聖俞

涎涎雙來〔四〕鷰，飛飛自舞空。輕如漢家后，斜避楚臺風。半折撩沙嘴，相高接草蟲。向人全不畏，切莫入吴宫。

方回：「輕如漢家后」，直用飛燕事，「斜避楚臺風」，本非燕事，而用之有情味。

紀昀：此評好。此與朱子九日詩「短髮無多休落帽，長風不斷且吹衣」同一筆妙。

馮班：如此宋詩亦難辨。〇第三常句也，得第四句直下方好。

紀昀：意致自佳。三句太犯義山「輕於趙皇后」句。五、六摹寫入細，不可移掇別鳥。吴宫燕事出太白詩，馮氏抹之未是。「漢」「楚」「吴」連用亦雜。

蠅

乘炎出何許，人意以微看。怒劍休追逐，凝屏謾指彈。與蚊争一作「更」。晝夜，共蜜上杯盤。自有堅冰在，能令畏不難。

方回：此當與老杜螢詩相表裏玩味。

紀昀：語皆拙鄙，聖俞何一謬至此？虚谷以擬老杜，是何言歟！

馮班：如此絶過黄、陳也。

無名氏（甲）：王藍田怒蒼蠅，拔劍擊之。曹不興畫蒼蠅，孫權疑其真，以指彈之。

挑燈杖

油燈方照夜，此物用能行。焦首終無悔，横身爲發明。盡心常欲曉，委地始知輕。若比飄飄梗，何邀世上名。

方回：此借以咏忠臣義士之敢諫者。宛陵集第四十八卷如此着題詩蠅、蛙、蚊、犬之類一十七首，取其二云。

紀昀：「油燈」二字俚，次句腐，三句太質，四句太拙，五句太晦，末句更不醒豁。

竹𤥨環

魏仲先

誰製破筠根，還同一氣分。吉凶終在我，翻覆謾勞君。酒欲祈先酹，香因擲更焚。吾嘗學丘禱，嬾把祝云云。

方回：可與梅聖俞挑燈杖作一對看。「我」者，自謂吉凶由己也。「君」者，謂𤥨環，徒勞汝翻覆也。亦譬夫君子守正，豈聽他人翻覆乎？結句只用「丘禱」事以證之。

紀昀：此何用注？

紀昀：有作意而太淺，根柢薄也。○三、四雖有腐意，而尚爲清切。結尤迂腐。

和答錢穆父咏猩猩毛筆

黄山谷

愛酒醉魂在，能言機事疏。平生幾兩屐，身後五車書。物色看王會，勳勞在石渠。拔毛能濟世，端爲謝楊朱。

方回：用事所出，詳見任淵注本。此詩所以妙者，「平生」「身後」「幾兩屐」「五車書」，自是四箇出處，於猩猩毛筆何干涉？乃善能融化斡排至此。末句用「拔毛」事，後之學詩者，不知此機訣不能入三昧也。山谷更有兩絶句，亦可喜。

紀昀：此説精妙。

馮舒：如此用事，黏皮帶骨之極矣。且題是「筆」，起二句如何只説「猩猩」，至第四句方出「筆」耶？況既以爲筆，則凡書皆可寫，又何止「五車」耶？此等俱逗漏之極，必以爲佳，我所不解。東坡云：「作詩必此詩，定知非詩人。」正爲此等下鍼也。「江西派」詩多用新事而不得古人繩尺，冗碎疎濁，襯貼不穩，剪裁脱漏。值其乖繆，便似不解捉筆者，更不及「崑體」宛約細潤。

馮班：此「江西」法也。彼法中佳作也。第四句方見「筆」，何也？「江西」體須如此。〇古人用事，意在詞中，即詩人比興之變也。此作黏滯割裂，殊無古人法。用事如此，真文章一大厄。

紀昀：先從「猩猩」引入，然後轉入「筆」字，題徑甚窄，不得不如此展步。馮氏譏其次句不入「筆」字，竟是不知艱苦語。

查慎行：三、四屬物耶？屬人耶？終覺去題太遠。使老杜爲之，必别有斡排之法。

張載華：王漁洋先生分甘餘話論此詩三、四兩句云：「超脱而精切，一字不可移易。」先兄含广所纂帶經堂詩話於附識中采録先生此條評語，持論極爲精當。蓋詠物，詩家最難，妙在不即不離。若去題太遠，恐初學從此入手，未免艱澀費解。先生晚年點閲律髓，「老去漸於詩律細」，所以指示來學者，用意深矣。

何義門：結句真惡道矣。前半兩兩相承，議其第四方出「筆」，却非也。巧而不穩。

紀昀：點化甚妙，筆有化工，可爲咏物用事之法。〇三、四可以增人智慧，五句却太寬，結微近纖，然小題不甚避此。

許印芳：「在」、「能」字複。「朱」押通韻。〇黄庭堅，字魯直，號山谷，又號涪翁。謚文節。

見諸人倡和酴醾詩次韻戲詠

梅殘紅藥遲，此物共春歸。名字因壺酒，風流付枕幃。墜鈿香徑草，飄雪浄垣衣。玉氣晴虹發，沉材鋸屑霏。直知多不厭，何忍摘令稀。常恨金沙學，顰時政可揮。

方回：「名字」、「風流」一聯，盡酴醾之妙。此本唐書〔五〕酒名，世以花似酒之色，故得名，而亦爲枕囊幃者也。山谷學老杜爲詩。「直知多不厭，何忍摘令稀」，此句殆謂賢者在朝，愈多愈美，而忍於驅逐，使之漸少乎？蓋元祐二年四月詩，必有所指。末句引金沙而鄙其效顰，則嫉惡之意尤甚，即老杜孤雁末句，乃云「野鴉無意緒」，一格也。○此詩孔文仲首倡，予有清江三孔集，偶未及撿。蘇子由所和，欒城集有云：「光凝真照夜，枝軟或牽衣。」上一句佳。

紀昀：虛谷云「上一句佳」，凡白花詩皆可用，未見其佳。

查慎行：酴醾見於詩者，即今俗稱木香花。

紀昀：「玉氣」二句俗格。結句不佳。

和師厚接花

妙手從心得，接花如有神。根株穰下土，顏色洛陽春。雍也本犂子，仲由元鄙人。升堂與入室，只在一揮斤。

方回：山谷最善用事，以孔門變化雍、由譬接花，而繳以莊子揮斤語，此「江西」奇處。如歲寒知松柏用彝字韻，山谷曰：「鄭公扶正觀，已不見封彝。」東坡亦和，終不及山谷之工也。曾文清、陸放翁、楊誠齋皆得此法。

馮班：山谷最不善用事。

查慎行：山谷曰：「鄭公扶正觀，已不見封彛。」此真歲寒松柏。

紀昀：腐陋至極。二馮痛詆「江西」，此種實有以召之。虚谷以爲善用事，僻謬甚矣。

馮舒：不成詩，極粗極惡。

馮班：拙醜。山谷最不善用事。

查慎行：五、六稍嫌腐，不應以聖賢爲諧。

何義門：此詩固可厭，然讀者似未喻。起句本作「妙手從公得」，山谷自言得句法於謝師厚，與接花同也。「根株穰下土」，時爲葉縣尉也。第五極可笑，歸功婦翁，而不爲嚴君地耶？

謝人寄小胡孫

致爾自何處，初來猶索騰。真宜少陵覓，未解柳州憎。婢喜常儲果，奴嗔屢掣繩。報君無一物，試爲斸寒藤。

方回：老杜有覓胡孫詩，「小如拳」及「愁胡面」六字皆好。柳子厚有憎王孫文。

紀昀：六字有何好處？

馮班：好。

紀昀：通體平平，落句亦趁韻。

歸雁

陳後山

弧矢千夫志，瀟湘萬里秋。寧爲寶箏柱，肯作置書郵？遠道勤相喚，羈懷誤作愁。聊寬粱稻意，寧復網羅憂！

方回：此詩乃元符三年。徽廟登極，南遷諸公次第北還，故後山寓意於歸雁。二詩今選其一。「弧矢千夫志」，以言羣小之欲害君子也。「箏柱」、「書郵」，以言諸賢之有所守，朋友有急難之義，傍觀者以爲憂怨也。末句則所以爲諸賢喜者深矣。後山詩幽遠微妙，其味無窮，非黏花貼葉近詩之比。三、四蓋學山谷猩猩毛筆詩者。

馮舒：不肯寄書，有何妙處？

紀昀：詩不佳。此解却細密，非此解亦不喻此詩。堆砌之與點化，相去遠矣。

馮班：次聯全無意，直用二虛語，惡道也。雁寄書本不惡，不宜寄書，恐非佳語。

紀昀：起句突兀無緒。箏柱排似雁行耳，非以雁爲之，云「寧爲」亦不妥。

和黄充實榴花

春去花隨盡，紅榴煖欲燃〔六〕。後時何所恨，處獨不祈憐。葉葉自相偶，重重久更鮮。流珠沾暑雨，改色淡朝烟。着子專寒酒，移根擅化權。愧非無價手，刻畫竟難傳。

方回：「後時」「處獨」一聯，蓋後山自謂勁氣凛不可干，如楝花詩亦云：「幽香不自好，寒豔未多知。」皆自況之辭。世人未知後山、山谷詩從何而入，蓋以此酴醾、榴花詩並觀之？「葉葉自相偶」，榴花雙葉自相偶，則不求偶於其他者也。意亦高。

馮舒：入他何用？

紀昀：葉葉相偶，何必榴花？

紀昀：極用意而拙滯特甚。「後時」是榴花，「處獨」未見必是榴花。結處太廓落。

種竹

曾茶山

近郊蕃竹樹，手種滿庭隅。餘子不足數，此君何可無。風來當一笑，雪壓要相扶。莫作封侯想，生來鄙木奴。

方回：曾文清公名幾，字吉甫，號茶山。學山谷詩得三昧。此詩用「餘子不足數」以對「何可一日無此君」，乃真竹詩，蓋斡旋變化之妙。「風來當一笑」，曲盡竹態。「雪壓要相扶」，亦奇句也。尾句「鄙木奴」事，用得尤佳。公三子，逢、迅、逮，世其學。父子自相酬和，公再和有「直不要人扶」，勁健特甚。而用兩「奴」字韻，皆不苟。一曰「傍舍連高柳，何堪與作奴」，一曰「只欠江梅樹，君應婿玉奴。」又謂竹可爲梅之婿，超異神俊，不可復加矣。公之婿，東萊呂成公之父大器也；門人，陸放翁也。

馮舒：俱宋人鬼窟活計。

紀昀：虛谷云：「公之婿，東萊呂成公之父大器也；門人，陸放翁也。」牽引支蔓，總是門户之見。

馮班：七句不穩，結句湊。

紀昀：渭川千畝竹與千户侯等，用來不錯，馮抹之未是。

查慎行：五句「笑」疑當作「嘯」，東坡有「風來竹自嘯」之句。

紀昀：玲瓏脱灑。

許印芳：「來」字複。

所種竹鞭盛行

獨遶篔簹徑，令人喜欲顛。已持蘇老節，更着祖生鞭。旁舍應除地，新梢擬上天。真成時夜卵，煨茁想明年。

方回：茶山此詩蓋善學山谷猩猩毛筆詩者，所謂脱胎换骨也。蘇節、祖鞭本無關於竹事，而以題觀之，妙甚。「夜卯」事本何關於食筍，亦妙之又妙者也。

馮舒：脱胎换骨者，偷勢也。若撏撦吞剥，一鈍賊耳。○凡所謂翻案法、脱胎法、换骨法，皆宋人夢中譫語。留一句於胸中，三生不能知詩。

馮班：此「江西」用事新樣也。

紀昀：殊不善學。

馮舒：「持」、「着」二字如何下？

馮班：三、四得山谷法，然黄實切而妙，茶山「蘇老」、「祖生」便迂遠不相涉也。○次聯山谷語，俗惡。

紀昀：此則粗野太甚，用事亦黏皮帶骨。

乞筆

市上無佳筆，營求亦已勞。護持空雪竹，束縛欠霜毫。此物藏三穴，須公拔一毛。不堪髯主簿，取用價能高。

方回：謂市上僅有羊毫筆，而無兔毫佳筆。「藏三穴」、「拔一毛」，亦得山谷「拔毛」、「濟世」、

「謝楊朱」之遺意。間架整，骨格峭。

紀昀：山谷「拔毛」句從猩猩一邊説，此乃就所乞之人一邊説，似欲拔其人之毛，殆成笑柄，安得云山谷遺意耶？

馮班：惡道。

紀昀：五、六纖而且拙。

巖桂

粟玉黏枝細，青雲剪葉齊。團團巖下桂，表表木中犀。江樹風蕭瑟，園花氣慘悽。濃薰不如此，何以慰幽棲。

方回：五言律着題詩絶少佳者。除梅花專作一類外，如牡丹、芍藥、蓮花、菊花，亦無五言律好者，木犀之名曰巖桂，非古之所謂桂，其香特盛於晚秋，詩人所尚。此詩「濃薰」二字善模寫，故取之。

紀昀：以二字而取一詩，亦非別裁之道。

陸貽典：第四尤惡。

紀昀：四句木犀字拆用不妥，「表表」二字尤凡鄙。

榴花

樹陰看已合，榴朵見初明。當夏豈無意，避春真有情。花雖後文杏，實可待環橙。病叟緣何喜，留苔看落英。

方回：杏與橙於榴花何關？然善於斡旋，不妨招二客立議論也。尾句用昌黎絶句，有味。

馮班：橙實時尚有榴花，但牽扯，不爲佳耳。「環橙」二字亦太生。

紀昀：是有此法，然此却襯得無味。

馮舒：榴花開時，杏落已久，亦何不説桃、李耶？「環橙」何物？若橙黄橘紅之橙，則實在秋後，不相及也。

紀昀：三、四作意而愈形其拙。

螢火

渾忘生朽質，直擬慕光輝。解燭書帷静，能添列宿稀。當風方自表，帶雨忽成微。變滅多無理，榮枯會一歸。

方回：此當與老杜螢火詩表裏並觀，皆所以譏刺小人。而「當風方自表」一句最佳，「帶雨忽成微」亦妙。其瘦健若勝老杜云。

查慎行：語語從杜詩掩襲而出，何云勝杜？三、四亦用杜七言縮成五言。

紀昀：謂杜詩有所刺，余不謂然。謂瘦健勝老杜，余亦不謂然。

紀昀：第四句即老杜「却亂上前星宿稀」意。然杜詩「亂」字活，此改「添」字則滯相。「多無理」者，言不可以理解耳。措語稍拙，遂不達意。結寓感慨。

蛺蝶

不逐春風去，仍當夏日長。一雙還一隻，能白或能黄。戀戀不能已，翩翩空自狂。計功歸實用，終自愧蜂房。

方回：自然輕快，近楊誠齋。尾句尤好。

馮班：正病其粗重。

馮舒：只是太輕飄。○「一雙」句佳句也，對語拙，上句亦失色。蝶不止「黄」、「白」二色，便是漏逗。

紀昀：四句「或」字本活，馮氏謂蝶不止「黄」、「白」二色，譏其漏逗，未免索瘢。如咏花多稱紅、紫，花豈止紅、紫二色？

紀昀：似太快。然此題易成俗豔，此詩清瘦。結本腐語，好在「自愧」字。在蛺蝶意中説，便是借寓無成之感；非莊論物當有用意，味便深。

李光垣：四句、五句「能」字重。

許印芳：三、四句調近俗，不可學。○「不」、「能」、「自」三字複。

七言　六十九首

野人送櫻桃

杜工部

西蜀櫻桃也自紅，野人携贈滿筠籠。數回細寫愁仍破，萬顆匀圓訝許同。憶昨賜霑門下省，退朝擎出大明宫。金盤玉筯無消息，此日嘗新任轉蓬。

方回：野人嘗云：「惟櫻桃既摘，不可易器。青柄一脱，則紅苞破而無味。」老杜既得此三昧，又下一句有萬顆匀圓之訝，古今絶唱。「寫」字見曲禮，謂傳置他器。

紀昀：絶唱不在此句。後四句龍跳虎卧之筆，而虚谷不賞，瑣瑣講一「破」字，蓋其法門如是，只於小處着工夫。

馮舒：一篇主意，只將「也自」二字輕輕點出。必也尋眼於詩，此或可以當之。○訝其匀圓之同，亦「也自」意，只句拙。

馮班：末拙。

查慎行：起句突兀，爲後半首而發。

紀昀：通篇詩眼在「也自」、「憶昨」、「此日」六字。古人所用意者如此，不必以一、二尖新之字爲眼。○「也自紅」三字已包盡後四句，此一篇之骨。

許印芳：此詩之妙有三：一在章法倒裝，不肯平鋪直敍；一在前半俱對賜櫻桃着筆，不肯呆寫題面；一在後半大開大合，不肯爲律所縛。此皆律詩出奇制勝處，學者宜細心體會也。

和張水部勅賜櫻桃詩　宣政殿〔七〕賜百官

韓昌黎

漢家舊種明光殿，炎帝還書本草經。豈似滿朝承雨露，共看傳賜出清冥。香隨翠籠擎初重〔八〕，色映銀盤寫未停。食罷自知無所報，空然慚汗仰皇扃。

方回：詩話常評此詩，謂雖工不及老杜氣魄。然「色映銀盤」之句亦佳。陳後山答魏衍送朱櫻有云：「傾籃的皪沾朝露，出袖熒煌得寶珠。會薦瑛盤驚一座，莧腸藜口未良圖。」末句赤瑛盤事，乃魏明帝以此盤賜羣臣櫻桃，羣臣月下視之，疑爲空盤也。以此事味昌黎「色映銀盤」語，豈不益奇？王維集中有敕賜百官櫻桃詩，亦以「青絲籠」對「赤玉盤」，甚妙。尾句云：「飽食不須愁内熱，大官還有蔗漿寒。」崔興宗和尾句云：「聞道令人好顔色，神農本草自應知。」蓋難題也。張籍、韓渥、白樂天集皆有賜櫻桃詩，皆不及此。

馮班：氣魄亦不小。

何義門：結句收出宣政衙，非趁韻。

紀昀：起二句生堆强砌，三、四轉落亦笨，結亦不成語。此題逸右丞作而選此，殆不可解。

○四句以宫中爲天上可也，因而謂之「青冥」，則欠妥。

柳州城北種柑　　柳子厚

手種黄柑二百株，春來新葉徧城隅。方同楚客憐皇樹，不學荆州利木奴。幾歲開花聞噴雪，何人摘實見垂珠。若教坐待成林日，滋味還堪養老夫。

方回：「后皇嘉樹」，屈原語也，摘出二字以對「木奴」，奇甚。終篇字字縝密。

許印芳：「皇樹」、「木奴」，小巧之句，何足稱奇？

紀昀：語亦清切，惟格不高耳。

柳絮

劉夢得

飄颺南陌起東隣，漠漠濛濛暗度春。花巷暖隨輕舞蝶，玉樓晴拂豔粧人。縈回謝女題詩筆，點綴陶公漉酒巾。何處好風偏似雪，隋河堤上古江津。

方回：流麗可喜。

紀昀：格意近俗，亦以流麗之故。後代相沿，遂開卑靡之調，而咏物詩入塵劫矣。〇謝女有咏絮事，陶公漉酒與絮似遠。

許印芳：陶公有五柳事，「漉酒巾」又陶公事，作者連類及之，不必定切「絮」字也。此說太泥。

錦瑟

李義山

錦瑟無端五十絃，一絃一柱思華年。莊周〔九〕曉夢迷蝴蝶，望帝春心託杜鵑。滄海月明珠有淚，藍田日暖玉生烟。此情可待成追憶，祇是當時已惘然。

方回：緗素雜記謂東坡云：「中四句適怨清和也。」凡前輩琴、阮、箏、琵琶等詩，少有律體，而多古句，大率譬喻亦不過如此耳。備見漁隱叢話。

馮舒：義山又有句云：「錦瑟長於人」，則錦瑟必是婦人。或云令狐楚妾也，則中四句了然可辨，不過云此有淚明珠、生煙暖玉耳。宋人夢説何足道！

馮班：令狐公玉溪之師，若盜其妾，豈堪入韻？此是李集第一首，讀如東坡解，方是。

紀昀：此謬前人已辨之。

查慎行：是章解者紛紛，愚獨謂此義山喪偶詩也。觀起兩語，其原配亡時，年二十五。瑟本二十五絃，斷則成五十絃矣。此特借題寓感，解者必從錦瑟着題，苦苦牽合，讀到結處，如何通得去？有識者試以鄙言思之，全首打成一片矣。

張載華：蒿廬夫子箋注玉溪生詩六卷，又年譜考證及叢説凡數卷，惟書垂成而卒，詳見先兄含广所纂帶經堂詩話附識中。其於全詩，疏通證明，足爲玉溪功臣。至「一篇錦瑟解人難」，漁洋先生固嘗云爾。夫子詳玩詩意，參考舊評，箋注尤爲明晰。憶昔飫聆緒言，抱此殘編，徒深侯芭之痛。注多不及備録，今略識箋語及叢説於左。○楊守知致軒氏曰：此悼亡之作，錦瑟以喻夫婦。徐氏曰：此悼亡詩也。意亡者善彈此，故睹物思人，因而託物起興也。瑟本二十五絃，一斷而爲五十絃矣，故曰「無端」也。按：杜甫詩：「暫醉佳人錦瑟傍。」義山集中言錦瑟者凡四，如寓目詩云：「新知他日好，錦瑟傍朱櫳。」房中曲云：「歸來已不見，錦瑟長於人。」皆足爲悼亡明證。又有「錦瑟驚絃破夢頻」之句，亦可與此章之意互相發也。○題名錦瑟，義取斷絃，無可疑者。或因古瑟本五十絃，故於首句、次句尚多别解。不知既曰「無端」，則是變出意外，斷言已斷之後，非猶未破之時矣。三、四「莊生」、「望帝」，皆謂生者也。往事難尋，竟同蝶夢；哀心莫寄，唯學鵑啼耳。五、六「珠」、「玉」，以喻亡者也。「月明」、「日暖」，豈非昔人所謂美景良辰；今則泉路深沉，徒有鮫人之淚，形容縹渺，已如吴女之煙矣。蓋即珠沉、玉碎之意也。結意又進一層，義山慣用此法。○徐氏曰：「蝴蝶」、「杜鵑」，言已化去也。誤甚。程箋謂生者輾轉結想，唯有迷曉夢於蝴蝶；死者魂魄能歸，不過託春心於杜鵑。殆與徐氏同其謬。徐解五、六兩句云：「珠有淚」，哭之也。「玉生煙」，已葬也。義亦可通，而其説未暢。唯釋末二句云：此情豈待今日始成追憶乎？只是當時生存之日，已常憂其至此而預爲之惘然矣。最爲明晰。又云：意其人必婉弱而多病，故云然也。似乎太泥。按：秦嘉贈婦詩曰：「人生譬朝露，居世多屯蹇。憂艱多早至，歡會常苦晚。」又曰：「傷我與爾身，少小罹煢獨。既得結大義，歡樂苦不足。」此詩結聯似即此意，餘見叢説。○初白先生以錦瑟爲悼亡詩，確不可易。同時若徐氏、若楊氏，近日若程氏、若姚氏，其説盡符。然余觀王漁洋先生哭張宜人詩云：「錦瑟年華西逝波，尋思往事奈君何？」龔尚書芝麓和韞林集中悼顧夫人詩亦有「塵生錦瑟倚空牀」之句，則前賢早作是解矣。○義山一生喪偶者再，集中悼亡之詩頗多，可確指其爲茂元女而作者，不過十之四、五耳。若錦瑟詩、房中曲所悼，未審何人。然初白先生既云原配，更以回中牡丹詩推之，疑非茂元之女矣。蓋義山自大中五年後，未聞復至隴西、安定間也。致軒誤認詩中新知皆指茂元，故語多膠柱，豈義山於原配之歿，獨無遺挂之悲耶？○李安溪云：凡詩句以虚涵兩意見妙。蓋二意歸於一意，而著語以虚涵取巧，詩家法也。因舉少陵數聯證之。柳南隨筆稱爲向來言詩者所未及。余觀唐賢詩中，自少陵外，唯玉溪生深得此法。即如「滄海」、「藍田」一聯，滄海月明而珠偏有淚，藍田日暖而玉已生煙，下三字與上四字似作反照。此一説也。唯滄海月明，故明珠有淚；唯藍田日暖，故暖玉生煙。又一説也。兼此二説，語意方妙。蓋一句中既併用兩事，而每句内又各涵兩義，宜當時有「獺祭」之號。後世歎鄭箋之難矣。○論詩與論文不同，故一句中不妨含蓄兩意。隨人自領，即嚴滄浪所謂「如水中月，如鏡中花，言有盡而意無窮」者也。此詩「珠有淚」、「玉生煙」，余向時以珠沉、玉碎釋之，不取徐氏哭之之解，緣第四句中已有悲哭意耳。程午橋箋，頗與余合，但將珠、玉二字俱貼定亡者説，畢竟説煞，其義未圓。按本集重祭外舅文有「植玉求歸，已輕於舊日；泣珠報惠，寧盡於兹辰」一聯，用事既同，取義恐亦相類。又讀昔賢「居人下珠淚」、「意愁珠淚翻」等語，及近時王漁洋先生悼亡詩云：「方諸萬點鮫人淚，灑向窮泉竟不聞。」轉覺徐氏所解，較似直截矣。竊疑「珠有淚」句合用活看，意味更長，然以此益歎義山詩之深妙。「一篇錦瑟解人難」，益信。

何義門：此篇乃自傷之詞，騷人所謂美人遲暮也。

紀昀：此借錦瑟起興，非咏錦瑟。虚谷入之「着題」，誤信黄朝英之説耳。此詩偶編集首，元遺山遂拈爲論端，説者相沿，愈鑿愈謬。其實不過追憶舊歡之作，集中不一而足，無庸獨執此一篇紛紛聚訟。

許印芳：義山詩，常病晦僻，故元遺山〔王士禎〕論詩絶句云：「一篇錦瑟解人難。」正嫌其晦僻也。此詩解者不一，緗素雜記解爲直詠錦瑟以適怨清和，分配中四句，託蘇、黄問答以實之。許彦周詩話：「適、怨、清、和」，一作「感、怨、清、和」，云令狐楚侍兒能彈此四曲。唐詩紀事又謂錦瑟乃人名，令狐楚之青衣也。或又謂義山未親事楚，必楚子綯之青衣，皆妄爲之説者也。朱長孺曰：此與「錦瑟長於人」同意，非賦錦瑟也。錢木菴曰：此悼亡詩也。琴瑟喻夫婦，起句取斷絃之義。瑟止二十五絃，一斷爲二，則五十矣。絃分五十，柱仍二十五數，撫瑟之柱而思華年，意其人二十五歲而卒也。結言此情豈待今日追憶，當生存時，固已憂其至此，意其人必婉約善病也。馮孟亭曰：悼亡是此詩定論，木菴解起結有理。予謂：三句取物化之義。四句謂身在蜀中，託物寓哀。五、六撫今思昔，五句思其明眸，六句思其美色，下文所謂追憶也。又引何義門語云：三、四悲其遽化異物，五、六又悲其不能復起之九原也。此解亦可。○「生」字複而義不同，此不爲病。

牡丹

羅　隱〔一〇〕

落盡深一作「春」。紅〔一一〕始見花〔一二〕，花時比屋事豪奢。買栽池館恐一作「非」。無地，看到子孫能幾家。門倚長衢攢繡轂，幄籠輕日護香霞。歌鐘滿座争歡賞，肯信流年鬢有華。

方回：唐人牡丹花七言律四首，韓昌黎、李義山各一。羅隱有云：「若教解語應傾國，任是無情也動人。」國史補記曹唐語，以爲咏女子障，故不取。此詩三、四絶好。

查慎行：此篇亦見杜荀鶴集。

何義門：「落盡春紅」四字已伏流年冉冉，後四句從「看」字來，正形容其奢且愚也。第四若在落句便無味，此唐、宋分歧處。○佳在後半。

紀昀：三、四腐氣。

許印芳：羅隱，字昭諫。餘杭人。自號江東生。官給事中。

崔少府池塘鷺鷥　雍陶

雙鷺應憐水滿池，風飄不動頂絲垂。立當青草人先見，行傍白蓮魚未知。一足獨拳寒雨裹，數聲相叫早秋時。林塘得爾須增價，況與詩家物色宜。

方回：議者謂「行傍白蓮魚未知」，此句最佳，上一句未稱。然着題詩難句句好也。第二句亦未可忽。○顧非熊雙鷺一聯云：「刷羽競生堪畫意，依泉各有取魚心。」亦工，今附此。

馮班：「議者謂『行傍白蓮魚未知』，此句最佳，上一句未稱。」極稱。

馮班：第三勝，第四造意未活。

查慎行：咏物落色相，便不超妙。

紀昀：此詩及鄭谷鷓鴣、崔珏鴛鴦，皆詞意凡近，而格調卑靡。雖以此得名，要是流俗之論，非作者之定評也。沈歸愚宗伯始力排之，其論甚偉。

鷓鴣　　鄭谷

暖戲烟一作「平」。蕪錦翼齊，品流應得近山鷄。雨昏青草湖邊過，花落黄陵廟裏啼。遊子乍聞〔三〕征袖濕，佳人〔四〕纔唱翠眉低。相呼相喚湘江曲，苦竹叢深春日西。

方回：鄭都官谷因此詩，俗遂稱之曰鄭鷓鴣。

查慎行：如此咏物，方是摹神。○結處與三、四意重。

何義門：「煙蕪」二字敏妙，鷓鴣飛最高，今乃戲平蕪之上，只爲行不得也。「煙」字與「雨昏」，「日西」亦節節貫注。

紀昀：「相呼相喚」字複，本草衍義引作「相呼相應」，宜從之。

海　棠

春風用意匀顏色，銷得攜壺與賦詩。豔麗最宜新着雨，嬌嬈〔一五〕全在欲開時。莫愁粉黛臨窗嬾，須信丹青〔一六〕點筆遲。朝醉暮吟看不足，羡他胡蝶宿深枝。

方回：三、四似覺下句偏枯，然亦可充海棠案祖也。末句有風味，恨不得如是蝶之宿於是花。别有絶句云：「浣花溪上堪惆悵，子美無情爲發揚。」又和路見海棠中二聯云：「一枝低帶流鶯睡，數片狂和舞蝶飛。堪恨路長移不得，可無人與畫將歸。」亦新美。

馮舒：流走，非偏枯。情對情，景對景，方謂不偏枯，情對景，景對情，又謂是變體。夢中之夢。

馮班：三、四流水對，非偏枯。

馮班：次聯好。

何義門：起句妙絶，便知是海棠。○馮班云：「須信」一作「梁廣」。梁廣善畫花木，與莫愁兩人名對。

紀昀：三、四似小有致，終是卑靡之音。

燕

年去年來來去忙，春寒烟暝度瀟湘。低飛緑岸和梅雨，亂入紅樓揀杏梁。閒几硯中窺水淺，落花徑裏得泥香。千言萬語無人會，又逐流鶯過短墻。

方回：都官詩格雖不高，鷓鴣、海棠、燕三着題詩亦不可廢也。

紀昀：有何不可廢處？

馮班：只第四句好。

查慎行：東坡「新巢語燕還窺硯」句本於此。

何義門：通篇自比，隨計往來。落句則有文百軸，未遇知音也。

紀昀：此亦淺俗。

失鶴

李遠

秋風吹却〔一七〕九臯禽，一片閒雲萬里心。碧落有情空悵望，瑶臺無路可追尋。來時白雪翎猶短，去日丹砂頂漸深。華表柱頭留語後，更無消息到如今。

方回：儘可諷詠，八句皆佳。

何義門：第五接得變化。
紀昀：總不脱凡近之意。

仙客　又名「飛客」

李文正

胎化仙禽性本殊，何人携爾到京都。因加美號爲仙客，稱向閒庭伴野夫。警露秋聲雲外遠，翹沙晴影月中孤。青田萬里終歸去，暫處雞羣莫歎吁。

方回：太宗丞相李昉，謚文正。所畜五禽，名五客。「仙客」，五客中之一也。鶴曰「仙客」。詩最佳者尾句。雪客，鷺；閑客，白鷴，又隴客；南客，孔雀；西客，鸚鵡；次之。
紀昀：尾句淺露之甚，而以爲最佳，矯語高尚之習氣耳。○「隴客」、「西客」，必衍其一，然青緗雜記所載亦如此，殊所未詳。
紀昀：尚不甚俗，而太涉平易。

梨

楊文公

繁花如雪早傷春，千樹封侯未是貧。漢苑謾傳盧橘賦，驪山誰識荔枝塵。九秋青女霜添味，五夜方諸月溜津。楚客狂酲嘲已解，水風猶自獵汀蘋。

方回：楊文公億，字大年。首與劉筠變國初詩格。學李義山，集爲西崑酬唱集。雖張乖崖，亦學其體。二宋尤於此體深入者。

馮班：第三聯名句。

紀昀：「漢苑」一聯作五、六已嫌淺俗，作三、四則未入題，而先空贊尤爲非法。五、六雖「崑體」而却警切。○「嘲」字再校。

無名氏（甲）：方諸承露盤也。以大蛤爲之，向月取水，謂之「陰燧」。

落花

宋元憲

一夜春風拂苑墻，歸來何處剩凄涼。漢皐珮冷臨江失，金谷樓危到地香。淚臉補痕煩獺髓，舞臺收影費鸞腸。南朝樂府休賡曲，桃葉桃根盡可傷。

馮舒：真高真妙。

馮班：此何以未入義山之室？試參之。○「崑體」名作。

查慎行：鸞鳥見鏡而舞，第六鍊句未工。

紀昀：二詩悽豔有餘，而風格近靡。馮氏持此種以壓「江西」，未知此種之俗不可醫也。○四句自好。○「費鸞腸」三字不妥。

落　花

宋景文

墜素翻紅各自傷，青樓烟雨忍相忘。將飛更作迴風舞，已落猶成半面妝。滄海客歸珠迸淚，章臺人去骨遺香。可能無意傳雙蝶，盡付芳心與蜜房。

方回：宋郊字伯庠，後改名庠，字伯序。皇祐宰相，謚元憲。弟祁，字子京。翰林學士，謚景文。夏英公竦守安州，兄弟以布衣游學席上，賦此二詩，英公以爲有台輔器。後元憲狀元，景文甲科同榜，天下以爲二宋。其詩學李義山。楊文公億集爲西崑酬唱集，故謂之「崑體」云。李義山落花詩：「落時猶自舞，掃後更餘香。」亦妙，乃此詩三、四之祖。

紀昀：三、四殊俗。○結乃神似玉溪，餘皆貌似也。

落　花

余襄公

小園斜日照殘芳，千里傷春意未忘。金谷已空新步障，馬嵬徒見舊香囊。鶯來似結啼鸞怨，蝶散應知夢雨狂。清賞又成經歲别，却歌團扇寄迴腸。

方回：三、四殊不減二宋，亦似「崑體」。余襄公靖蓋直臣名士，詩當加敬。

紀昀：詩自論詩，不當以人爲高下。

馮班：漸啓「江西」用事法。○三詩當以子京三、四爲最，是真落花，餘皆假借故事耳。

查慎行：五、六滯。

紀昀：三、四自可。

莎衣

楊契玄

軟緑柔藍着勝衣，倚船吟釣正相宜。蒹葭影裏和煙卧，菡萏香中帶雨披。狂脱酒家春醉後，亂堆漁舍晚晴時。直饒紫綬金章貴，未肯輕輕博换伊。

方回：楊璞字契玄，鄭州東里人。太宗、真宗皆嘗以布衣召，辭官而歸。此莎衣詩天下傳誦，對御所賦，凡二，今取其一。蘇養直詞：「釣魚船上謝三郎，雙鬢已蒼蒼。莎衣未必清貴，不肯换金章。」用璞語也。拄杖詩：「就客飲時擔酒去，見魚游處撥萍開。」亦佳。歸鄉後上陳轉運：「紫袍不識莎衣客，曾對君王十二旒。」備見詩話。有東里集行於世，熙寧辛亥清洛野民臧逋爲序。

紀昀：亦粗俗。

馮班：不必説到富貴。

何義門：五、六儘佳，惜落句不稱。七句太直，又無根。八句俚。

紀昀：鄙俗之至，不足言詩。

送李殿丞通判蜀州賦海棠　梅聖俞

嘗聞蜀國海棠盛，因送李侯宜有詩。日愛西湖照宮錦，醉看春雨洗臙脂。郡無公事中園樂，民喜羣遨匝樹窺。望帝鳥聲空有血，相如人恨不同時。最鮮深淺非由染，解賦才華未得知。聞說趙昌今已老，試教圖畫兩三枝。

方回：細味之，「望帝鳥聲空有血，相如人恨不同時」，無窮之味，有色之聲也。

紀昀：黨護至此，亦無庸以筆舌爭矣。

馮舒：「人」字不妥。

馮班：氣味亦好。

紀昀：起手太率，杜公「老夫清晨梳白頭」二句，用之七古發端，猶爲不可，況七言長律，如此徑入乎？○「民喜」句稚，「望帝」二句不對，「最鮮」二句全不成語，結稍可。

二月七日吳正仲遺活蟹

紀昀：無以不活之蟹遺人者，此字贅矣。

年年收稻賣江蟹，二月得從何處來。滿腹紅膏肥似髓，貯盤青殼大於杯。定知有口能嘘沫，休信無心便畏雷。幸與陸機還往熟，每分吴味不嫌猜。

方回：三、四自然，見蟹之狀。山谷詩云：「雖爲天上三辰次，未免人間五鼎烹。」亦奇。

馮舒：「烹」字文義已足，硬幫「五鼎」，所以不佳。五鼎烹蟹，不爲妥切。

紀昀：虚谷云「三、四自然」，但不雅耳。

紀昀：起大率，中四句不成語。

酴醾金沙二花合殿

王半山

相扶照水弄春柔，發似矜誇斂似羞。碧合晚雲霞上起，紅争朝日雪邊流。我無丹白知如夢，人有朱鉛見即愁。疑此冶容時所忌，故將樛木比綢繆。

方回：真誥第三卷：「丹白存於胸中，則真感不應。」謂情欲之感，男女之想也。樛木詩言木枝下垂，故葛藟得而附之，以譬后妃不忌衆妾。

馮舒：「丹白」、「朱鉛」、玉樓、銀海，皆宋人魔障。

紀昀：句句笨拙。

次韻致遠木人洲二首

迷子山前漲一洲，木人圖志失編收。年多但有柳生肘，地僻獨無茅蓋頭。河側鮑生乾尚立，江邊屈子槁將投。未妨他日稱居士，能使君疑福可求。

方回：鮑焦怨時之不用，采蔬。子貢難之曰：「非其時而采其蔬，有哉〔八〕？」棄其蔬，乃立枯於洛水之上。

紀昀：二詩更粗鄙不堪。

杌爾何年寄此洲，飄流誰棄止誰收。無心使口肝使臂〔九〕，有幹作身根作頭。暴露神靈難寄託，禱祠村落幾依投。紛紛剪紙真虛負，立槁安知富可求。

方回：迷子洲在建康西南四十里。前詩尾句、次詩第四句，皆用昌黎木居士詩。「柳生肘」，出莊子。近林肅翁口義以爲瘤子也，世人用楊柳之柳久矣。

紀昀：此訛始自右丞。

馮班：宋氣，然較勝山谷。○漸啓「江西」用事法。

食柑

蘇東坡

一雙羅帕未分珍，林下先嘗愧逐臣。露葉霜枝剪寒碧，金盤玉指破芳辛。清泉簌簌先流齒，香霧霏霏欲噀人。坐客殷勤爲收子，千奴一掬奈吾貧。

方回：元注：「故事，賜近臣黄柑，以黄羅帕包之。」○讀此詩便覺齒舌津液，不啻如望梅林也。

馮舒：此老絶無惡氣，山谷非其敵也。

查慎行：采之緑霧噀人，見六朝人謝賜柑啓中，非臆説也。

張載華：補注：「劉孝標送橘啓云：『采之風味照座，擘之香霧噀人。』」

紀昀：結句不佳。

次韻劉燾撫勾蜜漬荔枝

時新滿座聞名字，别久何人記色香。葉似楊梅蒸霧雨，花如盧橘傲風霜。每憐蓴菜下鹽豉，肯與蒲萄壓酒漿。回首驚塵卷飛雪，詩情真合與君嘗。

方回：坡公蜜荔枝詩押「刑」字大險，惟此詩最穩。

紀昀：又太庸近。

紀昀：三、四俗陋之甚，不復知爲坡公筆矣。

開元寺山茶〔一〇〕

長明燈下石闌干，長共松杉闘歲寒。葉厚有稜犀甲健，花深少態鶴頭丹。久陪方丈曼陀雨，羞對先生苜蓿盤。雪裏盛開知有意，明年歸後〔一一〕更誰看。

方回：此詩三、四爲楊誠齋拈出，亦真佳句。

馮舒：未嘗不似山茶也。

馮班：次聯極形容矣，公之「作詩必此詩，定知非詩人」，亦非定論也。

何義門：無次句則腹聯無力。

紀昀：三、四刻畫拙笨，乃坡公敗筆，殊不見佳。

弈棋呈任公漸

黄山谷

偶無公事客休時，席上談兵角兩棋。心似蛛絲遊碧落，身如蜩甲化枯枝。湘東一目誠堪死，天下中分尚可持。誰謂吾徒猶愛日，參横月落不曾知。

方回：此本二詩。前篇「坐隱不知巖穴樂，手談勝與俗人言」，亦佳句。「碧落」、「枯枝」一聯，盡弈者用心忘身之態。或者以爲不如東坡「勝固欣然，敗亦可喜」遠矣。侯景之黨王偉檄梁元帝云：「項羽重瞳，尚有烏江之敗；湘東一目，豈爲赤縣所歸？」元帝盲一目，引用此事，謂其兩眼而活，一眼而死，天下中分，或作三分，此又謂捄棋各分占路數也。皆奇不可言。南朝梁武帝第七子，名繹，先封爲湘東王，眇一目。

馮舒：棋一目則死，湘東一目仍活，如何牽扯至此？○方君云：「奇不可言。」不通。

紀昀：已注又注，不成文理。

馮班：「江西體」自好。「江西」佳作。

紀昀：三、四極力形容而語終淺近，五句用事尤拙。

觀王主簿酴醾

肌膚冰雪薰沉水，百草千花莫比方。露濕何郎試湯餅，日烘荀令炷爐香。風流徹骨成春酒，夢寐宜人入枕囊。輸與能詩王主簿，瑶臺影裏據胡牀。

方回：前輩謂花詩多譬以美婦人。此乃以美丈夫爲比，自山谷始。五、六即前五言之意，宜並觀之。爲此等詩，格律絶高，萬鈞九鼎，不可移也。

紀昀：荀令不以美聞，特點染香字耳。○詩殊淺近，評太過。

次韻雨絲雲鶴二首

煙雲杳靄合中稀，霧雨空濛密更微。園客繭絲抽萬緒，蛛蝥網面罩羣飛。風光錯綜天經緯，草木文章帝杼機。願染朝霞成五色，爲君王補坐朝衣。

紀昀：此種瑣屑刻畫，亦非山谷當家。○「蛛蝥」句拙極。「風光」四句小題大做，轉不配題。如草香花媚之地，忽冠冕鼓吹以臨之。

幾片雲如薛公鶴，精神態度不曾齊。安知隴鳥樊籠密，便覺南鵬羽翼低。風散又成千里去，夜寒應上九天棲。坐來改變如蒼狗，試欲揮毫意似迷。

方回：雨似絲，雲似鶴，以爲題，若易而難者也。山谷在戎州代史夫人炎玉作，山谷外兄張祺子履之妻，張祉介卿之嫂也。首唱石諒信道，蓋亦游戲所爲。而雨絲所謂「天經緯」、「帝杼機」，末句願染朝霞補君王衣，意思弘大，非老筆不能道也。

馮舒：意境醜惡，非山谷不至此也。○鶴變狗有何趣味？

馮班：黏。

紀昀：杜句本不佳，用來更爲俚鄙。凡用事須具鑒裁，非謂有典即可入句。

食瓜有感

暑軒無物洗煩蒸，百果凡材得我憎。蘚井筠籠浸蒼玉，金盤碧筯薦寒冰。田中誰問不納履，坐上適來何處蠅。此理一杯分付與，我思明哲在東陵。

方回：前聯賦物，後聯用事，却別出一意，引一事繳，可爲法。

馮班：第五句惡句。

紀昀：後半篇堆砌故實，食古不化。

次韻賦楊花

張芸叟

隨風墜落事輕猥，巧占人間欲夏天。只恐障空飛似雪，從教糝徑白於綿。未央宮暖黏歌袖，揚子江清惱客船。老去强寬愁底事，昏花滿眼意茫然。

方回：張芸叟名舜民，關中人。娶陳後山之姊。詩學白樂天，曰畫墁集。晚歸長安，名其居曰「榆門莊」。又嘗自號矴齋。

馮舒：不成語。

紀昀：格力卑。「障空飛似雪」有何可恐？

和聞鶯

張宛丘

冉冉東風萬柳絲，啼鶯嘗自與春期。粧殘玉枕朝醒後，繡倦紗窗晝夢時。文羽自奇非谷隱，好音應合有人知。風流潘令多才思，爲爾春來幾首詩。

方回：近似唐人。

馮班：不近。

紀昀：似晚唐之不佳者。

馮舒：三、四詞雖工，意實淺。唐人不爲。

馮班：輕俗。

紀昀：格亦卑卑。○五句太湊泊。

雁

知時避就物之難，千里瀟瀟〔三〕振羽翰。水國稻收朝食乏，海天霜重夜飛寒。烟雲秋去南山暖，風日春歸朔野寬。九萬騰凌那可測，弋人矰繳謾多端。

方回：此詩有所寄託，不專言雁而已也。

紀昀：古人咏物，寄託者十之八九，何止此詩。
馮舒：宋人咏物，真題句盡虚喝也。此宜戒之。
紀昀：通體不脱窠臼。○「物之難」三字腐甚。

次韻李秬牡丹

晁無咎

夭紅穠緑總教回，更待清明穀雨催。一朵故應偏晚出，百花渾似不曾開。常誇西洛青屏簇，久説南徐紫錦堆。任是無情還有意，不知千里爲誰來。
馮班：題恐有誤。○貧寒之極，不稱此題。
紀昀：三、四着力做出，而終不自然。

次韻李秬雙頭牡丹

寒食春光欲盡頭，誰拋兩兩路傍毬。二喬新獲吴宫怯，一作「美」。雙隗初臨晉帳羞。月底故應相伴語，風前各是一般愁。使君腹有詩千首，爲爾情如篆印繆。
方回：既是選「着題」詩，此二詩不可删也。二喬、雙隗，婦人事，以譬牡丹可耳。兩篇各有一絶奇佳句，圈者是也。〔按：方回於上一首「百花渾似不曾開」、此首「風前各自一般愁」二句傍

字字加圈。〕

紀昀：有何不可删？極不佳。

馮舒：二喬、雙隗佳，恨句未煉。小喬嫁公瑾，不入吴宫。「新獲吴宫怯」，不成語。且長沙亦未稱宫。

紀昀：刻畫「雙」字更鄙陋。五、六不見是牡丹。

觀僧舍山茶

王初寮

山僧手種兩山茶，看到婆娑鬢已華。應爲客懷驚歲杪，先將春色照天涯。緑裁犀甲層層葉，紅染猩唇豔豔花。凍頰如丹相映渥，不辭衝雨踏泥沙。

方回：初寮王安中字履道，附麗匪人，入翰苑，至右丞，燕山帥，其罪彌天。所作四六，一時稱雄。當蘇學方以爲禁，而陰襲東坡步驟，世人不悟也。詩之應制者多爲未〔三〕透徹，逮謫象州後，詩頓佳。此山茶詩亦全用東坡句翻出，不可不令學者知之。晚節有子知泉州迎奉。宇宙分裂而斯人卒令終云。

查慎行：東坡着「有稜」、「少態」字，精神十倍。若此二句如泥塑呆像耳，有天淵之别。能辨此則詩學思過半矣。

鞦韆

洪覺範

畫架雙裁翠絡偏，佳人春戲小樓前。飄揚血色裙拖地，斷送玉容人上天。花板潤沾紅杏雨，綵繩斜挂緑楊烟。下來閒處從容立，疑是蟾宮謫降仙。

方回：此詩雖俗，而俗人尤喜道之。又出於僧徒之口，宜可棄者。而「着題」詩中所不可少也，故録之。

紀昀：有何不可少？

馮舒：此之謂俚。

馮班：氣格俱下，「俗」字定評也。○此可書窮鄉下里荒壁，而次於此，可笑甚矣。

紀昀：真俗。

竹夫人

吕居仁

與君宿昔尚同牀，正坐西風一夜涼。便學短檠牆角棄，不如團扇篋中藏。人情易變乃如此，世事多虞衹自傷。却笑班姬與陳后，一生辛苦望專房。

方回：「短檠」、「團扇」一聯，乃天生自然之對。

馮舒：惡套。○頷聯可。

紀昀：比興頗淺，尚無「江西」粗野之狀。

分韻賦古松得青字　劉屏山

風韻飀飀遠又清，蒼然瘦甲聳亭亭。連根欲斷巖巒力，一蓋常涵雨露青。曾映月明留鶴宿，近因雷霹帶龍腥。衰殘愧我無仙骨，願采流膏慰暮齡。

方回：三、四佳。第六句絕妙。

紀昀：亦僻。

紀昀：三句「力」字不妥。

酴醿

顛風急雨退花辰，翠葉銀苞照眼新。高架扳援雖得地，長條盤屈總由人。橫釵素朵開猶小，撲酒餘香馥絕倫。唯有金沙顔色好，年年相伴殿殘春。

方回：「高架」、「長條」一聯有譏諷。

紀昀：寓意顯然，措語殊淺。後半又不承此意，章法亦疏。

紀昀：「香馥」二字複。

次韻張守酴醿

榮華休笑白頭翁，且對芳辰賞麗叢。十萬青條寒掛雨，三千粉面笑臨風。莫將擬雪才情賦，盍與觀梅興味同。只恐春歸有餘恨，典型猶在酒盃中。「賦」一作「比」。

方回：「十萬青條」、「三千粉面」，佳句也。第一句和張守，故且如此引起，比前一詩又不同。

馮班：惡句。

紀昀：不好處在「十萬」、「三千」，粧點無味。又「青條」用賦，「粉面」用比，尤不合格。末數語評得是。

馮舒：宋氣逼人。

紀昀：後半淺弱之甚。

荔子

炎蒸午枕夢滄浪，落落星苞喜乍嘗。筆下丹青千品色，釵頭風露一枝香。雞冠借喻何輕許，馬乳争名固不量。直得當時妃子笑，驪山千古事淒涼。

馮班：落句湊韻。

陸貽典：末句撒。

紀昀：後四句凡猥。

龍眼

幽株旁挺緑婆娑，啄咂雖微奈美何。香剖蜜脾知韻勝，價輕魚目爲生多。左思賦詠名初出，玉局揄揚論豈頗。地極海南秋更暑，登盤猶足洗沉痾。

方回：生荔枝、龍眼之美，果中無比。東坡以「江瑶柱」、「河魨魚」比荔枝矣，龍眼之於荔枝，猶芍藥之於牡丹也。「琢咂雖微奈美何」，妙。「香剖蜜脾知韻勝」，下二字亦佳。

馮舒：江瑶、河魨不敵荔枝。東坡未爲知味。

馮舒：予嘗見閩中荔枝未嘗少於龍眼。

紀昀：次句粗鄙，四句「爲生多」三字不妥，六句淺拙至極，末句趁韻。

福帥張淵道荔子　　曾茶山

豈無重碧賓瓶罍，難得輕紅薦一杯。千里人從閩嶺出，三年公送荔枝來。玉爲肌骨涼無汗，雲作衣裳皺不開。莫訝關情向尤物，厭看緑李與楊梅。

方回：茶山本題石室送碧琳腴淵道送荔枝適至遂以薦酒。詩格峭峻。茶山又有六言荔子詩云：「紅皺解羅襦處，清香開玉肌時。」又云：「蕉子定成噲伍，梅花應愧盧前。」又云：「金谷危樓魂斷，白州舊井名傳。」又有七言云：「猩血染羅欣入手，冰肌飲露欲濡唇。」皆佳。

馮舒：「冰肌飲露」，則知「無汗」二字不妥。

馮舒：「涼無汗」三字亦不足形容荔枝。

紀昀：五、六略可。

曾宏父分餉洞庭柑

黄柑送似得嘗新，坐我松江震澤濱。想見霜林三百顆，夢成羅帕一雙珍。流泉噴霧真宜酒，帶葉連枝絶可人。莫向君家樊素口，瓠犀微齼遠山顰。「齼」，初舉切。齭同，上齒傷醋也。又音所。

方回：茶山自注：「東坡柑詩云：『一雙羅帕未分珍，林下先嘗愧逐臣。』以對『王子敬帖三百顆』，可謂精切。此乃太湖洞庭山柑，非温柑、台柑、福柑、羅浮柑，正韋蘇州所指者。」

馮舒：句似可喜，然柑之酸者，非佳品也。

紀昀：「似」字不可解，恐誤。「夢成」二字無着。五、六粗野。

荔子

異方風物鬢成斑，荔子嘗新得破顔。蘭蕙香浮襟解後，雪冰膚在酒酣間。絶知高韻傾瑶柱，未覺豐肌病玉環。似是看來終不近，寄聲龍目儘追攀。

馮舒：全是不食荔枝語。荔枝何嘗白，白何足以盡之？

查慎行：三用「羅襟既解，微聞香澤」，四用「姑射仙人，肌膚若雪」。烹煉入化。

紀昀：此便高雅，在此卷諸詩中如鶴立雞羣。四句「在」字滯相。

許印芳：此詩五、六絶佳，原本前後有病，愚爲易之。首句原本云：「異方風物鬢成斑。」上四字與下三字氣脈隔斷，不成句法。四句「瑩」字，原本「在」字，紀批云：「在字滯相。」七、八原本云：「似是看來都不近，寄聲龍目儘追攀。」湊句趁韻，粗率太甚，易之則爲完璧矣。首句易作「腐儒憂世鬢成斑」，七、八易作「尤物舊曾供一笑，馬嵬回首望驪山。」○「瑩」，去聲。

又

百年中半飽聞渠，名下親承果不虚。可愛風流元有種，自然富貴乃其餘。肯隨妃子紅塵驛，甘伴先生白鶴居。可惜不經山谷賞，照紅鴨緑定何如。

方回：東坡蜜荔枝律詩「刑」字韻太險，惟古詩佳。此雖晚出，内多用東坡事，似亦精神。

紀昀：好用當代事，乃宋人一大病。

馮舒：「肯隨妃子紅塵驛？」未嘗不肯。

紀昀：起手頹唐不成語，三、四似牡丹。

食筍

花事闌珊竹事初，一番風味殿春蔬。龍蛇戢戢風雷後，虎豹斑斑霧雨餘。但使此君常有子，不憂每食歎無魚。丁寧下番須留取，障日遮風却要渠。

方回：「此君」二字爲竹事。「有子」及「無魚」，事雖非竹，而善於引用。

馮舒：「丁寧下番須留取。」下番如何成得竹？

馮班：下番筍没用了。茶山殊不體物。

紀昀：「竹事」二字生。五、六點化甚妙。末二句與「常有子」意不貫，既欲常食，不得言「下番」勿取矣。馮氏但譏下番筍不能成竹，茶山此語未體物，猶未深中其病。措語亦太頹唐，遂爲全篇之累。

山茶

楊誠齋

樹子團團映碧岑，初看喚作木犀林。誰將金粟銀絲鱠，簇飣朱紅菜椀心。春早橫招桃李妬，歲寒不受雪霜侵。題詩畢竟輸坡老，葉厚有稜花色深。

方回：元注：「東坡山茶詩『葉厚有稜犀甲健，花深少態鶴頭丹。』」此詩三、四頗粗，亦盡山茶之態。第二句亦好。

紀昀：明知其病，而曲爲之詞，信乎平心之難。

馮舒：俗。

馮班：惡極。

查慎行：四句不成語。

紀昀：粗鄙至極。

走筆謝趙吉守餉三山生荔枝

吾州五馬住閩山，分我三山荔子丹。甘露落來雞子大，曉風凍作水精團。西川紅錦無此色，南海緑羅猶帶酸。不是今年天下暑，玉膚照得野人寒。

方回：元注：「五羊荔子，上上者爲緑羅。予嘗閩、蜀生荔三歲，亦嘗廣荔，當以閩爲最。楊妃所愛者蜀荔，亦小而酸。」此詩三、四非親嘗生荔者，不悟也。

馮舒：三、四俚，然荔枝正如此。○頷聯俚，腹聯是。

馮班：亦好。

查慎行：三、四俗。

紀昀：一起四字生捏。三句「雞子大」三字粗，且荔子大不至此。五句以擬荔殼，然竟似海棠。六句更不佳。

木犀呈張功甫

塵世何曾識桂林，花仙夜入廣寒深。移將天上衆香國，寄在梢頭一粟金。露下風高月當户，夢回酒醒客聞砧。詩情惱得渾無奈，不爲龍涎與水沉。

方回：誠齋與尤延之、張功甫各和數首。「砧」字最難押，惟取此首倡。功甫者，張循王俊之孫，居杭城西北白楊池，名鎡，號納齋。爲史彌遠所忌，謫死象州。有南海集行於世。

馮舒：虚喝最忌。○第五句何物？

紀昀：「龍涎」、「水沉」不惱詩情，牽引無理。

州宅堂前荷花　范石湖

凌波仙子静中芳，也帶酣紅學醉狂。有意十分開曉露，無情一餉斂斜陽。泥根玉雪元無染，風葉青葱亦自香。想得石湖花正好，接天雲錦畫船凉。

紀昀：中四句皆好。

方回：此明州州宅也。淳熙七年庚子，石湖以前参政起家帥鄞。五、六甚佳。

馮舒：起句俚。

馮班：破不妥切。

紀昀：「醉狂」不似荷花。七句倒托出州宅。

海棠盛開　尤遂初

兩株芳蕊傍池陰，一笑嫣然抵萬金。火齊照林光灼灼，彤霞射水影沉沉。曉粧無力燕支重，春醉方酣酒暈深。定自格高難着句，不應工部總無心。

方回：尤延之詩多淡，此詩獨豔。蓋海棠乃豔物，不可以淡待之也。「酒暈」一作「酒醴」，出前漢董賢傳，注謂酒在醴中。

紀昀：此論深微，可以類推。

馮舒：俚淺。

馮班：「格高」二字未穩。

紀昀：起好，三、四俗格，五、六乃有致，結落套。海棠韻勝非格勝，「格」字只可言梅。

玉簪花一名鷺鷥

一種幽花迥出塵，孤高恥逐豔陽辰。瑶枝巧插青鸞扇，玉蕊斜欹白鷺巾。難與松筠爭歲晚，也同葵藿趁時新。西風昨夜驚庭緑，滿院清香惱殺人。

方回：題目生，三、四可喜，以備多聞。

紀昀：此花想宋末始著，在今日不得云「生」。

查慎行：三、四太着相。

紀昀：三、四雖形似，而刻畫太俗。玉簪頗有雅致，尚宜於神韻求之。

拄杖

滕元秀

久矣相隨若弟昆，周全險阻可須論。斷橋測水露半影，野路擉泥留亂痕。癡坐自憐今日嬾，顛持敢忘昔年恩。得君分付吾何恨，休向林間打睡門。

方回：元題：「僧覓拄杖以詩送之。」

紀昀：不用原題，末句何着？此亦何必删改？

馮班：氣味惡。

紀昀：三、四刻畫太鄙，後四句粗野。

菊

趙昌父

蔓菊伶俜不自持，細香仍着野風吹。少年踴躍豈復夢，明日蕭條更自悲。潭水解令胡廣壽，夕英何補屈原饑。我今謾學潯陽隱，晚立寄懷空有詩。

方回：菊花不減梅花，而賦者絶少，此淵明之所以無第二人也。歷選菊花詩，僅得此首，乃章泉乾道七年辛卯九月所賦。所用二事謂能爲胡廣之壽，而不能捄屈原之饑，殆亦有所謂而發也。章泉全是枯骨勁鐵，不入俗眼。

馮舒：屈原不病饑。

紀昀：三、四太無着，五、六自好，結又落入陳因。

效茶山詠楊梅

方秋崖

五月晴梅暑正煩，楊家亦有果堪扳。雪融火齊驪珠冷，粟起丹砂鶴頂殷。併與文園消午渴，不禁越女蹙春山。略知荔子仍同姓，直恐前身是阿環。

方回：吾宗伯秋崖先生岳，字巨山。吾鄉祁門人。紹定五年壬辰别院省試第一人，殿試甲科。連忤丞相史嵩之、丁大全，及於知南康軍日，撻湖南綱卒之據閘阻舟者，忤賈似道。仕至吏部尚書郎。景定三年壬戌三月十八日卒，年六十四。林竹溪希逸爲墓誌。其詩不「江西」，不晚唐，自爲一家。

馮舒：貴妃愛荔子，荔子却不姓楊。楊梅何得有前身？「略知」二字亦不通。

馮班：秋崖未吃楊梅。○酸楊梅豈堪吃？

紀昀：前四句平平，後四句自好。

老將

劉後村

昨解兵符歸故里，耳聽邊事幾番新。遇逢[二四]麾下來猶識，欲説遼陽記不真。兒覓寶刀偏愛惜，奴吹蘆管輒悲辛。夜寒不作關山夢，萬一君王起舊人。

方回：後村劉公名克莊，字潛夫。此老將詩及老馬、老妓詩，其少作也。見南岳第一藁。着題本難措手，後村初學晚唐。既知名，丞相鄭清之奏賜進士出身。賈似道當國，仕至尚書端明。詩文諛鄭及賈已甚。晚節詩欲學放翁，才終不逮，對偶巧而氣格卑。惟老妓詩題差易，故傳者多，今具如左。○詩話記曹翰詩：「曾因國難披金甲，不爲家貧賣寶刀。臂弱尚嫌弓力軟，眼花猶識陣雲高。」亦佳，而下聯合掌。

馮班：少作尚可。

馮舒：無不下俚者。○惡詩。○結句寒酸。

馮班：盡俚談耳。老奴以下幾首尤惡。○萬里既雅重長江，何故不選代舊將一律？

紀昀：十首俱惡札。

老　馬

脊瘡蹄蹇瘦闌干，火印年深字已漫。野澗有冰朝洗怯，破坊無壁夜嘶寒。身同退卒支殘料，眼見新駒鞁寶鞍。昔走塞垣如抹電，安知末路出門難。

方回：後四句儘有意。然老杜病馬行盡之矣，起句即老杜語耳。

馮舒：次聯可。

馮班：此公詩總乏餘味。○結句劣。

老妓

籍中歌舞昔馳聲，憔悴猶存態與情。愛説舊官當日寵，偏呼狎客小時名〔二五〕。薄鬢已脱梳難就，半被常空睡不成。却羡隣姬門户熱，隔牆張燭到天明。

方回：此詩八句語意俱工，然亦褻矣。

馮班：此篇可，但調下。○此詩不是褻，足狀老妓真態，可悲也。比老將差勝。

老儒

向來歲月雪螢邊，老去生涯井臼前。舉孝廉科非復古，給靈壽杖定何年。空蟠萬卷終無用，專巧三場恐未然。猶記兒時聞緒論，白頭不敢負師傳。

方回：後村自注謂：「秋崖方君作八老詩，内三題四十年前已作，遂不重複。别賦二題，足成十老，謂老僧、老儒、老道士、老農、老巫、老醫、老吏也。」今更選四詩，併具如左。蓋寶祐五年丁巳後村年七十一歲時詩。

老僧

半間古屋冷颼颼，死盡同參偶獨留。昔已尋師遠行脚，今惟見佛小低頭。舊綾無用聊收取，破衲難縫〔二六〕且着休。年少還知貧道否，曾同王謝二公遊。

方回：後村自注：「支遁云：『黄吻少年，無爲輕議宿士。貧道昔曾與元、明二帝，王、謝二公遊。』」

馮班：比擬不倫。

馮舒：起可。

老醫

劉叟衣裝縪老年，市中賣藥且隨緣。馳名最久經三世，閱病雖多未十全。龜手有方俄貴矣，烏髭無訣盡皤然。卧聞鵲噪扶笻起，偶值隣翁送謝錢。

方回：用唐莊宗劉叟事及「烏髭無訣」，太滑稽。「三世」、「十全」亦工。

馮舒：「劉叟」太時樣。「縪老」太古董。

馮班：此篇亦可。

查慎行：五、六奇横，「龜手」、「烏髭」亦稱絶對。

老吏

少諳刀筆老尤工，舊貫新條問略通。鬪智固應雄鷙輩，論年亦合作狙公。孫魁明有堪瞞處，包老嚴猶在套中。祇恐閻羅難抹過，鐵鞭他日鬼臀紅。

方回：此老吏詩痛快，「鐵鞭打鬼臀」，乃章子厚語，移以用之老吏，亦足以寒猾刻之膽否？

馮班：可惡。

陸貽典：粗。

查慎行：第七俗極。

紀昀：此首尤惡。虚谷乃賞其痛快，謬甚。

老奴

少賤腸枵破褐單，傍人門户活饑寒。自從毀齒初成券，直至長鬚尚不冠。冷炙時霑筵上餕，禿芒旋掃臼邊殘。他時縱取封侯印，僅得君王踞厠看。

馮舒：末句是奴而不老。

馮班：落句不是老奴，只是奴耳，「老」字上黏不得。

老妾

傷春感舊似中酲，樂器全抛曲譜生。自小抱衾無怨色，有時擁髻尚風情。曾陪太尉斟還唱，猶記司空眼與聲。着主衣裳爲主壽，莫如琴客别宜城。

陸貽典：用党家姬及桓温問劉司空事。

老兵

昔擁琱戈射鐵簾，可堪蓬鬢照冰髯。金瘡常有些兒痛，斗力今難寸許添。至老安能希駱甲，從初悔不事蒙恬。莫嗟身上衣裘薄，猶向官中請半縑。

方回：初但選老將至老吏七首，今加以老奴、老妾、老兵三首，足爲十首。予嘗謂後村詩，其病有三：曰巧，曰冗，曰俗，而格卑不與焉。此三詩可見矣。「金瘡常有些兒痛」，俗也。「樂器全抛曲譜生」，俗也。「太尉」、「司空」之聯冗也。「毁齒」、「長鬚」之聯巧也。又每人名單是一字，尤不可法。

馮班：「太尉」、「司空」之聯略可。

馮舒：駱甲、蒙恬有何義？

馮班：第五句不成語，腹聯幾乎不解捉筆，第七句湊。

紀昀：「斗力」合是弓力。

無名氏（甲）：漢高祖征陳豨，募騎將，得駱甲、徐必，封之千户。

牛

以羊相似嫌羊小，與象同稱笑象輕。青草充腸隨意飽，黄鐘滿脰有時鳴。力粗曾索寅人鬬，骨朽難湔丑座名。空費景升芻與蘽，不如羸牸尚堪耕。

馮班：羸牸亦是牛。

查慎行：黄鐘宫音如牛鳴盎中。

紀昀：十老詩已極惡趣，此二詩尤醜不可耐。作者、選者，兩不可解。

駝

形模獰怪駭兒童，技與黔驢大略同。葱嶺馱經嘗有力，岐陽載鼓竟無功。效牽尚記隨班後，健倒安知卧棘中。莫信人言君背貴，肉鞍强似錦韉蒙。

方回：後村詩涉組織，此二詩尤可見。然以難題，取殿諸詩後云。

紀昀：不止組織之病。○尚非難題，不宜如此牽就，且選詩非以備題。

馮舒：駝與黔驢不同。

紀昀：較牛詩稍成語，然亦俗惡。○此卷五言頗好，七言惡不可耐。

校勘記

〔一〕岱北　李光垣：「代」訛「岱」。〔二〕老樹　李光垣：「用」訛「老」。〔三〕相隨　馮班：「相」一作「遥」。〔四〕涏涏雙來　查慎行：兩「涏」字當作「涎」，古詩讀去聲。李光垣：「涎涎」訛「涏涏」。〔五〕唐書　李光垣：「時」訛「書」。〔六〕欲燃　李光垣：「然」訛「燃」。〔七〕宣政殿　馮班：「殿」一作「衙」。〔八〕初重　馮班：「重」一作「到」。〔九〕莊周　李光垣：「生」訛「周」。〔一〇〕羅隱　馮班：「隱」當作「鄴」。〔一一〕深紅　馮班：作「春紅」是。〔一二〕始見花　馮班：「見」一作「着」。〔一三〕遊子午聞　馮班：「遊子」一作「行人」。〔一四〕佳人　馮班：「佳」一作「歌」。〔一五〕嬌嬈　馮班：「嬈」一作「饒」。〔一六〕須信丹青　馮班：「須信」一作「梁廣」。〔一七〕吹却　馮班：「却」一作「起」。何義門：「起」字有氣勢。〔一八〕有哉　紀昀：「有哉」字訛，再校本集。〔一九〕使臂　按：「臂」原作「胥」，據康熙五十二年本、紀昀刊誤本校改。

〔二〇〕開元寺山茶　馮班：當作「和子由開元寺山茶久無花今歲盛開」。〔二一〕歸後　查慎行：「歸」原訛作「掃」。〔二二〕瀟瀟　李光垣：「蕭蕭」訛「瀟瀟」。〔二三〕爲未　李光垣：「未爲」訛「爲未」。〔二四〕遇逢　馮班、查慎行、李光垣：「遇」當作「偶」。〔二五〕小時名　按：康熙五十二年本、紀昀刊誤本「小」作「少」。〔二六〕難縫　查慎行：「縫」原訛作「逢」。

瀛奎律髓彙評卷之二十八　陵廟類

君陵臣墓，大廟小祠，或官爲禁樵採，或民間香火祭賽不容遏。蓋聖賢之藏所宜重，而鬼神有靈，亦本無容心於其間也。屈子是以有山鬼、國殤之騷，詩人有降迎送神之詞。生敬死哀，寧無感乎？

紀昀：序敷衍無所發明。「亦本無容心於其間也」句何解？下句「是以」字如何接？

五言　二十首

經鄒魯〔一〕祭孔子而歎之

唐明皇

夫子何爲者，棲棲一代中。地猶鄒氏邑，宅即魯王宮。歎鳳嗟身否，傷麟怨道窮。今看兩楹奠，當與夢時同。

方回：此祭孔子必於其廟，所謂「宅即魯王宮」也。魯共王壞孔子舊宅以爲宮室，後所謂靈光殿者巋然獨存，豈非以孔子之故哉！予過兖州，東望洙、泗而識孔子之所在。惜不及一往拜奠，讀此詩爲之悵然。三、四以下俱佳。

馮舒：天子親祭，故稱此題中「歎」字。方君何事悵然？

紀昀：靈光不以孔子存。

許印芳：此評非是，故曉嵐删去。

紀昀：孔子更何贊？只以喟歎取神，最妙。五、六「嗟」、「歎」、「傷」、「怨」用字重複，雖初體常有之，然不可爲訓。結處收「祭」字，密。

許印芳：命題便高古。○五、六原本云：「歎鳳嗟身否，傷麟怨道窮。」○紀批云：「歎、嗟、傷、怨，字義重複，雖初體常有之，然不可爲訓。」今爲更易四字，使歸完美。凡好詩有字句不妥處，可改者改之，不可改者仍從其舊，劣詩則悉依舊本云。五、六易作：「歎鳳斯文在，傷麟吾道窮。」○唐明皇諱隆基，葬泰陵。唐諸帝中明皇最長於詩，五律尤多傑構。此選所收，十分之一耳。

重過昭陵　杜工部

草昧英雄起，謳歌曆數歸。風塵三尺劍，社稷一戎衣。翼亮貞文德，丕承戢武威。聖圖天廣大，宗祀日光輝。陵寢盤空曲，熊羆守翠微。再窺松柏路，還見五雲飛。

方回：老杜先有行次昭陵五言唐律〔二〕，首云：「舊俗疲庸主，羣雄問獨夫。讖歸龍鳳質，威定虎狼都。」又云：「文物多師古，朝廷半老儒。」可謂善頌唐太宗者。以多不選。此篇前八句字字佳。

紀昀：前一篇遠勝此篇，韻數亦尚不爲多。

許印芳：既選長律，但逢佳篇，勿論韻數多少，皆宜收入。虚谷但取短篇爲式，可笑也。

查慎行：分四段看：首四句得天下之故，五、六守天下之道，七、八傳天下之遠，末四句方説到昭陵，而以「重過」作結。

李天生：分二段，上段贊太宗，下段昭陵，裁六韻，而「翼亮」二句仍不脱高祖，此大節目也。「重經」只末句點出，妙。

何義門：反覆慨嘆。盪平之功，不能速奏，無太宗之善繼也。

紀昀：「翼亮」四句終不精彩。○結出「重過」。

許印芳：此詩簡嚴典碩，通體精彩。紀批亦是苛論。

禹廟

禹廟空山裏，秋風落日斜。荒庭垂橘柚，古屋畫龍蛇。雲氣生虚屋〔三〕，江聲走白沙。早知乘四載，疏鑿控三巴。

方回：凡唐人祠廟詩，皆不能出老杜此等局段之外。二詩蓋絶唱也。

何義門：疏鑿三巴，萬古如在。腹聯真寫得神靈颯至。

紀昀：三、四孫莘老以爲關合禹事，確有此意，而詩話不取。蓋務欲翻案，不顧是非，乃宋人之通病。○末二句語意未詳。

無名氏（甲）：禹貢有橘柚之包，治水遠龍蛇之害。妙對，而又出之無意之間，故爲神筆。

湘夫人祠

肅肅湘妃廟，空牆碧水春。蟲書玉佩蘚，燕舞翠帷塵。晚泊登汀樹，微香〔四〕借渚蘋。蒼梧恨不盡，染淚在叢筠。

何義門：此詩作於代宗即位之後，落句公自謂也。

紀昀：三、四終是疊砌，不可爲法。結亦凡近。

閬州別房太尉墓

他鄉復行役，駐馬別孤墳。近淚無乾土，低空有斷雲。對碁陪謝傅，把劍覓徐君。惟見林花落，鶯啼送客聞。

方回：少陵因救房公琯而去諫職。閬州別墓，足見少陵於交誼不薄也。第一句自十分好：他鄉已爲客矣，於客之中又復行役，則愈客愈遠，此句中折旋法也。「近淚無乾土」，尤佳。「淚」一作「哭」，可謂痛之至而哭之多矣。「對棋」、「把劍」一聯，一指生前房公之待少陵爲何如，一指身後少陵之所以感房公爲何如，詩之不苟如此。其後房公改葬東都，少陵復有二詩，更痛切悲悼。前云：「一德興王後，孤魂久客間。」後云：「風塵終不解，江漢忽同流。」乃知陳後山「丘原無起日，江漢有東流」，實本諸此。句法同，詩意不同。

馮舒：不謂之詩聖不可。

紀昀：情至之語，然却不十分精警。〇三句太着迹，須是四句一旁托。五句「陪」字不似追敍，且複「對」字。

蜀先主廟

劉夢得

天下英雄氣，千秋尚凛然。勢分三足鼎，業復五銖錢。得相能開國，生兒不象賢。凄凉蜀故妓，來舞魏宫前。

方回：元注：「漢末稱『黄牛白腹，五銖常復。』」〇胡澹菴有詩云：「須令民去思，如漢思五銖。」自注謂：「五銖起於元狩五年，新室罷之，民思以五銖市買，莽法復挾五銖者投四裔。光武因馬援言復之，民以爲便。董卓悉壞五銖，曹操爲相復之。自魏至梁、陳、周、隋，皆以五銖爲便。唐武德四年鑄『開通元寶』，五銖始不復見。」夢得此詩用「三足鼎」、「五銖錢」，可謂精當，然末句非事實也。蜀固亡矣，魏亦豈爲存哉？其業已屬司馬氏矣。諸葛公之子死於難，不爲先主羞。而魏之羣臣舉國以授晉，則何滅蜀之有哉！

馮舒：落句可傷。用劉禪事，何云非事實？方君不學乃至是？蜀亡時魏未禪位，何言之夢夢耶？「不象賢」，自謂後主，何言諸葛？方君不通如此！

馮班：事出三國志，何言非事實？評語全謬。

陸貽典：「生兒」句生。「生兒不象賢」句指劉禪，方公誤解。

查慎行：虚谷云：「此詩用三足鼎、五銖錢，可謂精當，然末句非事實也。」余所見亦同。

紀昀：自「然末句非事實也」至「何滅蜀之有哉」，支蔓。

查慎行：中兩聯字字確切，惜結句不稱。

紀昀：句句精拔。○起二句確是先主廟，妙似不用事者。後四句沉着之至，不病其直。

許印芳：凡祠廟墳墓等題，總宜從人着筆，不可糾纏祠墓。蓋祠墓是公共之物，略用關合足矣。人是本題正位，宜用重筆發揮，乃合體裁。如此詩全説先主，於廟字無一語道及，而起結皆扣住「廟」字。起語是從廟貌看出，結語則以魏宮對照蜀廟也。

經伏波神祠

蒙蒙篁竹下，有路上壺頭。漢壘麏鼯鬭，蠻溪霧雨愁。懷人敬遺像，閱世指東流。自負霸王略，安知恩澤侯。鄉關辭石柱，筋力盡炎州。一以功名累，翻思馬少游。

方回：能道馬伏波心事。此公筆端老辣，高處不減少陵。

馮舒：真高古。

查慎行：余壯年曾上壺頭山拜新息廟，欲作一詩，乃爲此公所壓。

紀昀：五、六兩句上下轉闗，一句束住本題，一句開出議論。

山中古祠

張司業

春草空祠處〔五〕，荒林唯鳥飛。紀年碑〔六〕石在，經亂祭人稀。野鼠緣朱帳，陰塵蓋畫衣。近來〔七〕潭水黑，時見〔八〕宿龍歸。

方回：平易而新美。

紀昀：本無意味，亦太膚廓，天下廢祠皆可移用。

漂母墓

劉長卿

昔賢懷一飯，兹事已千秋。古墓樵人識，前朝楚水流。渚蘋行客薦，山木杜鵑愁。春草綿綿〔九〕緑，王孫舊此游。

方回：長卿意深不露。第四句蓋謂楚亡、漢亡，今惟有流水耳。一漂母之墓，樵人猶能識之，亦以其有一飯之德於時耳。

紀昀：此解最精。

馮舒：首句領起，筆墨高挺，有無窮之味。

馮班：起好。

許印芳：劉長卿字文房，河間人，官隨州刺史。

屈原廟

崔塗

讒勝禍難防，沉魂〔一〇〕信可傷。本圖安楚國，不是怨懷王。廟古碑無字，洲晴蕙有香。獨醒人尚少，誰與奠椒漿！

方回：三、四句説得屈原心事好。

馮舒：如此批亦不傷腐。

馮班：亦是直議論耳，覺忠厚可諷。第七病句。

何義門：「人尚少」，言世所不尚也。

紀昀：終覺太直。起二句竟似五代口角，結尤過激。

無名氏（甲）：三、四可與文王操並傳，得古人心髓。

古塚

曹松

代遠已難問，纍纍似古城〔一〕。民田侵不盡，客路踏還平。作穴蛇分蟄，依岡鹿繞行。唯應風雨夕，鬼火出林明。

方回：盡古塚之態。

馮班：次聯妙。

何義門：梅都官安能到此？

紀昀：瑣屑刻畫，毫無意旨。「鬼火」字雖見杜玉華宫詩，而入律則不佳。

淮陰侯廟

梅聖俞

漢家天下將，廟古像公圭。百戰自亡楚，一時空王齊。鄉人奏簫鼓，舟子賽豚雞。不改寒潮水，朝平暮復低。

方回：先有古詩一首，末云：「高皇四海平，有酒不共醻。古來稱英雄，去就可以照。」此律詩亦佳。

馮舒：起句宋。

馮班：不及唐人遠矣。

紀昀：通體庸鈍。次句趁韻。

新開墳路

古徑約城斜，鋤荒可過車。直穿深篠去，不比繞村賒。伐樹侵籬脚，裨塍掘澗沙。欲爲蘭若處，松柏屬吾家。

方回：五、六細潤。

紀昀：總要在瑣屑無味處着力，虚谷所以終爲外道。

馮班：不成文。

古　塚

南陽道中作

南陽古原上，荒塚若魚鱗。劍佩不爲土，衣冠應化塵。枯骸託魑魅，細草没麒麟。何必問名氏，漢家多近親。

方回：五、六佳。

紀昀：三句拙，五句俚甚，六句凡語。總未見佳。

馮班：妙。落句好。

和叔才岸傍古廟

王半山

樹老垂纓亂，祠荒向水開。偶人經雨踣，古屋爲風摧。野鳥棲塵座，漁郎奠竹杯。欲傳山鬼曲，無奈楚詞哀。

方回：三、四句佳。

紀昀：三句俚陋，四句亦凡近。

雙廟

兩公天下駿，無地與騰驤。就死得處所，至今猶耿光。中原擅兵革，昔日幾侯王。此獨身如在，誰令國不亡。北風吹樹急，西日照窗涼。志士千年淚，泠然落奠觴。

方回：荆公題雙廟云：「北風吹樹急，西日照窗涼。」及詳味之，其託意深遠，非止詠景物而已。蓋巡、遠守睢陽，當時安慶緒遣突厥勁兵攻之，日以危困，所謂「北風吹樹急」也。是時肅宗在靈武，號令不行於江、淮，諸將觀望，莫肯救之，所謂「西日照窗涼」也。此深得老杜句法。如老杜題蜀相廟：「映堦碧草自春色，隔葉黄鸝空好音。」亦自託意其中矣。

馮舒：支離，讀詩不必如此。

馮班：曲腐。

紀昀：恐竟成一則張、許論。以「北風」一聯歸到「廟」子耳，此真穿鑿無理。老杜此語亦是現景，注家自生妄見耳。

馮班：不作整對，有力量。起四句議論有力，陡健可誦。

查慎行：三、四用昌黎成語，五、六、七、八摶捖轉折有力。

紀昀：一氣盤旋。

無名氏（甲）：蹙迫無步驟，枯硬乏情思，非佳作也。

許印芳：此詩善錬氣，故無板排直瀉之病。○純使議論，且純向空際着筆，絶不撏撦事實，而事實皆在渾括中。足見筆意之高，力量之大。前八句曲折往復，極沈鬱頓挫之致。九句、十句陡然接寫景物，神色益旺。尾聯以弔古作結，含情無限。此等詩老錬沈雄，虚谷所云步驟老杜者是矣。而又議其有工緻無悲壯，試與之讀此詩，虚谷何以解其前説之謬哉？○「日」字複。

○雙廟在今歸德府，祀張巡、許遠。

上王荆公墓

曾子開

天上龍胡斷，人間鵩鳥來。未應淮水竭，所惜泰山頹。華屋今非昔，佳城閉不開。白頭門下士，悵望有餘哀。

方回：諸曾皆出王半山門下，此言亦恐太過。元祐時王氏在金陵寂寞，張芸叟名舜民詩亦譏之。紹聖而後，紹述禍作，乃漸張大，以至南渡乃少損云。

馮舒：不媿唐人。

馮班：氣味甚高古。○首句「胡」字不如「髯」字。

紀昀：詩自清整，但擬人不倫，誠如虛谷所譏。

無名氏（甲）：「泰山頹」，固不可當，即「淮水竭」亦何能比茂弘耶？小人阿私，徒爲識者鄙耳。

光武廟

徐道暉

帳閉爐煙聚，山龍帝者衣。真人元有道，社鬼忽無威。畫剥金猶在，碑平字半非。鼓鳴村犬吠，祭罷數翁歸。

方回：五、六妙，但是廟俱可用。

馮舒：寒劣。

馮班：次聯何解？落句却好，然寒弱極矣。

紀昀：四句似嘲，非體。前四句只「真人」二字切光武，然割去「白水」二字則亦通稱，亦是凡帝王廟可用，不但五、六。

郭璞墓

劉後村

先生精數學，卜穴未應疏。因捋虎鬚死，還尋魚腹居。如何師鬼谷，却去友靈胥。此理憑誰詰，人方寶葬書。

方回：譏青囊之術不靈，其説亦是。

馮舒：似王荆公。○第四何謂？只墓在水中耳，何以言魚腹？

馮班：「魚腹」字有病。

查慎行：此詩後村集中第一卷第二首。

何義門：此詩不惡。

紀昀：太直太盡，此所謂詩論也。

尊。

堯廟

帝與天同大，天存帝亦存。桑麻通絶徼，簫鼓出深村。水至孤亭合，山居列岫尚餘土階意，樵牧踐籬藩。

方回：起句十字能言堯之大，末句十字能言堯之小。惟其能土階之小，所以能與天地同大也。

紀昀：末二句乃憑弔意，虚谷解謬。

馮舒：首句宋。○破不言廟何也？○落句醜拙。

馮班：惡詩。○首聯不言廟，次聯又不緊承，第三句却閑閑襯句，失體之極矣。落句小兒語耳。

紀昀：起二句腐絶，三、四又接得太小，不稱「天」字。

七言 三十二首

蜀相 杜工部

丞相祠堂何處尋，錦官城外柏森森。映堦碧草自春色，隔葉黄鸝空好音。三顧頻煩天下計，兩朝開濟老臣心。出師未捷身先死，長使英雄淚滿襟。

方回：子美流落劍南，拳拳於武侯不忘。其詠懷古迹，於武侯云「伯仲之間見伊呂，指揮若定失蕭曹」，及此詩，皆善頌孔明者。

何義門：後半深嘆其止以蜀相終也。

紀昀：前四句疏疏灑灑，後四句忽變沉鬱，魄力絶大。

趙熙：沈鬱、博大。

長陵

唐彦謙

長陵高闕此安劉，附葬[二]纍纍盡列侯。豐上舊居無故里，沛中原廟對荒丘。耳聞明主[三]提三尺，眼看[四]愚民盗一抔。千載豎儒騎瘦馬，渭城斜日重回頭。

方回：此漢高帝陵也。「耳聞」、「眼看」，或以爲病，然「提三尺」、「盗一抔」屬對親切。詩體如李義山。彦謙又有警句云：「煙横博望乘槎水，月上文王避雨陵。」

馮舒：力在「耳」、「目」二字，包括却許多大議論，以爲病者，眯目者也。○不選「煙横」首，直附載二句，真無目也。

馮班：何不取此首？略點「乘槎」、「避雨」兩故事，「煙横」、「月上」二字含却古之無限感慨。如此用事，千古不得一句也。

紀昀：鹿門本學義山，此首却不似義山。

馮舒：首句不可解。

馮班：只首句不妥，以下字字不苟，「崑體」妙作。

錢湘靈：「安劉」二字未妥。

何義門：貞觀十一年詔從漢氏使將相陪陵功臣密戚，皆賜塋地一所。第二正用其事。〇一路逼出末句，可謂揶揄殆盡。

紀昀：「安劉」二字誤用，飴山老人批唐詩鼓吹而爲之詞，非也。「豎儒」暗對嫚罵酈生事。

許印芳：「安劉」借言安厝，非誤用也。「提三尺」乃往時事，故曰「耳聞」，「盜一抔」是後來事，故曰「眼看」，亦不得謂之爲病。惟「舊居」、「故里」，意重複耳。後半譏其重武輕文，妙在語無痕迹。〇唐彦謙字茂業，號鹿門，晉陽人，官刺史。

茂陵

李義山

漢家天馬出蒲梢，苜蓿榴花遍近郊。内苑只知啣鳳嘴，屬車無復插雞翹。玉桃偷得憐方朔，金屋妝成貯阿嬌。誰料蘇卿老歸國，茂陵松柏雨瀟瀟。

方回：義山詩織組有餘，細味之格律亦不爲高。此詩譏誚漢武甚矣，謂驕侈如此，終歸於盡也。

馮舒：以其無硬字耶？

紀昀：義山殊有氣骨，非「西崑」之比。此語未是。

馮舒：首句亦有病。「蒲梢」，馬名。

馮班：只用蘇卿一襯，丰神百倍。○「崑體」也。

何義門：首句言蒲梢、汗血，乃天子馬也，故自無嫌。惟一事占二句，稍費詞耳。○「郊」字誤押。○八句中包括貫串，極工整而不牽率。○首句，用兵。第三句，畋獵。第四句微行。第五句，神仙。第六句，聲色。○末二句諷刺自見於言外。

題濮廟　曹鄴

曉祭瑶齋夜叩鐘，鰲頭風起浪重重。人間直有仙桃種，海上應無肉馬蹤。赤水夢沉迷象罔，翠華恩斷泣芙蓉。不知皇帝三宫駐，始向人間着衮龍。

方回：詩體似李義山。

馮班：次聯好。唐人作議論語，只是有風味。

紀昀：「濮廟」二字再考。題不解，則不能定詩之工拙。

無名氏（甲）：大抵漢武因築宣房而有此廟。仙桃出於王母，天馬取於大宛。象罔不得玄珠，少君何能起死？皆偕古諷今耳。

巫山神女廟

劉賓客

巫山十二鬱蒼蒼，片石亭亭號女郎。曉霧乍開疑卷幔，山花欲謝似殘妝。星河好夜聞清佩，雲雨歸時帶異香。何事神仙九天上，人間來就楚襄王。

方回：尾句譏之，良是。然本無此事也，詞人寓言耳。

馮班：只第六一句，餘皆常調。

何義門：落句自嘆由南宮遠貶也。

紀昀：三、四俗語，結亦平淺，五句「好夜」二字生造。馮氏賞六句，不可解，所謂不猥褻不盡興耶。尾句太直，此種已是宋詩。設題下換宋人名字，不知如何唾駡耳？

無名氏（甲）：意境甚平，非夢得高作。

許印芳：「好夜」二字詩家常語，未爲生造。馮氏批韓致堯五更詩，謂「不猥褻則不盡興」，詳見第三卷中致堯倚醉詩下。此詩中四句犯切脚病，曉嵐尚未看出。

陽山廟觀賽神

元註：「梁松南征至此，遂爲神，在朗州。」

漢家都尉舊征蠻，血食如今配此山。曲蓋深幽蒼檜下，洞簫愁絶翠屏間。荆巫脈脈傳神語，野老娑娑啓醉顔。日落風生廟門外，幾人連蹋竹歌〔一五〕還。

方回：予嘗遊此廟，在今常德府北三十里，似不當祭之人，馬伏波爲其所傾者。

馮舒：妙在寫出淫祠。

馮班：此淫祠，下句殊斟酌，不見痕迹。次聯是梁松廟。

何義門：松尚主，故曰「都尉」。

紀昀：梁松廟尚有説處，此太泛泛。

許印芳：全首落套。中山乃亦有此，可怪也！

蘇武廟

温飛卿

蘇武魂銷漢使前，古祠高樹兩茫然。雲邊雁斷胡天月，隴上羊歸塞草烟。迴日樓臺非甲帳，去時冠劍是丁年。茂陵不見封侯印，空向秋波哭逝川。

方回：此見別集。「甲帳」、「丁年」甚工，亦近義山體。

馮班：方君專以巧對爲義山，謬也。○自是飛卿。
查愼行：三、四即用子卿事，點綴景物，與他手不同。
何義門：五、六不但工緻，正逼出落句。落句自傷。
紀昀：五、六生動，餘亦無甚佳處。○結少意致。

陳琳墓

曾於青史見遺文，今日飄零過古墳。詞客有靈應識我，霸才無主始憐君。石麟埋沒藏秋草〔二六〕，銅雀淒涼起暮雲〔二七〕。莫怪臨風倍惆悵，欲將書劍學從軍。

方回：謂曹操有無君之志而後用此等人，甚妙。
　馮舒：誤。
馮班：第四句自嘆也。
陸貽典：琳已失身於操，殊不足憐。但已并不遇「霸才」，「憐君」之不得已耳。
何義門：見遺文不獨詫孔璋之才，正深服魏武之度也。不惟罪狀一身，而且辱及先世，乃曹公但知愛才，一不介於胸。今我於斯世，豈有此嫌，乃使我流落如此乎？
紀昀：「詞客」指陳，「霸才」自謂。此一聯有異代同心之感，實則彼此互文，「應」字極兀傲，

「始」字極沉痛，通首以此二語爲骨，純是自感，非弔陳琳也。虚谷以「霸才」爲曹操，謬甚。○「霸才」、「詞客」俱結入末句中。

許印芳：三、四語曉嵐之説最當，虚谷所解固非。又沈歸愚云：「言袁紹非霸才，不堪爲主也，有傷其生不逢時意。」此解勝虚谷，然亦未的。又評六句云：「言魏武亦難保其荒臺，對法活變。」此解却是。○温庭筠，本名岐，字飛卿，并州人，官助教，詩與義山齊名，號「温李」。

黄陵廟

李羣玉

小孤洲北浦雲邊，二女明妝共儼然。野廟向江春寂寂，古碑無字草芊芊。東風近墓吹芳芷，落日深山哭杜鵑。猶似含嚬望巡狩，九疑如黛隔湘川。

方回：第六句好。

紀昀：總是套頭。

春日拜壠經田家

梅聖俞

田家春作日日近，丹杏破顆場圃頭。南嶺禽過北嶺叫，高田水入低田流。桑芽將綻霧露裛，蠶子未浴箱篚〔八〕收。今我還朝固不遠，紫宸已夢瞻珠旒。

方回：此乃田家詩，然題有「拜壠」二字，以附此。

紀昀：詩無「拜壠」之意。

馮舒：不好。

經秦皇墓

魯三江

祖龍何事苦東巡，仙駕歸來塚草新。項籍已飛三月火，子嬰猶醉六宮春。元來滄海殊無藥，却是芒碭暗有人。自古乾坤屬真主，驪山山下好霑巾。

方回：潼川人魯交詩曰三江集，山谷稱爲魯三江，今從之。三、四謂項羽之起，不待至咸陽，而三月之火已然矣，子嬰猶未悟也。五、六尤佳，獨末後一句頗俗。

馮班：不通之甚，周旋他不得。

紀昀：亦不大雅。

馮舒：子嬰帝秦，不滿月餘，沛公入關，子嬰降。項羽入關時子嬰爲降虜，寧有六宮之醉？第四句枉埋冤。

馮班：不解捉筆，不識一字。

陸貽典：三句亦從「敵國軍容飄木柹」脱出，然彼則實有其事也。咸陽之火，子嬰已死矣，何得云然？五、六却佳。
查慎行：俗氣。
紀昀：老生常談，可以不作。〇「已飛」二字不妥。〇考之史籍，「子嬰」無荒淫之事，四句欠考。

過井陘淮陰侯廟

韓魏公

破趙降燕漢業成，兔亡良犬日圖烹。家僮上變安知實，史筆加誣貴有名。功蓋一時誠不滅，恨埋千古欲誰明。荒祠尚枕陘間道，淵水空傳哽咽聲。

方回：三、四明韓不反。此長者之言，足慰淮陰於地下也。
馮班：此公非詩人。〇宰相氣。
紀昀：「日圖烹」三字不明晰，意謂漢高日圖之耳。三、四太質，餘亦凡語。
無名氏(甲)：欲爲淮陰洗雪，甚妙。惜無少陵之才，可以信今傳後耳。

冬至祀墳

至日郊原擁節旄，先塋躬得奉牲醪。霜威壓野寒方重，山色凌虛氣自高。衣錦不來誇富貴，報親惟切念劬勞。連村父老歡相迓，因勸勤耕候土膏。

方回：此熙寧元年戊申冬詩。自長安被召不入，再領鄉郡。三、四句格，如其造語。

紀昀：不見高重之處，此等皆依附之談。

馮舒：不成詩。

馮班：欠佳。

紀昀：語尤凡近。○四句從「南山與秋色，氣勢兩相高」及「千巖秋氣高」化出，此詩只此一句好。○尾句另化一意。是有此法，然此不接。

元日祀墳馬上

三朝偏喜得晴和，歲美民康此驗多。天運主生方啓户，土膏乘暖已騰波。雪憑空闊高低在，風引韶妍次第過。霽靄正開先壠近，太行晡景上嵯峨。

方回：此熙寧二年己酉元日詩。魏公三領鄉郡，拜墳之詩極多，今選八首。爲人子孫，全功名，保富貴，節義文章，萬世無歉者，公一人而已。今選其詩，以寓敬仰。

紀昀：有德有言，指議論，非指詞章。詞章則詩自詩，人自人，正人不必皆能詩也。不問工拙，而但取德望相標榜，以爲依附取重之地，殊乖別裁之旨。

紀昀：第七句上下俱不貫。

癸丑初拜先墳

晝錦三來治鄴城，古人無似此公榮。首過先壠心還慰，一見家山眼自明。釃酒故廬延父老，駐車平野問農耕。便思解綬從田叟，報國慚惟萬死輕。

方回：此熙寧六年，自中山三領鄉郡時詩。

馮舒：「此公」，謾語也。不得意人可用，隱遯放縱之人可用。魏公作富貴詩，下不得此語。況拜先墳，豈子孫之辭耶？

馮班：拜先人而自稱「公」，可謂無禮。絶倒。

紀昀：語皆淺拙。○「此公」二字不宜自道。「農耕」二字稚。

次日早起西墳

風入旌旗撼曉光，兩塋親展喜非常。濃陰蔽野瞻喬木，逸勢横天認太行。自歎重茵寧及養，縱垂三組敢誇鄉。路人或指榮雖甚，明哲何如漢子房。

方回：三、四下一句壯甚。

紀昀：不論格法，而但求語壯，則壯亦易爲。

馮班：第六句不成語。

紀昀：展墓雖非喪禮，而感念先人，要非可喜之事，「喜非常」三字非惟俚陋，且亦礙理。「敢誇鄉」三字稚，「路人」句尤稚。結忽如此收束，可謂游騎無歸。

秋風赴先塋馬上

暫趨先壠弭旌旄，因卹吾民穡事勞。穀實已傷嗟歲稟，麥根雖立望春膏。林疏山骨清彌瘦，天闊詩魂病亦豪。田舍罕逢車騎過，聚門村婦擁兒曹。

方回：魏公襟量，古之所謂大臣。然詩句亦騷，此詩第六句是也。

紀昀：「騷」字不妥。

紀昀：前四句是一段説話，五、六二句又是一段説話，末二句又是一段説話，雜湊成篇，既無詩情，并無詩法。

初冬祀墳

曉來輕冷上平岡，西款親塋一舍强。帶靄遠峰時隱見，半霜殘葉雜青黄。來牟渴雨空成壠，賓雁銜雲自着行。此日初冬嚴祀事，只增悽惕不誇鄉。

方回：五、六峭健。

紀昀：五句不成語，六亦凡語。

紀昀：「不誇鄉」三字滯。

西亭先墳已致誠，却嚴軒從指東塋。鴻驚去旆參差起，馬避柔桑詰曲行。農寓兵來閒即教，牛無休日旱猶耕。病翁寡術蘇疲瘵，徒勸民心厚所生。

方回：第四句見鄉里間行馬之態。河朔素有民兵，第五句又自兼言公事。第六句愛民之至也。

紀昀：中四句又説開去，與「東塋」何涉？結挽祀墳，却有作意。

乙卯寒食祀墳

鄉守三逢禁火天，每驅旌纛掃松阡。衰殘豈足酬恩遇，光寵徒知及祖先。望極西山饒勝氣，樂舒東户革荒年。何時歸處墳廬下，不假蘇秦負郭田。

方回：此熙寧八年乙卯也。五、六「饒」字、「革」字甚佳，魏公詩不苟如此。宋宰相能詩者多，夏竦、丁謂、王珪、王安石，事業狼狽；惟寇萊公、魏公，功臣、詩人兩無愧云。○魏公重修五代祖塋域記云：「夫謹家牒而心不忘乎先塋者，孝之大也。惟墳墓祭祀之有託，故子孫以不絶爲重。自志於學，每見祖先所爲文字與家世銘誌，則知寶而藏之。遺逸者常精意收掇，未始少懈。時編歲緝，寖以大備。其所志先域之所在，雖距今百有餘年，必思博訪而得之，卒不墜先業。推及先域之八世，得以歲時奉祀，少慰庸嗣〔一九〕之志。向使宗牒之不謹，祖先文字不傳，雖有孝於祖先之心，欲究其宅兆而嚴事之，其可得乎？」

馮班：諸作俱俗，負却晝錦堂記。

紀昀：萊公不愧詩人，魏公但可謂之功臣。○此一段與詩何涉？因魏公而選此數詩，已涉依附。因此數詩而牽及魏公之墓記，更爲無理矣。

紀昀：「革」字欠妥。

嚴陵祠堂

王半山

漢庭來見一羊裘，默默俄歸舊釣舟。迹似磻溪應有待，世無西伯可能留。崎嶇馮衍才終廢，索寞桓譚道不謀。勺水果非鱣鮪地，放身滄海亦何求。

方回：放馮衍，黜桓譚，此固光武之失。然子陵心事，亦未必然。介甫豈以英廟時召不肯起，借秦爲喻耶？然介甫不知人，韓魏公之爲相，仁、英之爲主，而猶不滿可乎？

馮班：如此議論，可謂之拘矣。以小人之肺肝，度君子之腹心。

紀昀：此評是。

馮舒：第二託意自遠。

馮班：家兄云「託意自遠」，余謂不通而已，何「遠」之有？且半山所遇，亦有何託意？家兄性拗，有似此公也。○總是肚皮不乾浄，有此等議論。第三句是漢已定鼎，子陵又要謀反。光武中興，應天順人，何用西伯，必得他姓而後快？得罪名教之詞。○第三句，謀反了也。第四句，公孫述何如？第八句，豈嚴陵之志乎？

查慎行：三、四兩句一串。○余獨謂光武不能容功臣，大臣如馬援、侯霸，或斥或死，何有於馮衍、桓譚乎？

張載華：按後漢書侯霸傳：霸代伏湛爲大司徒，封關内侯，十三年薨，帝深傷惜之。似未可與伏波並提而論，謂光武不能容也。又按：韓歆代霸爲大司徒，好直言，無隱諱。帝每不能容，坐免歸田里。帝復遣使宣詔責之，歆及子嬰竟自殺，評語云云，及敬業堂集釣臺詩亦有「侯霸得罪由司徒」之句，先生豈誤記耶？抑別有所本耶？

紀昀：「有待」二字不好。天下已定，更誰待耶？通體不見「祠堂」，亦爲疏漏。

狄梁公陶淵明俱爲彭澤令至今有廟在焉刁景純作詩繼以一篇

梁公壯節就夔魖，陶令清身託酒徒。政在房陵成底事，年稱甲子亦何須？江山彭澤空遺像，歲月柴桑失故區。末俗此風猶不競，詩翁歎息未應無。

方回：梁公立武后朝，晚節不差，未可毁也。淵明則無可訾矣。半山好爲異論，謂「年稱甲子亦何須」，則淵明亦無足取耶？只第七句一繳，謂此等人今世亦無之，庶可發慨歎耳。

馮舒：梁公起頭亦未嘗差。如此立論，不勝偏拗。

紀昀：此評是。

馮舒：詩人議論，不宜太露。使意在詞中，諷咏有餘味，方是能作。○次聯抹煞忠孝大節，殊害理。○落句不能自出其意，拙甚。○荆公時何用作梁公與元亮耶？落句全無謂。

馮班：「夔魖」二字出舊唐書則天皇后紀贊。○此名教罪人也，害理之甚。

紀昀：馮云「夔魖」二字出舊唐書贊，然此種字不宜入詩，古體中昌黎一派用之，猶差可。○末二句詞不達意。

小姑

小姑未嫁與蘭支，何限流傳樂府詩。初學水仙騎赤鯉，竟尋山鬼從文貍。繽紛雲禰空棠楫，綽約煙鬟獨桂旗。弄玉有祠終或往，飛瓊無夢故難知。

方回：小孤山之神訛爲小姑，澎浪磯訛爲彭郎。此不過循名騁博作此詩，然實筆力不可及。

馮舒：粗拙耳，何不可及？

馮舒：「崑體」之變。○第二句拙。○頷聯不好處在「初學」、「竟尋」四字。

馮班：此等絶不好，大兄不辨也，「初學」、「竟尋」四字湊。○末句湊而不通。

紀昀：不免堆砌，而筆力尚足運之，不甚覺冗。末句宕入空際，方不落癡。

題裴晉公祠

張宛丘

獨持將鉞静氛妖，後世英名日月昭。善聽聖君非易遇，將亡凶竪不難梟。悲風蔓草移今古，野殿空庭鎖寂寥。更有從軍老司馬，勒銘文字配咸韶。

方回：三、四謂元濟易擒，憲宗難遇。良是。

紀昀：此二句意工而語拙。

馮舒：憲宗未爲聖君，在唐人則可矣。

馮班：四句，梟「凶豎」也不易。○七句，退之稱「老」，不穩。○末句趁韻而已。

謁太昊祠

千里垂精帝道尊，神祠近在國西門。風摇廣殿松杉老，雨入修廊羽衛昏。日落狐狸號草莽，年豐父老薦雞豚。舊游零落今誰在，塵壁蒼茫字半存。

方回：老杜先主廟詩：「翠華想象空山裏，玉殿虚無野寺中。古廟松杉巢水鶴，歲時伏臘走村翁。」此中四句全相似。

馮舒：落句未緊。

查慎行：太昊祠在陳州，故云「國西門」。

紀昀：起句膚，中四句凡古廟皆可用，且調皆平頭。○忽入懷人，無緒。

東山謁外大父墓

陳後山

土山宛轉屈蒼龍，下有槃槃蓋世翁。萬木刺天元自直，叢篁侵道更須東〔二〇〕。百年富貴今誰見，一代功名託至公。少日拊頭期類我，暮年垂淚灑西風〔二一〕。

方回：後山先母夫人，皇祐丞相龐公籍之女。初丞相父格官彭城，丞相與孔道輔從後山祖洎游而成此姻。後山父諱琪，字寶之，受丞相恩，仕至國子博士，通判絳州。熙寧九年卒，年六十。母夫人紹聖二年卒，年七十七歲。

查慎行：敍後山家世最詳。

紀昀：但首二句注明龐公已足，餘皆支蔓，無與於詩。

馮班：「元自」、「更須」不妥。

紀昀：一氣渾成，後山最深厚之作。○「更須東」三字欠通，任淵注亦附會無理，余定爲「通」字之誤。蓋此詩三句比龐之孤直，四句比小人之黨尚在。

許印芳：「年」字複。

靈惠公廟

汪浮溪

臺殿崇崇冠冢巔，行人跪起白雲邊。山河覇業三千里，歌舞靈衣五百年。鐵馬威神通異域，衮龍書命降中天。偃王遺種班班在，好乞韓碑記邈綿。「邈」一作「遜」。

方回：元注：「宣歙間有主嶺，靈惠公廟存焉。靈惠，余祖也。隋末有宣、徽之衆，本朝以陰兵佐邊境，錫今封。余通守宣城，故用韓碑故事。」○王姓汪，諱華。以六郡歸唐，廟今號忠烈，封八字王。主嶺廟在績溪，而墓在歙縣北七里雲嵐橋。又廟在郡城烏聊山，香火特盛，每以歲正月十八日賽祀踰旬。凡此郡汪姓皆其後。浮溪先生藻，字彦章，中興詞臣之最。浮溪者，婺源地名，先生故居，以名其集。末句用昌黎徐偃王碑事，意婉。他本改「記邈綿」三字爲「萬古傳」，徒張大而無味，浮溪欲與作碑而自夸乎？元和九年徐氏放爲刺史，而汪浮溪謂亦汪王之後，故用此事。韓文公爲刺史，徐放作偃王廟記，其辭曰：「秦傑以顛，徐由邈綿。」徐偃王名誕，廟在衢州西安縣南七十里靈山下，韓愈撰廟碑。

查慎行：烏聊山，即今淳安縣，俗名小金山，在邑西十里。

紀昀：謂張大無味，是。謂浮溪欲與作碑，則非。「遺種」，浮溪自謂。「韓碑」，謂乞文於人。

馮舒：非佳事，亦不成語。○事有切而不可用者，宋人多憒憒。

馮班：「偃王遺種」豈可用乎？不知徽州人是后倉之後耶？「遺種」二字豈可亂用！

題夫差廟

范石湖

縱敵稽山禍已胎，垂涎上國更荒哉！不知養虎自遺患，只道求魚無後災。夢見梧桐生後圃，眼看麋鹿上高臺。千齡只有忠臣恨，化作濤江雪浪堆。

方回：此詩起句、末句俱好，兩「後」字不相妨。
馮舒：劣弱。○「垂涎」二字不穩、不醒。○石湖有高懷，無經濟，不堪作詠古詩。○第四句石湖體，可厭。
馮班：石湖體。
查慎行：三、四對亦自然。
紀昀：亦老生之常談。詞調尤野。
無名氏（甲）：腐極。

九日行營壽藏之地

家山隨處可松楸，荷鍤攜壺似醉劉。縱有千年鐵門限，終須一箇土饅頭。三輪世界猶灰劫，四大形骸强首丘。螻蟻烏鳶何厚薄，臨風拊掌菊花秋。

馮舒：石湖體自好。
馮班：真白傳子孫。
紀昀：三、四粗鄙之極。
無名氏（甲）：釋氏謂風、水、火三輪則爲三災。老子謂域中有四大：天大、地大、道大、君大也。

得壽藏先隴之旁

密邇松楸地一隅，會心何必問青烏。亢宗雖媿鎮公子，没世尚從先大夫。京兆漢阡賢聞望，邢山鄭冢儉規模。家庭遺訓焄蒿在，不學郃卿畫古圖。

方回：自古皆有死，二詩達矣。

紀昀：不問詩之工拙，而但取其見之達，非選詩之道。

紀昀：亦庸劣。

劉屯田墓壯節亭

尤遂初

西澗當年卜考槃，便於神武掛衣冠。後生無復知前輩，故老猶能説長官。三尺荒墳埋玉冷，百年壯節倚天寒。表章賴有羣賢力，誰把生芻奠酒盤。

方回：劉屯田諱渙，字凝之。後山所謂「身在菰蒲中，名滿天地間」者是也。子恕字道原。父子名塞天下。尤延之詩，語不驚人，細咀有味。

查慎行：劉屯田始末，詳朱子壯節亭記中。

紀昀：「埋玉冷」似女子墓詩。末二句自不相貫。

過虞美人墓

潘德久

樽前一曲奈何歌，千古英雄恨不磨。女子在軍今莫問，君王愎諫向來多。最憐秋雨添狐穴，誰與春醪酹棘窠。一朽何須論異域，寄聲青冢太嬋媌。

方回：此奉使時詩，亦有議論。

馮班：不惟不成詩，亦自不成議論，末句尤可笑。

馮舒：項王不避愎諫。○落句意有所在，然晦而無味。

馮班：「不」字不通。○羽之失不獨在愎諫，此是木皮光語。○「雨添狐穴」，何也？○七、八兩句不通。

查慎行：在濠州，土人謂之嗟虞墩。

紀昀：「狐穴」不必「秋雨」。○三、四借刺當時，結借刺降金之人，意好而詞未工。

校勘記

〔一〕鄒魯　紀昀：「鄒」字衍。　〔二〕唐律　李光垣：「長」訛「唐」。　〔三〕虛屋　馮班：「屋」一作「壁」。李光垣：「壁」訛「屋」。〔四〕微香　馮班：「香」一作「馨」。
〔五〕空祠處　馮班：「處」一作「暮」。〔六〕紀年碑　馮班：「年」一作「名」。〔七〕近來　馮班：「來」一作「門」。〔八〕時見　馮班：「見」一作「有」。〔九〕春草綿綿　許印芳：「綿綿」一作「茫茫」。〔一〇〕沉魂　馮班：「魂」一作「寃」。〔一一〕似古城　馮班：「似」字誤，本是「次」。紀昀：馮云「似字誤，本是次字」。然「次」字亦不成語。余嘗見塞外漢、唐廢城，基址已平，尚略存堆阜之狀，如廢冢之排列。然所謂「似古城」者，蓋即此意，但語不工耳，字不誤也。〔一二〕附葬　馮班：「附」一作「祔」。〔一三〕明主　馮班：「明」一作「英」。〔一四〕眼看　馮班：「看」一作「見」。〔一五〕竹歌　馮班：「歌」當作「枝」。〔一六〕藏秋草　馮班：「藏」一作「隨」。〔一七〕起暮雲　馮班：「起」一作「對」。〔一八〕箱篚　按：康熙五十二年本、紀昀刊誤本「篚」作「筐」。〔一九〕庸嗣之志　按：「庸嗣」二字原缺，據安陽集卷四十六校補。〔二〇〕更須東　紀昀：「東」當作「通」。〔二一〕灑西風　李光垣：「向」訛「灑」。

瀛奎律髓彙評卷之二十九　旅況類

易旅卦曰：「旅瑣瑣，斯其所取災。」男子生而有四方之志，寧終老守鄉井乎？一有所役而不能遽歸，則有「旅瑣瑣」之憂。雖富貴得志，猶不無鞅掌之歎，而況於貧賤不得志之人？此旅況詩所以作也。

紀昀：序亦無所發明。

五言　五十七首

晚次樂鄉縣

陳子昂

故鄉杳無際，日暮且孤征。川原迷舊國，道路入邊城。野戍荒烟斷，深山古木平。如何此時恨，噭噭夜猿鳴。

方回：起兩句言題，中四句言景，末兩句擺開言意。盛唐詩多如此。全篇渾雄齊整，有古味。

紀昀：晚唐法亦如此，但氣格卑弱耳。蓋詩之工拙，全在根柢之淺深，詣力之高下，而不在某句言情、某句言景之板法，亦不在某句當景而情、某句當情而景，及通首全不言景，通首全不言情之變法。虚谷不譏晚唐之用意猥瑣，而但詆其中聯之言景，遇此等中聯言景之詩，既不敢詆，又不欲自反其説，遂不能更置一語，但以「多如此」三字渾之。蓋不究古法，而私用僻見，宜其自相窒礙也。

查慎行：已見「暮夜類」，重出。

無名氏（甲）：樂鄉在荆州。

初發道中寄遠〔一〕

張子壽

許印芳：道中不標地名，尚不合法。後有孟襄陽遇晴詩，題亦犯此病。

日夜鄉山遠，秋風復此時。舊聞胡馬思，今聽楚猿悲。念别朝昏苦，懷歸歲月遲。壯圖空不息，常恐鬢如絲。

方回：雅淡有味。

紀昀：此在當時爲雅咏，在後世輾轉相摹，已爲習調。但當學其氣韻，不可復襲其意思。

讀盛唐詩，須知此理，方不墜入空腔。

許印芳：此論甚精，明七子學盛唐而成爲僞體，正坐不知此理耳。

查慎行：七、八兩句，曲江風度可想。

紀昀：首句按題，次句又進一步，三句旁托一筆，四句合到本位。措詞生動，變盡從前排解矣。

許印芳：「朝昏」意複「日夜」。

初入湘中有喜

征鞍窮郢路，歸棹入湘流。望鳥唯貪疾，聞猿亦罷愁。兩邊楓作岸，數處橘爲洲。却計從來憶，翻疑夢裏游。

方回：此以還鄉漸近爲喜。張丞相，曲江人也。

紀昀：此無佳處。

初發曲江溪中

溪流清且深，松石復登臨。正爾可嘉處，胡爲無賞心。我猶不忍別，物亦有緣侵。自匪常行邁，誰能知此音！

方回：後六句無一字黏帶景物，謂之似韋蘇州，非頂門鉅眼不識也。

馮舒：曲江大手，豈以似韋爲重？曲江先於韋，如何反謂似韋？不惟不知曲江，亦不知蘇州也。盲論可惡。

紀昀：韋詩佳處不在不言景物。此種皆謬爲大言，適形其陋。

紀昀：六句殊不成語。

江漢

杜工部

江漢思歸客，乾坤一腐儒。片雲天共遠，永夜月同孤。落日心猶壯，秋風病欲蘇。古來存老馬，不必取長途。

方回：此詩余幼而學書，有此古印本爲式，云杜牧之書也。味之久矣，愈老而愈見其工。中四句用「雲天」、「夜月」、「落日」、「秋風」，皆景也，以情貫之。「共遠」、「同孤」、「猶壯」、「欲蘇」八字絶妙。世之能詩者，不復有出其右矣。○公之意自比於「老馬」，雖不能取「長塗」，而猶可以知道釋惑也。

馮舒：妙處不在字眼。

紀昀：前四句是思歸。「片雲」二句緊承思歸説出。後四句乃壯心斗發。「落日」二句提筆振起，呼出末二句，語氣截然不同。虛谷此評却不差。

馮舒：第二聯是比。

查慎行：牢落之況，經子美寫出，氣概亦自高遠。

何義門：言所以思歸者，非懷安也，廟堂勿用，因其老以安用？腐儒見棄，則猶可以端委而折衝也。○若單點起聯，恐未熟讀解嘲。

李天生：有議公是篇中二聯相礙者，不知其泛詠羈愁，非定爲夜作也。

紀昀：「落日」二字乃景迫桑榆之意，借對「秋風」，非實事也。

無名氏（乙）：東坡南歸詩云：「浮雲世事改，孤月此心明。」與老杜千載相合。

歲暮

歲暮遠爲客，邊隅還用兵。烟塵犯雪嶺，鼓角動江城。天地日流血，朝廷誰請纓？濟時敢愛死，寂寞壯心驚。

方回：明皇、妃子之酣淫，林甫、國忠之狡賊，養成漁陽之變，史思明繼之，回紇掎之，吐蕃踵之，四方藩鎮不臣，盜賊蠭起。老杜卒於大曆五年庚戌，自天寶十四年乙未始亂，流離凡十六年。唐中葉衰矣，却只成就得老杜一部詩也。不知終始不亂，老杜得時行道如姚、宋。此一部杜詩，不過如其祖審言能雅歌詠治象耳，不過皆何將軍山林、李監宅等詩耳，寧有如今一部詩乎？然則亦可發一嘅也。

紀昀：沉鬱頓挫，後半首中有海立雲垂之勢。○中四句俱承「用兵」説下，末句仍暗繳首句「爲客」意，運法最密。

久客

羈旅知交態，淹留見俗情。衰顔聊自哂，小吏最相輕。去國哀王粲，傷時哭賈生。狐狸何足道，豺虎正縱横。

方回：前四句似是爲小人所忽而有此歎。後四句乃謂吾之客況，如王粲之哀，賈生之哭，爲天下事不能平也。豺虎未静，豈與鼠子較分寸乎？

馮舒：「小吏」等句，正如相鼠、蝃蝀之章，不嫌直罵。

馮班：落句好。

查慎行：第四句作詩本旨。

李天生：語自渾成，故不傷議論。

紀昀：語太淺露，勿以工部而爲之辭。

山館（二）

南國晝多霧，北風天正寒。路危行木杪，身遠宿林一作「雲」。端。山鬼吹燈滅，廚人語夜闌。雞鳴問前館，世亂敢求安？

方回：此廣德元年癸卯，老杜以嚴武再鎮西川，却領妻子自梓州趨成都時詩也。前有三詩亦云：「不成向南國，復作游西川。」又云：「棧懸斜避石，橋斷却尋溪。何日干戈盡，飄飄愧老妻。」辛苦之態備焉。時年五十二歲。

查慎行：五、六開長吉之風，險中造淡。

何義門：起聯便覺山鬼欲出。

紀昀：三句醒「山」字，四句醒「館」字，五、六句寫景陰慘，合七、八句觀之，正言一夜無眠耳，却不説破，絶有含蓄。

去蜀

五載客蜀郡，一年居一作「歸」。梓州。如何關塞阻，轉作瀟湘遊。世一作「萬」。事已黄髮，殘生隨白鷗。安危大臣在，不必淚長流。

方回：公以乾元二年己亥棄官之秦州，冬自同谷入蜀，上元元年庚子、二年辛丑，皆在成都，時則嚴武帥蜀，依之。寶應元年壬寅，自綿州至梓州，則嚴武去蜀矣。晚秋既迎家至梓，廣德元年癸卯亦在梓州。嚴武再鎮成都，辟入幕府。廣德二年甲辰在成都，永泰元年乙巳嚴武卒，乃再遊東川，除京兆功曹不赴。大曆六年丙午移居夔州。起句所以云「五載客蜀郡，一年居梓州」也。「世事已黄髪」，此句哀甚。尾句則爲大臣者賢否，亦可見矣。

何義門：第七正言若反，梅都官所謂不盡之意。

紀昀：末二句乃無可奈何，强作排遣之詞。注家或曰有所推許，或曰有所刺譏，皆强生支節。

宿關西客舍寄山東嚴許二山人時天寶高道舉徵

岑　參

雲送關西雨，風傳渭北秋。孤燈燃〔三〕客夢，寒杵搗鄉愁。灘上思嚴子，山中憶許由。蒼生今有望，飛詔下林丘。

方回：本集題字頗繁，以半山唐選正之。「燃」、「搗」二字眼突。

紀昀：可云節之，不可云「正之」。正之者，乃錯謬而改正之謂。

馮班：次聯二句，開晚唐人。

者也。」

查慎行：「燃」字太着意，不如「搗」字自然。○此等鍊字，遂開纖巧之門，賈長江奉爲衣鉢

紀昀：「燃」字、「搗」字開後來詩眼之派，「嚴子」、「許由」開後來切姓關合之派，皆别派也，而已全見於開、寶之時。蓋盛極而衰即伏焉，作者亦不自知也。

秋館雨後得弟兄書即事

戎　昱

弟兄書忽到，一夜喜兼愁。空館忽聞雨，貧家怯到秋。坐中孤燭暗，窗外數螢流。試以他鄉事，明朝問子由。

方回：第四句佳甚。

紀昀：意格稍薄，而不失雅則。○尾句「子由」未詳，全唐詩作「子游」，亦未詳。以意推之，當是少游。馬援南征憶少游語，正弟兄事也。

無名氏（甲）：自此由盛而中而晚，雖才力不同，未可追工部之高躅，而典型自在，從無「江西派」之畔規越矩，庶乎學者猶可得其門而入也。

許印芳：尾句「少游」本作「子由」，紀批云：「『子由』未詳。全唐詩作『子游』，亦未詳。以意推之，當是少游。馬援南征憶少游語，正弟兄事也。」今從之。○「忽」字、「到」字俱複。○戎昱，

荆南人，官刺史。

長安逢故人　郎士元

數年音信斷，不意在長安。馬上相逢久，人中欲認難。一官今懶道，雙鬢竟羞看。莫問生涯事，只應持釣竿。

方回：三、四絶妙。

紀昀：清空如話，然長慶派兆於此矣。

酬程近秋夜即事見贈

長簟迎風早，空城淡月華。星河秋一雁，砧杵夜千家。節候看應晚，心期卧已賒。向來吟秀句，不覺已鳴鴉。

方回：「砧杵夜千家」，必旅中。

紀昀：此首不宜入「旅況類」，虚谷穿鑿。第四句誤。〇何必旅中方有砧聲？此説固甚。

查慎行：「秋」、「夜」二字極尋常，一經爐錘，便成詩眼。

紀昀：三、四清遠纖秀，通體亦皆清妥。〇結和字密。

許印芳：「已」字複。

旅遊傷春

李昌符

酒醒鄉關遠，迢迢聽漏終。曙分林影外，春盡雨聲中。鳥倦江村路，花殘野岸風。十年成底事，羸馬厭西東。

方回：第四句最佳。

紀昀：起句藏過夢歸一層，用筆超妙。五句稍晦。

許印芳：李昌符，字巖夢。官膳部員外郎。

洛陽早春

顧　況

何地避春愁，終年憶舊遊。一家千里外，百舌五更頭。客路偏逢雨，鄉山不入樓。故園桃李月，伊水向東流。

方回：三、四粧砌甚佳，不覺爲俳。第六句尤可喜。

何義門：落句亦有別趣。

紀昀：三、四偶然湊泊，不可刻意效之。

許印芳：顧況，字逋翁，海鹽人。棄官隱茅山。

客中

于武陵

楚人歌竹枝，遊子淚沾衣。異國久爲客，寒宵頻夢歸。一封書未返，千樹葉皆飛。南過洞庭水，更應消息稀。

方回：久客而夢歸家，人情之常。愈遠則愈難得家書，尾句意似又高也。

紀昀：亦是常意，未見其高。

許印芳：于武陵，字里未詳，大中時進士。

友人南遊不回

相思春樹綠〔四〕，千里各依依。鄠杜月頻滿，瀟湘人未歸。桂花風半落，烟草蝶雙飛。一別無消息，水南蹤跡稀。「鄠」音枯，京兆府有鄠杜縣。

方回：三、四整峭，尾句有味。

紀昀：實無味。

紀昀：六句對面落筆，所謂興也。此種用意，虛谷不知，乃專取三、四及末句。

秦原早望

李頻

一忝鄉書薦，長安未得回。年光逐渭水，春色上秦臺。燕掠平蕪去，人銜細雨來。東風生故里，又過幾花開。

方回：其思優游而不深怨，可取。

紀昀：此評最是。

紀昀：興象天然，不容湊泊。此五律最熟之境，而氣韻又不涉甜俗，故爲唐人身分。

許印芳：李頻，字德新，睦州人。官刺史。姚合婿也。

歸渡洛水

皇甫冉

暝色赴春愁，歸人南渡頭。渚烟空翠合，灘月碎江流〔五〕。澧浦無芳草，滄波有釣舟。誰知放歌客，此意正悠悠。

方回：詩第一句難得好，如此詩「赴」字，已見詩話所評。與「酒渴愛江清」、「四更山吐月」，並是起句便絶佳者。

馮班：好起。

查慎行：起句後人用以填詞。

紀昀：五句比朝士無人，六句言賢者在下，妙於渾然不露。漁洋評陳元孝詩有「江晚多芳草，山春有杜鵑」句，以「江晚」比明末，「山春」比本朝，以「芳草」「杜鵑」比遺老，似從此化出，而更青於藍。

泛舟

劉方平

林塘夜發舟，蟲響荻颼颼。萬影皆因月，千聲各爲秋。歲華空復晚，鄉思不堪愁。西北浮雲外，伊川何處流？

方回：中四句皆好，「各」字尤妙。

馮舒：好起。

紀昀：有第二句則「千聲」句複矣，如曰申第二句，則三句又不申第一句，此謂無法。

許印芳：劉方平，字未詳。河南人。隱居不仕。善詩，兼工山水畫。

江上逢司空曙〔六〕

李端

共有髫年故，相逢萬里餘。新春兩行淚，故國一封書。夏口帆初落，潯陽雁正疏。唯應執杯酒，暫食漢江魚。
方回：詩律明瑩。
紀昀：是藴藉，非明瑩，虚谷但論皮毛耳。
紀昀：極感慨而極和平，猶有開、寶之遺。
許印芳：「故」字複。○李端，字未詳，趙州人，官杭州司馬。

秋日陝州道中

顧非熊

孤客秋風裏，驅車入陝西。關河午時路，村落一聲雞。樹勢飄〔七〕秦遠，天形到嶽低。誰知我名姓，來往自凄凄。
方回：父顧況詩入選。此其子詩又入選，亦可嘉也。起句悲壯，中四句稱之，末句酸楚，乃旅中真味，不容掩也。
紀昀：此真閒文。
查慎行：結太卑弱。

薊北旅思

張司業

日日望鄉國，空歌白苧詞。長因送人處，憶得別家時。失意還獨語，多愁只自知。客亭門外柳，折盡向南枝。

方回：此張司業集中第一首詩。三、四真佳句。司業姑蘇人，故云「空歌白苧詞」。

查慎行：司業和州人，非姑蘇人也。

紀昀：詩自好，未必遽爲第一。

馮舒：如此出「北」字。

馮班：落句一點薊北。

查慎行：本領具足，方能作淡語。文昌擅長處在此。以下四章，蹊徑彷彿。

紀昀：五、六未免弱，六句「只」字於法當作「惟」字。

夜到漁家

漁家在江口，潮水入柴扉。行客欲投宿，主人猶未歸。竹深村路遠，月出釣船稀。遥見尋沙岸，秋風動草衣。

查慎行：三、四真景，即是好詩。

紀昀：此亦名篇。余終病其一結無力，使通篇俱薄弱。

宿臨江驛

楚驛南渡口，夜深來客稀。月明見潮上，江靜覺鷗飛。旅宿今已遠，此行猶未歸。離家久無信，又聽擣征衣。

方回：此二首規格相似，劉長卿有一首亦然。

查慎行：三、四以生得新，却不費力。

紀昀：此較深穩，然亦是習逕。

舟行寄李湖州

客愁無次第，川路重辛勤。藻密行舟澀，灣多轉楫頻。薄遊空感惠，失計自憐貧。煩誦〔八〕汀洲句，時時慰遠人。

方回：三、四切於湖州水路，五、六旅况可憐。

何義門：相待之薄，自見於言外。

紀昀：此詩亦淺弱，「灣多」二字不雅。

江樓望歸　時避賊在越中　白樂天

滿眼江雲色，月明樓上人。旅愁春入越，鄉思夜歸秦。道路通荒服，田園隔虜塵。悠悠滄海畔，十載避黃巾。

方回：此少年作，已自成就如此。

馮舒：此却似張、王。

馮班：杜詩。

紀昀：此香山少作，轉勝老境之頽唐。

暮過山村　賈浪仙

數里聞寒水，山家少四隣。怪禽啼曠野，落日恐行人。初月未終夕，邊烽不過秦。蕭條桑柘外，烟火漸相親。

方回：「怪禽」、「落日」一聯，善言羈旅之味，詩無以復加。「初月未終夕」，則村落之黑尤早。「邊烽不過秦」，似是西邊寇事始息，初有人煙處。

馮班：六句謂不過京師也。

紀昀：「無以復加」語太過。
馮舒：次聯奇妙之句。
馮班：字字洗拔。
紀昀：「初月」礙「落日」，「邊烽」句語意未明。
無名氏（甲）：東野古多律少，浪仙古少律多，然其孤高則同，非一時流輩可及，足見韓公取人另具法眼，過於九方皋也。

旅遊

此心非一事，書札若爲傳。舊國別多日，故人無少年。空巢霜葉落，疏牖〔九〕水螢穿。留得林僧宿，中宵坐默然。

方回：起句十字謂心緒甚多，鄉書難寫。頷聯十字謂別鄉之久。故人皆老成，真奇語也。景聯言蕭索之味，結句謂之有僧爲伴，深夜無言，其酸苦至矣。詩法却自整峭。如第五句「空巢霜葉落」，乃謂鳥巢既空，葉落於巢之中。其深僻如此。
馮舒：如此説詩，實自解頤。然亦只浪仙一輩人須如此講，前乎此則不必矣。
紀昀：五句不佳，虚谷媚其初祖，曲爲之詞。馮氏以島是唐人，從而附和之。使出宋人，不知作何詆訶矣。成見之難化如此！

查慎行：三、四頗似張司業。

紀昀：極用意而不自然，起句尤太突。若作寄人則可。

寄韓湘

過嶺行多少，潮州瘴滿川。花開南去後，水凍北歸前。望鷺吟登閣，聽猿淚滿船〔一〇〕。相思堪面話，不着尺書傳。

方回：昌黎寄韓湘云：「知汝遠來應有意，好收吾骨瘴江邊。」然昌黎終得生還，湘亦重骨肉之義，可敬也。

紀昀：不是「寄」。〇此種支蔓，與詩何涉！

紀昀：閬仙忽作此平易語。然細看之，本色仍露。

許印芳：此評確。郊、島詩其平易處，皆自鑱刻中來，所謂極苦得甘也。

宿孤館

落日投村戍，愁生爲客途。寒山晴後緑，秋月夜來孤。橘樹千株在，漁家一半無。自知風水静，舟繫岸邊蘆。

方回：三、四自然。浪仙詩似此平易者少。五、六似是産橘之地，曾經兵火矣。

紀昀：結句稍僻。

許印芳：此評亦苛。

泥陽館

客愁何併起，暮送故人回。廢館秋螢出，空城寒雨來。夕陽飄白露〔二〕，樹影掃青苔。獨坐離懷慘，孤燈照不開。

方回：此三詩亦能道旅中事。浪仙愛説「樹影」、「掃地」，詩思甚幽。

馮舒：奇妙至此。

查慎行：六句筆路與想路俱別，不善學之，則流爲楊誠齋矣。

紀昀：恐是「白鷺」，然「白露」不通，「白鷺」亦不佳。○且「螢出」、「雨來」，兼以「孤坐」，亦不應有「夕陽」、「樹影」，此詩殊雜湊不可解。

客遊旅懷

姚合

客行無定止，終日路岐間。馬爲賒來貴，僮因借得頑。詩書愁觸雨，店舍喜逢山。舊業嵩陽下，三年未得還。

方回：三、四道理是如此，但晚唐詩句法字面多一同，即太爛，「行來」、「坐得」，「沾來」、「買得」，可厭也。

紀昀：不言其句之鄙，而言其字之複，是非倒置。

查慎行：三、四韻俗。

紀昀：三、四鄙甚。

無名氏（甲）：雖然切近，亦太卑隘，所以前人論李、杜非不窮，然落筆自有天人之度，一無寒乞相，此其異也。

曉泊江戍

楊　憑

放棹依遥戍，清湘急晚流。若爲南浦宿，逢此北風秋。雲月孤鴻晚，關山幾路愁。年年不得意，零露濕芳洲〔三〕。

方回：味此詩意，元題中「曉泊」當作「晚泊」。

紀昀：此評不錯。馮氏抹之，未解。

紀昀：兩「晚」字，五句「晚」字恐是「遠」字。

落日悵望

馬戴

孤雲與歸鳥，千里片時間。念我一何滯，辭家久未還。微陽下喬木，遠色隱秋山。臨水不敢照，恐驚平昔顔。

方回：詩話謂「微陽下喬木，遠燒入秋山」爲一實一虚，似體貼句。今考戴集，乃不然，只如此十字自好。

何義門：前四句「悵望」，「歸鳥」二字中已雙關落日。○五、六佳，詩家所謂影對，是以上句對下句。

紀昀：起得超脱，接得渾勁。五、六亦佳句。○晚唐詩人馬戴，骨格最高，不但世所稱「猿啼洞庭樹，人在木蘭舟」也，此詩亦畧見一斑。

向隅

韓致堯偓〔一三〕

守道得途遲，中兼遇亂離。剛腸成繞指，玄鬢轉〔一四〕垂絲。客路少安處，病床無穩時。弟兄消息絶，獨斂向隅眉。

方回：致堯遇朱全忠之亂，始謫濮州，尋客湖南，又入閩，依王審知而卒。其情懷可憐也。

馮班：真境至情，不在言語之工拙也。
紀昀：措語甚拙。馮以爲真境至情，不論語之工拙。然則宋人之詩，何以又論工拙乎？此種偏論，最足疑誤後人。
何義門：致堯像贊。○落句直用劉繪詩。
無名氏（甲）：致堯惓懷宗國，指斥賊温，其詩絶有佳者，惜此集無能表彰之耳。

秋夜晚泊

杜荀鶴

一望一愴然，蕭然起暮天。遠山横落日，歸鳥度平川。家是去秋别，月當今夜圓。漁翁似相伴，徹曉葦叢邊。

方回：三、四極宏闊，荀鶴詩所少也。
紀昀：較荀鶴他詩宏整，云極宏闊，則太過。
查慎行：三、四「横」字好，對少遜。五、六有低徊俯仰之致。
紀昀：「暮天」似當作「暮烟」。○七句言漁翁以外，更無伴人。
許印芳：前四句頗有氣格，後半寫情亦含蓄有味，佳作也。○杜荀鶴，字彦之。池州人。自號九華山人。官主客員外郎。

送客

江　蔿

明月孤舟遠，吟髭鑷更華。天形圍澤國，秋色露人家。水館螢交影，霜洲橘委花。何當尋舊隱，泉石好生涯。「鑷」一作「摘」。

方回：江蔿處士，江南人。楊徽、元微之有吊江蔿詩。題曰「送客」，而其意似是旅中。三、四眼工，「露」字尤妙。

紀昀：題必有誤。○三、四高唱。○全在所送者一邊落筆，極言其別後客途之寂寞，而末二句勸以歸隱，此客必汲汲干謁者也。虛谷以不着離别字樣，而疑爲旅中自道之作，淺矣。

許印芳：江蔿，建陽人。餘未詳。

久客

俞退翁

久客西城裏，人家似舊鄰。衆知趨事嬾，僧厭打門頻。倦枕費窗燭，閑書破硯塵。陰晴消白日，門巷忽青春。「閑」一作「開」。

方回：俞公汝南〔一五〕辭王安石御史不拜致仕，其節高於人多矣。詩句遒美，久客無憾。

紀昀：「詩句遒美，久客無憾。」此却何説？

馮舒：似唐。

查慎行：俞退翁，吴興人，所著名溪堂集。

紀昀：晚唐僻調，四句尤粗。○「閑」字是。

二十三日立秋夜行泊林里港

張宛丘

淅淅曉風〔二六〕起，孤舟愁思生。蓬窗一螢過，葦岸數蛩鳴。老大畏爲客，風波難計程。家人夜深語，應念客猶征。

方回：宛丘詩大抵不事雕琢，自然有味。

查慎行：文潛集有兩本，一名宛丘集，一名内史集，余所見者皆鈔本，脱訛頗多。

紀昀：此詩不愧此評。

馮舒：亦似唐。

查慎行：「一螢」、「數蛩」少味。

紀昀：三、四天然清遠。○結句太犯香山「料得家中夜深坐，還應説着遠遊人」意。

許印芳：評是。

許印芳：「客」字複。

無名氏（甲）：文灊詩雖不入唐，然筆致清秀，猶與風雅相近。不若後山僞爲蒼老，而實則語言無味，面目可憎，去唐千里而遠也。

發長平

歸舟川上渡，去翼望中迷。野水侵官道，春蕪没斷堤。川平雙槳上，天闊一帆西。無酒消羈恨，詩成獨自題。

方回：雖自然，無不工處。

紀昀：此評七字初看如不貫串，細玩乃甚精密。蓋貪自然者，多涉率易粗俚。自然而工，乃真自然矣。

許印芳：曉嵐此論當矣，而義有不盡。蓋自然乃文字美名，實文字老境。功候未深，必不能到。初學宜用艱苦工夫，以洗鍊爲主，久而精力瀰滿，出之裕如，漸近自然，方臻妙境。若入手即求自然，必有粗率病，且有油滑病。人皆知粗率油滑之爲病，不知病根即在妄求自然。更有身受其病，迷而不悟，反笑他人用力艱苦，引古人以自夸者。夫古人流傳之作，大段自然，豈知其自然皆自艱苦來乎？不識本來之艱苦，但見眼前之自然，摹古益久，去古益遠，終身無成就之日。如此者吾屢見其人矣，初學當以爲戒。○「川」字複。「上」義別，不複。

馮舒：亦似唐。

正月二十日夢在京師

客睡何輾轉，青燈暗又明。春雲藏澤國，夜雨嘯山城。許國有寸鐵，耕田無一成。朦朧五更夢，俄頃踏如京。

方回：三、四字眼工，五、六又出奇，不拘常調。

紀昀：上句五仄，下句第三字用平字，乃定格，非出奇。

紀昀：「嘯」字不穩。○「有」、「田」、「一成」四字如此翻用，欠妥。且耕亦不須一成之多。○結處入題拙甚。

晚泊襄邑

月暗風林靜，斗垂霜夜清。疏燈隔樹小，暗水歷船鳴。學字聲形苦，細書卜築輕。此身南北慣，隨處有平生。

查慎行：三、四鍛煉若不經意。

紀昀：三、四刻畫而不自然，五、六尤不成語。

柘城道中

元注：「陳宋大水之後。」

欲雪日易晚，不風寒更清。崩橋斷官道，積水入空城。屏翳野初燒，降丘民始耕。冬暉疾於鳥，汲汲暝途征。

陸貽典：結句與起句雖分虛實，意亦略犯。

紀昀：全欠渾成之氣，惟四句佳。

赴宣城守吳興道中

秋野連雲靜，三吳稻熟時。風江客帆疾，晴野雁行遲。草木霜天曉，山川澤國卑。宣城不負汝，好繼謝公詩。

紀昀：尤卑弱。結句突兀無緒，亦太自矜。

白羊道中

日出客心喜，路平人足輕。風高不成冷，雨過有餘清。水落溪魚出，村深田鸛鳴。勝遊須秀句，多愧謝宣城。

方回：凡道中詩皆可入羇旅，但欣戚微不同耳。宛丘詩無不自然，於自然之中，却必有一聯二聯工，當細觀之。

馮班：末聯宋氣。

紀昀：「風高」二句笨，「水落」二句自好。

山口

陳後山

重霧真成雨，疏簾不隔風。青林擁紅樹，家鶩雜賓鴻。漁屋渾環水，晴湖半落東。往來成一老，猶在半途中。

方回：三、四句中有對，五、六「渾」字、「半」字有眼。〔按：方回在「漁屋渾環水，晴湖半落東」兩句「渾」、「半」字旁皆加圈。〕

馮班：六句「東」是何物？

紀昀：雖無警策，氣骨自蒼。○「半落東」言此湖西深東淺，東畔先涸耳。三句用「紅樹」字，知此詩作於秋末冬初，乃是實景。以爲不佳則可，馮氏詆其不通，則太過矣。

邯鄲道中夜行阻風

鄧謹思

欲瀉懸河雨，先號拔木風。問津厖吠處，覓路電光中。徒御憂羣盜，兒童笑拙翁。當知步兵哭，初不爲途窮。

方回：鄧忠臣，長沙人。有玉池集。予讀張宛丘同文唱和，見其詩甚佳。後買其集於杭，詩多有可人語。此首三、四最佳而新。

紀昀：亦是「武功派」中小刻畫。

馮班：起首二句便是宋人。

查慎行：起得老健。

紀昀：六句不明晰。

艤船當和江口待風

賀方回

一葉寄津口，怒濤安可乘？朝風占酒旆，夜爨乞漁燈。牛渚逢新月，秦淮想結冰。故人他夕夢，歌吹滿金陵。

方回：元注：「庚午十二月歷陽賦。」乃元祐五年。○三、四一聯，盡江河阻風之態。

查慎行：三、四出句更勝。

紀昀：六句未自然。

許印芳：賀鑄，字方回。

秦淮夜泊

元注：「辛未正月晦賦。」乃元祐六年。

官柳動春條，秦淮生暮潮。樓臺見新月，燈火上雙橋。隔岸開朱箔，臨風弄紫簫。誰憐遠遊子，心旆正摇摇。

方回：想見太平時節，近元宵處必有此景。惟賀公樂府老手，尤能言其情。

紀昀：「處」字何説？

紀昀：前四句寫得生動，自然秀麗，雅稱秦淮。

簡同行翁靈舒

趙師秀

久晴灘磧衆，舟楫後先行。終日不相見，與君如各程。水禽多雪色，野笛忽秋聲。若有新成句，溪流合讓清。

方回：五、六伶俐，然猶不甚高遠。

紀昀：此虛谷於「四靈」多吹索，純是門户之見。
馮舒：三、四作起句方好。好在上四句。
紀昀：末二句弱甚。

德安道中

飡餘行數步，稍覺一身和。鼉月人家閉，春山瀑布多。鶯啼聲出樹，花落片隨波。前路東林近，慚因捧檄過。

方回：此乃江州德安縣，所以云「前路東林近」。尾句委婉。
紀昀：起二句似散步詩，呼不起三、四。三、四似對非對，别有幽味，故佳。五、六敷衍無味。結處不泛。

宿鄔子寨下

翁靈舒

已謁龍君廟，明朝早過湖。傍沙船盡泊，經火地多枯。秋至昏星易，空長楚月孤。蕭條村戍闊，更點有如無。

方回：第五句新。

馮班：「四靈」詩雖弱，而氣味不惡。

查慎行：「空長」二字欠穩。

紀昀：瑣屑而卑弱。○「昏星易」三字拙。「長空」習用，倒爲「空長」却不妥。

泊舟龍游

未得橋開鎖，去船難自由。渚禽飛入竹，山葉下隨流。忽見秋風喜，還成歲早愁。卧聞篙子説，明日到衢州。

方回：三、四乃一句法。

紀昀：亦常用之調。

紀昀：邊幅亦極單窘。

閩中秋思

客愁無定跡，幾處冒風埃。逢得家鄉便，憑將信息回。海煙蠻樹濕，秋雨瘴花開。舊日越王國，吾今身再來。

方回：五、六似張司業。

紀昀：此首較有氣格。

旅泊

幾日溪篷下，低垂困水程。喜因山縣泊，略向岸汀行。聞笛生羈思，看松減宦情。遙知此夜月，必照故山明。

方回：第六句新美。

馮班：「四靈」雖弱，而氣味不惡。

查慎行：結句「必」字欠圓，是「四靈」手法。

紀昀：「必」字滯相。

客中

劉後村

漂泊何須遠，離鄉即旅人。炊薪嘗海品，書刺謁田隣。家寄寒衣少，山來曉夢頻。小兒仍病瘧，詩句竟無神。

方回：第四句近乎謁客丐索之徒，恐後村戲言，不應少年爲客，乃至如此苟賤也。

馮舒：起好。

馮班：起好，落句全不緊。

紀昀：亦近「武功」。

七言 二十二首

長安春望　盧綸

東風吹雨過青山，却望千門草色〔一七〕閑。家在夢中何日到，春來江上幾人還。川原繚繞浮雲外，宮闕參差落照間。誰念爲儒逢世難，獨將衰鬢客秦關。

方回：能言久客都城之意。

查慎行：大曆中詩家只是平穩。

紀昀：詩至大曆十子，渾厚之氣漸盡，惟風調勝後人耳。此詩格雖不高，而情韻特佳。

許印芳：中四句「中」、「上」、「外」、「間」等字相犯，亦是一病。

南海旅次

曹松

憶歸休上越王臺，歸思臨高不易裁。爲客正當無雁處，故園誰道有書來。城頭早角吹霜盡，郭裏殘潮蕩月回。心似百花開未得，年年争尚〔一八〕被春催。

方回：後四句平正。

紀昀：評不甚謬，然此詩獨取後四句，則不可解。

紀昀：起得峭拔，接得遒健，後四句亦稱。

許印芳：曹松字夢徵，舒州人，官秘書正字。

巴興〔一九〕作

賈浪仙

三年未省聞鴻叫，九月何曾見草枯？寒暑氣均思白社，星辰位正憶皇都。蘇卿持節終還漢，葛相行師自渡瀘。鄉味朔山林果别，北歸期掛海帆孤。

方回：此蜀中思北歸而作也，可入「旅思類」。

紀昀：現入「旅況類」矣。此初選標記之語，成書後删除未浄也。

紀昀：「鴻叫」二字生。○前四句平庸，五、六太不切。

旅次洋州寓居郝氏園林　方玄英

舉目縱然非我有，思量似在故山時。鶴盤遠勢投孤嶼，蟬曳殘聲過別枝。涼月照窗欹枕倦，澄泉遶石泛觴遲。青雲未得平行去，夢到江南身旅羈。

方回：三、四絶佳。玄英一集詩，此聯爲冠。

馮舒：落句似趁韻。

查慎行：三、四一遠一近，字字警策。○起、結太平弱，三、四故不可棄。

何義門：第三意態清遠，第四情味酸寒，的是羈人失路身分。五、六承上「旅次」意，兼含青雲未得去身分，劃斷不得。○首句率直。

紀昀：結二句鄙而弱。

訪同年虞部李郎中〔一〇〕　韓致堯〔一一〕

策蹇相尋犯雪泥，廚煙未動日平西。門庭野水𣿰褷鷺，隣里垣牆咿喔雞。未入慶霄君擇肉，畏逢華轂我吹虀。地爐貰酒成狂醉，更覺襟懷得喪齊。

紀昀：二首不宜入「旅況」。平妥而卑靡。

無名氏(甲)：未登卿相，尚要擇肉而食；怕見貴人，猶懲羹而吹虀。語出楚辭。

春陰獨酌寄同年李郎中

春陰漠漠土膏潤，春雪微微風意和。閑嗤入甲奔競態，醉唱落調漁樵歌。詩道揣量疑可進，宦情刓缺轉無多。酒酣狂興依然在，其柰千莖鬢雪何？

方回：昇平之旅，猶或以窮而悲；亂離之旅，窮且特甚，烏得不深悲乎？致堯此二詩，尚能自擇〔二〕。

紀昀：亦淺率。

江邊有寄

羅隱

江邊舊業半凋殘，每軫歸心即萬端。狂折野梅山店暖，醉聽村笛酒樓寒。只言聖代謀身易，争奈貧儒得路難。同病同憂更何事，爲君提筆畫漁竿。

方回：五、六淺近。昭諫詩愛如此，亦一時直道心事者。

紀昀：此評是。然既知其淺近，何又選之？

何義門：三、四一氣迴環，讀之乃見其意緒之無聊也。

紀昀：昭諫語多憤激，不可爲法，然勝於李山甫。

秋宿臨江驛

杜荀鶴

南來北去二三年，年去年來兩鬢斑。舉世盡從愁裏老，誰人肯向死前閒？漁舟火影寒歸浦，驛路鈴聲夜過山。身事未成歸未得，聽猿鞭馬入長關。

方回：三、四世俗所傳。

查慎行：三、四直遂無餘韻，學「元和體」而墮淺易者往往若此。

紀昀：三、四鄙俚。虚谷下「世俗」二字，却有分寸。

殘冬客次資陽江

王　巖

淡雲殘雪簇江天，策蹇遲回客興闌。持鉢老僧來咒水，倚船商女待搬灘。沙翹白鷺非真静，竹映繁梅奈苦寒。阮籍莫嗟歧路異，舊山溪畔有漁竿。

方回：王巖，宋初人，隱居蜀川。此詩第四句新，第五句雖破壞白鷺，亦良是。

馮舒：第五意似有託。

馮舒：唐之餘風。

查慎行：「搬灘」未詳所出。

紀昀：風格不高，而頗有新致。

次御河寄城北會上諸友

王半山

客路花時祇攪心，行逢御水半晴陰。背城野色雲邊盡，隔屋春聲樹外深。香草已堪回步履，午風聊復散衣襟。憶君載酒相追處，紅萼青跗定滿林。

方回：細潤之中，於五、六下慢字眼。

紀昀：三、四自好，餘平正無出色處。

度麾嶺寄莘老

區區隨傳換冬春，夜半懸崖託此身。豈慕王尊能許國，直緣毛義欲私親〔三〕。施爲已壞平生學，夢想猶歸寂寞濱。風月一歌勞者事，能明吾意可無人。

方回：麾嶺在績溪入歙縣之界。公又有詩云：「曉渡藤溪霜落後，夜過翬嶺月明中。」「麾」又作此「翬」字。

查慎行：五、六先生自嘲，乃自譽也。〇半山殆有悔心！

紀昀：五句亦腐亦野。

葛溪驛

缺月昏昏漏未央，一燈明滅照秋牀。病身最覺風霜早，歸夢不知山水長。坐感歲時歌慷慨，起看天地色淒涼。鳴蟬更亂行人耳，正抱疏桐葉半黄。

方回：半山詩如此慷慨者少，却似「江西」人詩。

馮舒：「江西」安得如此標秀？

馮班：虚谷云「却似」，然却不似。

紀昀：老健深穩，意境殊自不凡。三、四細膩，後四句神力圓足。

許印芳：此旅宿感懷而賦詩也。首聯伏後六句，無一閒字，「病身」、「歸夢」、起坐、耳聞，從「牀」字生出。「風霜」、「歲時」、「鳴蟬」、黄葉，從「秋」字生出。山水之長、天地之色、桐葉之黄，在燈月中看出。早覺不知、慷慨淒涼、亂耳之情，在月昏燈明中悟出。「正抱」二字，與「漏未央」相應。此則點明賦詩之時，收束通篇也。後六句緊跟「秋牀」來，而五句又跟三句，六句又跟四句，七句又緊跟五、六來，故用一「更」字，八句則緊跟七句，乃一定之法。詩律精細如此，而氣脈貫注，無隔塞之病，加以風格高老，意境沈深，半山學杜，此真得其神骨矣。

趙熙：意境妙。

二十三日即事

張宛丘

已逢嫵媚散花峽，不怕艱危道士磯。啼鳥似逢人勸酒，好山如爲我開眉。風標公子鷺得意，跋扈將軍風斂威。到舍將何作歸遺，江山收得一囊詩。

方回：此離黄州貶所作，頗以去險即夷爲喜耳。

馮舒：羅江東作揚州詩，用「淮南」「煬帝」，虛谷譏云：「驕王、荒帝不宜引用。」梁冀賊，造次豈合置之口頰？風雅暴横，何至比之此人乎？如梁冀事，真用不得也。○「跋扈將軍」用不得，比擬不倫也。此句本有刺，却已甚。屈原露才揚己，良史刺之，逐臣之詞，尤其慎擇。○第五句「江西」語。

查慎行：五、六説破「鷺」字、「風」字，殊少味矣。

紀昀：五、六把意，然不成語。結太佻。○以鷺爲「風標公子」，出杜牧晚晴賦。○隋煬帝登舟遇風，歎曰：「此風可謂跋扈將軍。」詩用此語，然不佳。馮氏誤認爲梁冀事，遂以爲比擬不倫，亦欠考。

自海至楚途寄馬全玉

蕭蕭晚雨向風斜，村遠荒涼三四家。野色連雲迷稼穡，秋聲催曉起蒹葭。愁如夜月長隨客，身似飛鴻不記家。極目相望何處是，海天無際落殘霞。

方回：文潛詩大抵圓熟自然。

紀昀：此詩好在脱灑。

馮舒：種曰稼，斂曰穡，替不得「禾」、「黍」字。

馮班：「飛鴻」不如用「飛蓬」。

查慎行：中四句如大曆才人格。

陸庠齋：五、六正如絶不用意，却有蘊味。

紀昀：五、六工而不纖。

宿泗洲戒壇院

元注：「天然丹霞也。」

樓上鳴鐘門夜扃，風簷送雨入疏欞。老僧坐睡依深壁，童子持經守暗燈。千里塵埃長旅泊，五年憂患困侵陵。誰知避世天然子，一見禪翁便服膺。

紀昀：雖不深厚，亦自疏爽。

登城樓

沙雨初乾布褐輕，獨披衰蔓步高城。天晴海上〔二四〕峰巒出，野暗人家燈火明。歸鳥各尋芳樹去，夕陽微照遠村耕。登樓已恨荆州遠，況復安仁白髮生？

方回：此二詩皆自然雋永。人所難能者，獨以易言之。

馮舒：宛丘詩耐看。

查慎行：三、四此種境界原從學杜得來。

紀昀：既見燈火，不應尚有夕陽。

宿柴城

陳後山

卧埋塵葉走風煙，齒豁頭童不記年。起倒不供聊應俗，高低莫可只隨緣。鼕鼕遠鼓三行夜，隱隱平湖四接天。枕底波濤篷上雨，故將羈思到愁邊。

方回：此後山赴棣教時詩。第七句尤奇。愚按范石湖尾句有云：「灘聲悲壯夜蟬咽，併入小窗供不眠。」與後山此詩尾句拍調意味俱相似。

紀昀：此二句不及石湖有風調。

紀昀：三、四粗淺。

舟行遣興　陳簡齋

會稽尚隔三千里，臨賀初盤一百灘。殊俗問津言語異，長年爲客路岐難。背人山嶺重重去，照鵲梅花樹樹殘。酌酒柁樓今日意，題詩船壁後來看。

紀昀：八句皆對，用宗楚客格，雖無深致，而不失朴老。○「昭鵲」二字雜。

度嶺

年律將窮天地温，兩州風氣此横分。已吟子美湖南句，更擬東坡嶺外文。隔水叢梅疑是雪，近人孤嶂欲生雲。不愁去路三千里，少住林間看夕曛。

方回：「欲生雲」，用老杜假山詩也。

馮班：次句好。

紀昀：此首最淺俗，不似簡齋之筆。○首句笨，結稍可。

次韻謝吕居仁 居仁寓賀州

别君不覺歲時荒，豈意相逢魑魅鄉。篋裏詩書總零落，天涯形貌各昂藏。江南今歲無胡虜，嶺表窮冬有雪霜。倘可卜鄰吾欲往，草茅爲蓋竹爲梁。

方回：讀諸家詩，忽到後山、簡齋，猶捨培塿而瞻太華，不勝高聳，自是一種風調。

馮舒：閲諸家詩，忽到後山，猶去德士、美女而就面目生獰之傖父，或頭童齒豁之老人，自是一種獨夫臭。

馮班：猶去華堂而入厠屋。後山尚可，簡齋可恨。

紀昀：簡齋詩誠峭健。此三首殊無可取，不稱此評。

馮舒：落筆便宋。

查慎行：窮冬雪霜，在嶺表則爲異事，亦所以寓遷謫之感。

紀昀：「荒」字欠妥。

離建〔二五〕 鞏仲至

旅中多得早朝晴，野潤衣襟苦未清。時時數點雨猶落，隱隱一聲雷不驚。山入夏來差覺老，花從春去久無情。長汀又涉來時路，麥隴桑村小問程。

方回：中四句皆佳。仲至詩每每新異。新則不陳，異則不俗。

馮舒：落筆便宋。

馮班：惡詩。如何是「大問程」？

紀昀：「早朝」二字湊，惟六句可觀，起二句及五句總不成語。

十　里

趙師秀

烏紗巾上是黃塵，落日荒原更恐人。竹裏怪禽啼似鬼，道傍枯木祭爲神。亦知遠役能添老，無奈高眠不救貧。此地到城惟十里，明朝難得自由身。

方回：此乃赴高安推官時詩，未至郡十里所作。中四句皆可喜。

查慎行：三、四險而勁。

紀昀：三句太俚，五、六真語好，占身分人必不肯道，不知説出轉有身分，勝於詭激虚憍也。

校勘記

〔一〕寄遠　紀昀：「遠」字再校本集。　〔二〕山館　馮班：「山」上當有「移居公安」四字。

〔三〕孤燈燃　李光垣：「然」訛「燃」。　〔四〕春樹繚　馮班：「繚」當作「綠」。　〔五〕江流　查慎行：「江」一作「光」。　李光垣：「光」訛「江」。　〔六〕何義門：集作「逢司空得家書」。　〔七〕勢飄　馮班：「飄」一作「標」。　李光垣：「標」訛「飄」。　〔八〕煩誦　何義門：「煩」一作「賴」。　〔九〕疏牖　馮班：「牖」當作「牗」。　〔一〇〕滿船　馮班：「滿」一作「滴」。　〔一一〕夕陽飄白露　紀昀：此句再校本集。　〔一二〕零露濕芳洲　馮班：一作「零落對滄洲」。　〔一三〕韓致堯　紀昀：「堯」原訛作「光」。　〔一四〕鬢轉　馮班：「轉」一作「變」。　〔一五〕汝南　查慎行：「南」字訛，當作「尚」。　〔一六〕曉風　李光垣：「晚」訛「曉」。　〔一七〕草色　許印芳：「草」當作「柳」。　〔一八〕爭尚　許印芳：「尚」當作「奈」。　〔一九〕巴興　紀昀：「興」字再校。　〔二〇〕馮班：一本題下有注云：「天復四年二月，在湖南。」　〔二一〕韓致堯　紀昀：「堯」原訛作「光」。　〔二二〕尚能自擇　紀昀：「自擇」二字未詳，再校。　〔二三〕私親　紀昀：「私」字恐是「娛」字，再校。　〔二四〕海上　查慎行：「上」一作「外」。　〔二五〕紀昀：題再校。

瀛奎律髓彙評卷之三十　邊塞類

征戰守戍，大而將帥，小而卒伍，其情不同。采薇以遣之，杕杜以勞之，此周之詩然也。後世之邊塞非古矣，從軍有樂〔一〕，問所從誰。六月于邁，言觀其師。文人才士，類能言之。凡兵馬射獵等，亦附此。

五言　五十一首

和陸明甫〔二〕贈將軍重出塞

陳子昂

忽聞天上將，關塞重橫行。始返樓蘭國，還向朔方城。黄金裝戰馬，白羽集神兵。星月開天陣，山川列地營。曉風吹畫角，春色耀飛旌。寧知班定遠，猶是一書生。

方回：盛唐詩渾成。「曉風吹畫角」，猶「池塘生春草」，自然詩句，亦是別用一意。

紀昀：「亦是別用一意」，此語未解。

查慎行：三、四不全是律體。初唐之去六朝未遠也。

紀昀：此初體之未成律者，不宜入之律詩。

無名氏（甲）：樓蘭，在敦煌西。朔方，今河套。

塞北

沈佺期

胡馬犯邊埃，風從丑上來。五原烽火急，六郡羽書催。冰壯飛狐冷，霜濃候雁哀。將軍朝受鉞，戰士夜御枚。紫塞金河裏，蔥山鐵勒隈。蓮花秋劍發，桂葉曉旗開。秘略三軍動，妖氛百戰摧。何言投筆去，終作勒銘回。

方回：八韻十六句，無一句一字不工，唐律詩之祖也。時稱沈、宋，而佺期、之問，皆不令終。無美善而有艷才，議者惜之。陳子昂、杜審言詩，亦絶出一時。於四人之中，而論其爲人，則陳、杜之詩尤可敬云。

馮班：子昂亦未令終，如何？

紀昀：陳、杜人亦不純粹，此語未考。

馮班：精整。○「桂旗」出楚辭。

陸貽典：通篇嚴整。

查慎行：句句用意，隊仗整齊，可爲長律之法。

何義門：從入犯發端，與窮兵黷武興無名之師者異，家數最高。「冰壯」二句頓挫得好，接出下二句，恤士之私，赴國之急，兩面俱到矣。○次句虛破「北」字。三、四、五、六，「塞」。九、十二句，「北」。落句帶出自家身分。

紀昀：純是初體，而氣格雄渾，不見堆排之迹。

無名氏（甲）：欲至天竺，必踰葱嶺。鐵勒，國名。

許印芳：次句鄙陋，故曉嵐抹之。雖非完璧，而氣格可學。又按：史稱武后改號，子昂上大周受命頌以媚之。審言坐通張易之兄弟，流峯州。虛谷未考本傳也。○「軍」字複。

在軍中贈先還知己

駱賓王

蓬轉俱行役，瓜時獨未還。魂迷金闕路，望斷玉門關。獻凱多慚霍，論風幾謝班。風塵催白首，歲月損紅顏。落雁低秋塞，驚鳧起暝灣。胡霜如劍鍔，漢月似刀環。別後庭邊樹〔三〕，相思幾度攀。

方回：王、楊、盧、駱，老杜所不敢忽，謂輕薄爲文者，哂之未休，然輕薄之人，身名俱滅，王、楊、盧、駱，如江河萬古，所不可廢也。斯言厥有旨哉！賓王史不書字，武后見其檄，始咎宰相失人。詩多佳句，近似庾信，時有平仄字不協。此篇乃字字入律，工不可言。

馮班：賓王效小庾，豈在平仄不協乎？於時律體未成耳。

馮舒：字字精工。

馮班：似小庾。

查慎行：「胡霜」「漢月」一聯，太白「邊月隨弓影」一聯似之。○「刀環」含歸意。

紀昀：純就自己一邊説，又自一格，詩亦勃勃有氣。○通首俱承次句。

無名氏（甲）：玉門關，在今沙州，即古敦煌。

許印芳：「論」，平聲。「塞」音賽。「幾」字複。

長城聞笛　楊巨源

孤城笛滿林，斷續共霜砧。夜月降羌淚，秋風老將心。静過寒壘遍，暗入故關深。惆悵梅花落，山川不可尋。

查慎行：可入「着題類」。

紀昀：後六句有情致。惟起調「林」字趁韻。且長城不應有砧聲，「砧」字亦不免趁韻。許印芳：按三、四沉雄，不但有情致。紀批起句「林」字趁韻，次句「砧」字亦不免趁韻，今爲易之：「邊城笳鼓罷，横笛更聞音。」○楊巨源，字景山，河中人，官司業。

老將吟

竇鞏

烽煙猶未盡，年鬢暗相催。輕敵心空在，彎弓手不開。馬依秋草病，柳傍故營摧。唯有酬恩客，時聽説劍來。

方回：讀此詩即知「臂弱〔四〕尚嫌弓力軟」，本出於此。鞏字友封，與元微之尤厚。

查慎行：頸聯映帶有情。

紀昀：前四句鄙俚。六句「柳」字無着，如用細柳，則更誤。武元衡亦有「笛怨柳營烟漠漠」句，蓋誤始中唐也。後二句自好。

夜行古戰場

竇庠

山斷塞初平，人言古戰庭。泉冰聲更咽，陰火燄偏青。月落雲沙黑，風迴草木腥。不知秦與漢，徒欲弔英靈。

方回：此四竇也，字冑卿。三、四佳，而第四句新甚，與老杜之「陰房鬼火青」暗合。
馮班：五、六佳。
紀昀：語皆凡猥，亦欠渾成。○「庭」字未穩。「陰火」字出海賦，與燐火不同，此誤用。

送翁靈舒遊邊

徐道暉

孤劍色磨青，深謀秘鬼靈。離山春值雪，憂國夜觀星。奏凱邊人悅，翻營戰地腥。期君歸幕下，何石可書名〔五〕？

方回：第四句新甚。
紀昀：六句亦可。
馮舒：「四靈」似唐而薄。
馮班：似唐。○起怯甚。○「四靈」唐人面目。
查慎行：宋人詩不宜攙入唐律。
紀昀：此宋人，誤編於前。○次句太澀，五句太庸俗。

塞外書事

許棠

征路山窮邊，孤吟傍戍煙。河光深蕩塞，磧色迥連天。殘日沉鵰外，驚蓬到馬前。空懷釣魚所，未定卜歸年。

紀昀：五、六雄闊，不類晚唐。

許印芳：許棠，字文化。涇縣人。官江寧丞。

入塞曲

耿湋

將軍帶十圍，重錦製戎衣。猿臂銷弓力，虬鬚長劍威。首登平樂宴，新破大宛歸。樓上姝姬笑，門前問客稀。暮烽玄菟急，秋草紫騮肥。未奉君王詔，高槐晝掩扉。

方回：將帥富貴如此，然千百人無一人也。

馮舒：宋人除「西崑」外，不能道隻字。

馮班：宋人動手不得。○「樓上」句用平原事，妙。○結二韻用意。

查慎行：三、四生而勁。

紀昀：第三句「銷」字費解，第七句「姝姬」二字生。

無名氏（甲）：玄菟、樂浪，在朝鮮。

送李騎曹之武寧

顧非熊

一歲一歸寧，涼天數騎行。河來當塞曲，山遠與沙平。縱獵旆風卷，聽笳帳月生。新鴻引寒色，迴日滿京城。

方回：三、四哀壯。

紀昀：亦常語，只「曲」字、「平」字與虚谷所云句眼合耳。

紀昀：第六句第三字應平。

涇州觀元戎出師

戎昱

寒日征西將，蕭蕭萬馬叢。吹笳覆樓雪，祝纛滿旗風。遮虜黄雲斷，燒羌〔六〕白草空。金鐃肅天外，玉帳静〔七〕霜中。朔野長城閉，河源舊路通。衛青師自老，魏絳賞何功。槍壘依沙迥，轅門壓塞雄。燕然如可勒，萬里願從公。

紀昀：平正無出色處，三句湊。「青」、「絳」對工，然詩不必如此小巧。

無名氏（甲）：涇州，屬平涼。

和蕃

漢家青史上，計拙是和親。社稷依明主，安危託婦人。豈能將玉貌，便擬靜胡塵。地下千年骨，誰爲輔佐臣？

馮班：名篇。○亦是議論耳，氣味自然不同。意氣激昂，不專作板論，所以爲唐人。

查慎行：與崔塗過昭君故宅寄慨略同。五、六太淺。

紀昀：太直太盡，殊乖一唱三歎之旨。

無名氏（甲）：此事固爲一時將、相之羞。然劉敬作俑，尤當首誅。

輪臺即事

岑參

輪臺風物異，地是古單于。三月無青草，千家盡白榆。蕃書文字别，胡俗語音殊。愁見流沙北，天西海一隅。

方回：唐人雖奄有輪臺，然詩人終只以爲蕃書胡語也，其可久有之哉！

馮班：此豈詩人所能强乎？甚矣方君之固也！

陸貽典：輪臺豈必有用，然漢、唐通西域，止爲斷北朝右臂耳，此宋人所未曉也。

紀昀：「單于」非地名。○結句弱。
無名氏（甲）：輪臺，在今沙州。

過酒泉憶杜陵別業

昨夜宿祁連，今朝過酒泉。黄沙西際海，白草北連天。愁裏難消日，歸期尚隔年。陽關萬里夢，知處杜陵田。

方回：三、四壯，五、六麗。
紀昀：未的。
紀昀：亦平平。
無名氏（甲）：酒泉，肅州。

奉陪封大夫宴時封公兼鴻臚卿

西邊虜盡平，何處更專征。幕下人無事，軍中政已成。坐參殊俗語，樂雜異方聲。醉裏樓臺月，偏能照列卿。

方回：三、四自然，末句用月卿事。

紀昀：「卿士惟月」，乃三十日之月，非照人之月。

紀昀：三、四淺，結句鄙。

題金城臨河驛樓

古戍依重險，高樓見五涼。山根盤驛道，河水浸城牆。庭樹巢鸚鵡，園花隱麝香。忽如江浦上，憶作捕魚郎。

方回：老杜亦有「鸚鵡」、「麝香」之聯，當時人詩體亦相似。

紀昀：此自偶然相合，意思各别。緣此四字，便曰相似，陋矣。

馮班：字字好。

何義門：結飄洒超異。

紀昀：嘉州詩難此輕倩。

無名氏(甲)：金城，在今蘭州西城外，黄河南岸。其北岸金城關上亦有樓。

宿鐵關西館

馬汗〔八〕踏成泥，朝馳幾萬蹄。雪中行地角，火處宿天倪〔九〕。塞迥心常怯，鄉遥夢亦迷。那知故園月，也到鐵關西。

方回：五、六勝三、四，以有議論而自然。末句爽逸已甚〔一〇〕。

馮班：方君專重議論，何也？詩用議論則意盡言中，無餘味，宜戒之。議論極是詩病。

馮舒：第四句不解。

何義門：第二以「朝」字映出「宿」字。落句仍藏「宿」字。結句極淒凉，却不敗意。

紀昀：「倪」，端倪也，猶俗語天盡頭耳。馮氏改爲「涯」字。「涯」字「支」、「佳」、「麻」三韻皆收，「齊」韻無此字。○六句沉着。

無名氏（甲）：鐵門關，後蒙古鐵木真見角端處。

許印芳：四句「涯」字，本作「倪」，紀批云：「倪，端倪也，猶俗語天盡頭耳。馮氏改爲涯字，涯字『支』、『佳』、『麻』三韻皆收，『齊』韻無此字。」愚按：「天倪」乃論道語，曉嵐此解，牽强特甚，仍當從馮氏作「天涯」。蓋「支」、「佳」兩韻本與「齊」韻相通，唐人律詩亦有借押通韻之例，無妨礙也。○「那」，平聲，俗誤爲上聲。

首秋輪臺

異域陰山外，孤城雪海邊。秋來唯有雁，夏盡不聞蟬。雨拂氊牆濕，風搖毳幕羶。輪臺萬里地，無事歷三年。

方回：唐之盛時，漢之所棄輪臺，亦奄有之。然勤於邊略，不如修實德以悦近人也。「氈牆」二字新。

紀昀：此等議論，與詩何涉？此詩集，非史評也。「氈牆」二字乃烏孫公主歌中語，不得爲新字。

查愼行：第六句新。

何義門：中四句歷盡苦辛。

紀昀：語亦老潔，俱乏深味耳。

無名氏（甲）：輪臺，在車師交河之西二千里外。

北庭作

雁塞通鹽澤，龍堆接醋溝。孤城天北畔，絶域海西樓[一]。秋雪春仍下，朝風夜不休。可知年四十，猶自未封侯。

方回：「鹽澤」，人所共知。「醋溝」，則未之知也。甚新。中四句皆如鑄成。

查愼行：按詩意，醋溝當在西陲，十三州志中牟縣有醋溝，地名偶同耳。

查慎行：一、二天然作對。

紀昀：此等但以宏壯取之。

武威春暮聞宇文判官西使還已到晉昌

片雨過城頭，黄鸝上戍樓。塞花飄客淚，邊柳掛鄉愁。白髮悲明鏡，青春換弊裘。君從萬里使，一作「去」。聞已到瓜洲〔二〕。

方回：三、四與「孤燈然客夢，寒杵擣鄉愁」同調。

紀昀：起四句灑然而來，語極新脆。結句只一對照便住，筆墨高絶。

無名氏（甲）：武威，今在嘉峪關外。

許印芳：五律調法，不過數種，一首之中宜前後參錯用之，不可兩聯犯複。若此詩與彼詩犯複，尚不爲病。所忌者，調複而詞意亦複，未免自套之病，此二聯正犯此病。虚谷指出，可謂眼明心細，後人當以爲戒。

送楊中丞和蕃

郎士元

錦車登隴日，邊草正淒淒。舊好隨君長，新愁聽鼓鼙。河源飛鳥外，雪嶺大荒西。漢壘今猶在，遥知路不迷。

陸貽典：河源，在河州。

紀昀：漢有征蕃之壘，今乃有和蕃之使。諷刺入骨，此等處虚谷皆不講。

許印芳：郎士元，字君胄。中山人。官郢州刺史。

送李將軍赴定州

雙旌漢飛將，萬里授横戈[一三]。春色臨邊一作「關」。盡，黄雲出塞多。鼓鼙悲絶漠，烽戍一作「火」。隔長河。莫斷陰山路，一作「想到陰山北」。天驕已請和。

紀昀：右丞「黄雲斷春色」句以蒼莽取神，此詩衍爲二句，又以對照見意，繁簡各有其妙。○定州不應云「陰山北」，改作「莫斷陰山路」爲是。然唐時邊界在薊門外，定州亦不應有「臨邊」、「出塞」之語，再校。○三、四警策。歸愚謂不及右丞「黄雲斷春色」句，未免好爲高論。言各有當，此正以内外截然見意。

雜詩

盧象

家居五原上，征戰是平生。獨負山西勇，誰當塞上名。死生遼海戰，雨雪薊門行。諸將封侯盡，論功獨不成。

方回：感慨有味。但五原、山西、遼海、薊門，四處地相遼遠，詩人寓意言辛苦無成者，以譏夫偶然而成名者，未必皆辛苦也。

馮舒：五原在遼西，人勇力如山西，曾戰遼海，曾行薊門，文理無礙，不必病其四處遼遠。

馮班：五原正是遼西地，山西勇將從軍於此，薊門、遼海地遠何嫌乎？虚谷評不可解。

馮班：第三未穩。

何義門：吴均體。

紀昀：馮云「五原在遼西」，誤。五原是生處，山西勇是用漢書「山西出將」語，不泥其地。薊門、遼海，地界相連，正唐防契丹處。生於五原，戰於薊北，有何不可？以爲遼遠何哉？○以爲同一辛苦，而獨不成功，尤爲深厚。

無名氏（甲）：五原在秦、晉之交，非遼西也。

許印芳：「上」字、「戰」字、「生」字俱複。○盧象，字緯卿，汶水人，官主客員外郎。

贈王將軍　賈浪仙

宿衛爐煙近，除書墨未乾。馬曾金鏃中，身有寶刀瘢。父子同時捷，君王晝陣看。何當爲外帥，白日出長安。

方回：中四句似不作對而對，所以爲妙。

馮舒：虛谷不喜「四靈」，却尚知長江。

馮班：次聯二句一意，何以爲佳？第四句未鍊，「寶刀」字有病。

查慎行：五、六出色精神，如讀周盤龍傳。

紀昀：浪仙亦有此應酬之作。

送鄒明府遊靈武

曾宰西畿縣，三年馬不肥。債多平劍〔一四〕與，官滿載書歸。邊雪藏行徑，林風透卧衣。靈州聽曉角，客館未開扉。

方回：中四句佳，前聯尤勝。

馮舒、馮班、查慎行、紀昀：此首已見「送別類」，重出。

無名氏（甲）：靈武，今甘肅靈州，屬涼州。

塞下曲

馬　戴

廣漠雲凝慘，日斜飛霰生。燒山搜猛虎，伏道擊迴兵。風折旗竿曲，沙埋樹杪平。黄雲飛旦夕，偏奏苦寒聲。

紀昀：五句景真語拙。

送客遊邊　于鵠

若到并州北，誰人〔一五〕不憶家。塞深無伴侣，路盡有平沙。磧冷唯逢雁，天寒〔一六〕不見花。莫隨征將〔一七〕意，垂老事輕車。

方回：第六句最佳，三、四亦好。

紀昀：此詩全在起手得勢，中間皆常語耳。虚谷惟於對句着意，故所評如是。

紀昀：結繳明本意。

許印芳：「不」字複。○于鵠，字未詳，隱居漢南。

從軍行　楊凝

都尉出居延，强兵集五千。還將張博望，直救范祁連。漢卒悲簫鼓，胡姬濕采旃。如今意氣盡，流淚挹流泉。

方回：起句壯，末句悲老將不成功者也。
紀昀：次句率易，六句不可解。
無名氏（甲）：李陵教射居延西。居延在甘州張掖北。博望侯，張騫。祁連將軍，范明發。

塞下

李宣遠

秋日并州路，黄榆落故關。孤城吹角罷，數騎射鵰還。帳幕遥臨水，牛羊自下山。行人正垂淚，烽火出雲間。

方回：八句俱整峭。
紀昀：三、四寫窮邊日暮慘淡之氣，如在目前。
無名氏（甲）：并州，即太原。
許印芳：李宣遠，字里未詳。貞元時進士。

部落曲

高適

蕃軍傍塞遊，代馬噴風秋。老將垂金甲，閼支著錦裘。琱戈象豹尾，紅旆插狼頭。日暮天山下，鳴笳漢使愁。

馮班：自然有體氣。開元詩人大略如此。

紀昀：此殊鈍置，非常侍之佳作。

無名氏（乙）：壯麗。

塞上贈王太尉　僧惠崇

飛將是嫖姚，行營已近遼。河冰堅度馬，塞雪密藏鵰。敗虜殘旗在，全軍列帳遥。傳呼更號令，今夜取天驕。

馮班：「九僧」定勝「四靈」。○第四好。

紀昀：此二宋人，亦誤編。○俊爽稱題。

塞上贈王太尉　僧宇昭

嫖姚立大勳，萬里絶妖氛。馬放降來地，鵰閑〔一八〕戰後雲。月侵孤壘没，燒徹遠蕪分。不慣爲邊客，宵笳懶欲聞。

方回：歐陽公詩話稱此詩三、四，而未見其集。司馬温公乃得之以傳世。

馮舒：三、四真唐人句，「九僧」之高至此。

馮班：次聯名句也。

查慎行：三、四出句勝。

紀昀：末句未妥。

征西將〔一九〕

張司業

黄沙北風起，半夜又〔二〇〕翻營。戰馬雪中宿〔二一〕，探人冰上行。深山旗未展，陰磧鼓無聲。幾道征西將，同收碎葉城。

紀昀：三首皆無佳處。

無名氏（甲）：碎葉在安西四鎮，亦爲吐蕃所陷。

漁陽將

塞深沙草白，都護領燕兵。放火燒奚帳，分旗築漢城。下營看嶺勢，尋雪覺人行。更向桑乾北，擒生問磧名。

查慎行：中兩聯句法相同。

無名氏（甲）：漁陽，即幽州燕山。奚地，胡之一種。桑乾河，自塞外流至宛平，爲蘆溝河。

没蕃故人

前年戍月支，城上〔三〕没全師。蕃漢斷消息，死生長别離。無人收廢帳，歸馬識殘旗。欲祭疑君在，天涯哭此時。

查慎行：結意深慘。

紀昀：第四句即出句之意，未免敷衍。

愁　怨

柳中庸

玉樹起涼煙，凝情一葉前。别離傷曉鏡，摇落怨秋絃。漢壘關山月，胡笳塞北天。不知腸斷夢，空遶幾山川。

紀昀：此閨情詩，非邊塞詩也。緣誤看五、六句，故收於此耳。○出語婉約，不失雅音。

許印芳：柳淡，字中庸。河東人。官洪府户曹。

入塞曲

鄭　鏦

留滯邊庭久，思歸歲月賒。黄雲同入塞，白首獨還家。宛馬隨秦草，胡人問漢花。還傷李都尉，猶自没黄沙。

方回：唐御覽詩鄭鏦四首皆豔麗，令狐楚所選，大率取此體，不主平淡，而主豐碩云。

紀昀：此詩不得謂之豔麗。凡詩只論意味如何，濃淡平奇，皆其外貌。若偏主平淡，則外强内乾，亦成僞體，與「西崑」弊等。

馮班：腹聯清新。

查慎行：「入塞」「還家」合掌。

許印芳：「黄」字複。

送都尉歸邊

盧綸

好勇知名早，争雄上將間。戰多春入塞，獵慣夜燒山。陣合龍蛇動，軍移草木閑。今來部曲盡，白首過蕭關。

方回：詩律響亮整齊。

紀昀：意注末二句，前六句反面烘托，便回身一掉，倍爲悽惋耳。但以響亮整齊取之，殊失作者之意。

無名氏（甲）：天、地、風、雲、龍、虎、鳥、蛇，謂八陣。

贈梁州張都督　崔顥

聞君爲漢將，虜騎不〔二三〕南侵。出磧〔二四〕清沙漠，還家拜羽林。風霜臣節苦，歲月主恩深。爲語西河使，知余〔二五〕報國心。

方回：五、六痛快而感激。

馮舒：五、六似杜。

馮班：五、六忠厚，有詩人之意。

紀昀：「知余」「余知」，原有二本，然「知余」不過冀倖援引之詞，「余知」則有勉以益勵忠誠之意，深淺間相去遠矣。

邊遊　項斯

古鎮門前去〔二六〕，長安路在東。天寒明堠火，日晚裂旗風。塞館皆無事，儒裝亦有弓。防秋故鄉卒，暫喜語音同。三、四或作「天晴槐葉霧，日暮葦花風」。

方回：無第六句，不見秀才遊邊之意。

紀昀：此二句不似邊關景物。

紀昀：通體小樣。惟結二句反托出異俗殊音，用筆精妙。○次句、五句皆笨，六句景真而語纖。

邊州客舍

閉門不成出，麥色徧前坡。自小詩名在，如今白髮多。經年無越信，終日厭蕃歌。近寺居僧少，春來亦嬾過。

方回：無第六句却於邊州不切。此篇詩先看題却，方看此句，只一句唤醒一篇精神也。

紀昀：至第六句方點醒。究竟前四句太泛，不必曲爲之詞。

馮班：結好。

何義門：次聯清婉。自小攻文，只贏得白髮也。

紀昀：此首淺近。

塞上逢故人

王　建

百戰一身在，相逢白髮生。何時得家信，每日算歸程。走馬登寒壠，驅羊入廢城。羌歌三兩曲，人醉海西營。

方回：第五句最好，非邊上則此句未爲奇也。

紀昀：此亦常語，何以云「奇」。

紀昀：結得悠然不盡。

尹學士自濠梁移倅秦州〔二七〕　宋景文

于役三年遠，尹自經略西事，出入三年。論兵兩鬢斑。不辭征虜辟，尹再入部署韓公幕下。要作破羌還。楯墨應圜熟〔二八〕，兜烽報未閑。浮舠背淮服，盤馬入秦關。遂閣讐書筆，仍餘聚米山。憶君他夕恨，遥向隴雲間。

方回：三、四絶妙。此尹師魯洙也。

紀昀：亦常語。

馮班：「崑體」。○未見不是唐人。

查慎行：宋詩誤入唐律，宜在後。

紀昀：風骨既遒，意境亦闊。小宋極得意之作，非他作琱繪之比。

少將　李商隱

族亞齊安陸，風高漢武威。烟波别墅醉，花月後門歸。青海聞傳箭，天山報合圍。一朝攜劍起，上馬即如飛。

馮班：好在後四句。

查慎行：「青海」「天山」，屬對與老杜偶合。○此唐律，該移在前。

何義門：破題是宗子。○人見其「煙波」「花月」，不知其緩急可仗，如此或以自喻也。

紀昀：此首宜入「俠少類」，不宜收「邊塞類」。○出手微快，然自俊爽，通首寫俠少之意，注家以爲有刺者，非。

許印芳：「青海」句剿襲老杜，此不可學。○李商隱，字義山，號玉溪生，又號樊南生，河内人，位終節度判官。

兵

梅聖俞

太平無戰陣，漢卒久生驕。金甲不曾擐，犀弓應自調。嗟爲燎原火，終作覆巢梟。若使威刑立，三軍豈敢囂？

馮班：宋氣逼人，不及唐人遠矣。

紀昀：純是腐語，非詩人之筆。

故原有戰卒死而復蘇來説當時事

縱横尸暴積，萬殞少全生。飲雨活胡地，脱身歸漢城。野獾穿廢竈，妖鵬嘯空營。侵骨劍瘡在，無人爲不驚。

紀昀：前六句皆淺近，七句亦俚，八句拙極。

擬王維觀獵　晏相公坐中探賦

白草南山獵，調弓發指鳴。原邊黄犬去，雲外皂鵰迎。近出長陵道，還看小苑城。聊從向來騎，回望夕陽平。

馮舒：末句較「千里暮雲平」何如？

馮班：不及張祜，何論右丞？○太臨摹，少精句，弱在第七句。

查慎行：名作在前，似不宜和。

張載華：詩家最忌蹈襲，凡遇一題，前有名作，慎勿輕率下筆。宛陵此詩，先生猶有微詞。閲劉夢得經伏波祠詩評語，於東坡謝人見和前篇二首及定惠院海棠詩，不憚再三提命。尤爲現身説法。學者遇此等題，與其效顰，毋寧藏拙，勿負先生一片婆心也。

紀昀：第四句「迎」字不妥，後四句太近雙鉤。○取擬作而不取本詩，而擬作又遜本詩遠甚，真不可解。虛谷之黨護如是，則馮氏之攘臂毒罵，亦非無爲而然也。

塞上

王正美

無定河邊路，風高雪灑春。沙平寬似海，鵰遠立如人。絶域居中土，多年息虜塵。邊城吹暮角，久客自悲辛。

方回：亦可與晚唐諸人争先。

紀昀：晚唐中之矯矯者。

馮舒：頷聯唐句。

馮班：似唐人。

紀昀：第四句故爲奇語，警絶。五句言中土爲「絶域」，倒其文耳。

許印芳：五句究竟不穩，倒裝句之難在此。

許印芳：王操，字正美。

遊邊上

佩劍遊邊地，胡風捲敗莎。鵰饑窺壞塚，馬渴嗅冰河。塞闊人煙絶，春深霰雪多。蕃戎如畫看，散騎立高坡。

方回：王操，江南人。三、四絶佳，尾句真如畫也。

馮班：好。

紀昀：三、四亦武功小樣範，結自有致。

并州道中

從軍無住計，近臘塞門行。風劈面疑裂，凍粘髭有聲。太陽過午暗，暮雪照人明。馬上聞吹角，依依認漢城。

方回：操詩如此精妙，不減賈島。

紀昀：以此爲精妙，可云無復是非。島詩之極不佳者，猶勝於此。

馮班：妙，全似唐人。○長江寒峭。正美可嗣張文昌。

紀昀：俚甚。

和袁郎中破賊後軍行過剡中山水謹上太尉 即李光弼　劉長卿

剡路除荆棘，王師罷鼓鼙。農歸滄海畔，圍解赤城西。赦罪陽春發，收兵太白低。遠峯來馬首，横笛入猿啼。蘭渚催新幄，桃源識故蹊。已聞開閣待，誰許卧東溪。

方回：所圈一聯絶精。〔案：方回於「赦罪陽春發，收兵太白低」二句傍加圈。〕

紀昀：「遠峯」一聯亦好。

紀昀：此首亦不應入「邊塞」。

無名氏（甲）：劉君在當時本推「五言長城」，況雜之宋人中，自覺老氣無敵。

七言 十一首

贈索暹將軍

王建

渾身著箭瘢猶在，萬槊千刀總過來。輪劍直衝生馬隊，抽旗旋踏死人堆。聞休鬭戰心還癢，見説煙塵眼即開。淚滴先皇階下土，南衙班裏趁朝迴。

方回：老兵之常態也。無此輩何以衛國？不成一切都作吟詩而不事事者？

紀昀：忽論至此，與詩何涉？

馮班：末句無限。
查慎行：五句粗俗，不謂中唐乃有此！
紀昀：鄙俚粗惡，殆如市上所唱彈辭。作者、選者，皆不可解。

老將

韓偓

折鎗黄馬倦塵埃，掩耳凶徒怕疾雷。雪密酒酣偷號去，月明衣冷斫營迴。行驅貔虎披金甲，立聽笙歌擲玉盃。坐久〔二九〕不須輕矍鑠，至今雙擘硬弓開。

馮班：詩：「我馬玄黄。」
何義門：於破題、落句見「老」字，中間平放四句，亦是一格。
紀昀：「黄馬」二字何著？如用戰馬玄黄則更不通。次句俚極，三、四自可。
李光垣：此又書名，例不畫一。
無名氏（甲）：樂府亦有「君馬黄」。

獻淮寧節度李相公

劉長卿

建牙吹角不聞喧，亂世〔三〇〕登壇衆所尊。家散萬金酬士死，身留一劍答君恩。漁陽老將多迴席，魯國諸生半在門。白馬翩翩春草細，邵陵〔三一〕一作「少陵」西去獵平原。

馮舒：只是道地。

何義門：全篇極寫失勢無聊之狀，讀者但見其壯麗也。落句了不覺爲敗興語。

紀昀：綽有風格。

送李僕射赴鎮鳳翔

張司業

由來勳業屬英雄，兄弟連營列位同。先入賊城〔三二〕擒惡首〔三三〕，盡封官庫讓元功〔三四〕。旌幢獨繼家聲外，竹帛新添國史中。天子欲收秦隴地，故教移鎮在扶風〔三五〕。

馮班：敍李愬事如見。

查慎行：僕射即李愬也。

何義門：元功（公）指裴相。

紀昀：語皆猥庸。

無名氏（甲）：漢三輔中，京兆即長安，右扶風鳳翔，左馮翊同州也。

偶吟遺懷

向文簡

昔爲宰輔居黄閣，今作元戎控夏臺。萬里蒼黔慚受賜，一方清晏有何才。紫宸杳杳彌年別，紅旆翩翩映日開。將相官榮如我少，不須頻獻手中盃。

馮班：不好，不好。

紀昀：只似魏公相臺諸作，了無風旨之可采。

飛將

胡文恭宿

曾從嫖姚立戰功，胡雛猶畏紫髯翁。雕戈夜統千廬衛，緹騎秋畋五柞宮。後殿拜恩金印重，北堂開宴玉壺空。從來敵國威名大，麾下多稱黑稍公。

方回：壯麗。凡詩讀上一句，初不知下一句作如何對。必所對勝上句，令人不測乃佳。此篇是也。

紀昀：亦不見不測之處。

馮班：「空」字未妥。「黑稍公」事未切。○劣弱之極。

紀昀：句格尚健，別無可取。

次韻元厚之平戎獻捷

王荆公

朝廷今日四夷功，先以招懷後殪戎。胡地馬牛歸隴底，漢人煙火起湟中。投戈更講諸儒藝，免胄爭趨上將風。文武佐時慚吉甫，宣王征伐自膚公。

馮班：不及「崑體」。○次聯好。

查慎行：格調不落元和以後。

紀昀：荆公不應作此庸膚語。

無名氏(甲)：荆公相業敗壞自不必言，然其收復河湟，未可盡非。此乃中國舊地，因天寶之亂，陷於吐蕃，後來大中時收復而未盡者。此正國家當爲之事，與其它開邊生事不同，奈何議之？今此諸作，文詞亦斐亹可觀。乃宋朝最難得之事。韓、范經略，無寸功可紀。雖欲揚厲，何從加之？故荆公此舉，未可厚非耳。

和蔡副樞賀平戎慶捷

城郭名王據兩陲，軍前一日送降旗。羌兵自此無傳箭，漢甲如今不解纍。幕府上功聯舊伐，朝廷稱慶具新儀。國家道泰西戎喙，還見詩人詠串夷。

馮班：腹聯二句好。

紀昀：庸膚。○「不解纍」三字太生。

依韻和元厚之内翰平羌

王岐公

詔收新土鳳林東，四百餘年陷犬戎。葱嶺自横秦塞上，金城還落漢圖中。輕裘坐嘯無餘粟，解髮來庭有舊風。零雨未濛音已捷，不勞歸旅詠周公。

馮班：次聯好。

紀昀：稍有音節，然亦不佳。○第五句「無餘粟」三字何解？

依韻和蔡樞密岷洮恢復部落迎降

河湟形勝壓西陲，忽覺連營列漢旗。天子坐籌星兩兩，將軍解佩印纍纍。稱觴别殿傳新曲，銜璧[三六]名王按舊儀。江漢一篇猶未美，周宣方事伐淮夷。

紀昀：亦是敷衍。○結二句笨。

無名氏（甲）：末句言淮夷近地，不若河湟之遠駕也。

聞种諤米脂川大捷

神兵十萬忽乘秋，西磧妖氛一夕收。疋馬不嘶榆塞外，長城自越玉關頭。兵未進討，邊人望見漢城列峙西界中。君王别繪凌煙閣，將帥今輕定遠侯。莫道無人能報國，紅旗行去取涼州。

紀昀：此稍爽朗。

無名氏（甲）：是時涼州尚爲夏戎所據，故末句云。

許印芳：起筆得勢，以下如破竹矣。通體俱作壯語，却無粗豪病，而且渾灝流轉，神完氣足，此宋詩之最出色者。置之唐人集中，亦推高唱。曉嵐云「稍爽朗」，一何苛刻之甚耶？惟詩中四句虚字着力皆在第三字，此是一病，後生勿效之。

校勘記

〔一〕有樂　李光垣：「有」應作「苦」。　〔二〕陸明甫　紀昀：題再校本集。　李光垣：「甫」應作「府」。　〔三〕庭邊樹　李光垣：「庭邊」應作「邊庭」。　〔四〕臂弱　李光垣：「健」誤「弱」。　〔五〕書名　查慎行：「名」當作「銘」。　〔六〕燒羌　馮班：「羌」一作「荒」。　〔七〕玉帳静　查慎行：「静」原訛作「盡」。　〔八〕馬汗　馮班：「汗」字誤。　〔九〕天倪　馮班、許印芳：「倪」當作「涯」。　〔一〇〕已甚　李光垣：「已」應改「之」。　〔一一〕西樓　查慎行、李光垣：「樓」一作「頭」。　〔一二〕瓜洲　馮班、無名氏（甲）：「洲」當作「州」。　〔一三〕授横戈　李光垣：「獨」訛「授」。　〔一四〕平劍　李光垣：「憑」訛「平」。

〔一五〕誰人　許印芳：「誰」一作「何」。　〔一六〕天寒　馮班：御覽，「寒」作「春」，妙。〔一七〕征將　李光垣：「邊」訛「征」。　〔一八〕鷗閑　馮班、李光垣：「閑」當作「盤」。〔一九〕征西將　按：「征」字原缺，據康熙五十二年本、紀昀刊誤本校補。　〔二〇〕半夜又　馮班：「半夜」一作「夜半」。　〔二一〕中宿　馮班：「宿」一作「立」。　〔二二〕城上　馮班：「上」一作「下」。　〔二三〕虜騎不　許印芳：「不」，一作「罷」。　〔二四〕出磧　許印芳：「磧」一作「塞」。　〔二五〕知余　馮班：一作「余知」。何義門：英華作「知余」，從英華爲長。　〔二六〕前去　按：「去」字原缺，據康熙五十二年本、紀昀刊誤本校補。　〔二七〕秦州　按：「秦」原作「泰」。無名氏（甲）：觀詩意宜作「秦州」。　〔二八〕應圜熟　紀昀：「應」當作「磨」，以形似而訛。「圜」當作「原」，以聲近而訛。此難以竟改正，俟再校。　〔二九〕坐久　李光垣：「上」訛「久」。　〔三〇〕亂世　馮班：一作「三十」。　〔三一〕邵陵　馮班：「邵」一作「茂」。　〔三二〕賊城　馮班：「城」一作「巢」。　〔三三〕惡首　馮班、查慎行：一作「首惡」。　〔三四〕元功　馮班：「功」一作「公」。　〔三五〕在扶風　馮班：「在」一作「右」。　〔三六〕衙璧　查慎行、無名氏（甲）：「衙」當作「銜」。

瀛奎律髓彙評卷之三十一　宫閫類

長門買賦，團扇託詞，后妃於君王猶然。婦人女子，疏而不怨，難矣。自易之咸、恒，詩之關雎、雞鳴，其義不明，而後風俗衰，恩義薄，居寵而自損，上也。而或失愛，怨其所可怨，不誹不亂可也。

紀昀：此雖老生之常談，然大旨不過如此。

五言　七首

春宫怨　杜荀鶴

早被嬋娟誤，欲妝臨鏡慵。承恩不在貌，教妾若爲容。風暖鳥聲碎，日高花影重。年年越溪女，相憶採芙蓉。

方回：譬之事君而不遇者，初亦恃才，而卒爲才所誤。愈欲自衒，而愈不見知。蓋寵不在貌，則難乎其容矣，女爲悦己者容是也。風景如此，不思從平生貧賤之交可乎？

馮舒：如此解亦妙。

馮班：評好。

馮舒：五、六寫出春宫，落句不測。

馮班：全首俱妙，腹聯人所共知也。○精極。

何義門：五、六是「慵」字神味。○入宫見妬，豈若與采蓮者之無猜乎？落句怨之甚也。

紀昀：前四句微覺太露，然晚唐詩又別作一格論。結句妙，於對面落筆，便有多少微婉。

長門怨

岑參

君王嫌妾妬，閉妾在長門。舞袖垂新寵，愁眉結舊恩。緑錢生履跡，紅粉濕啼痕。羞被桃花笑，看君獨不言。

馮舒：息夫人後來不知何以稱桃花夫人？落句想亦用此。

馮班：「桃李不言，下自成蹊」，故息夫人號桃花夫人，以其不言也。此自用史記，與息嬀無與。

紀昀：第三句未明晰，末乃用桃李不言意。馮以爲息嬀，誤也。

婕妤怨

皇甫冉

由來詠團扇，今已值秋風。事逐時偕往，恩無日再中。早鴻聞上苑，寒鷺上〔一〕深宮。顏色年年謝，相如賦豈工？

馮班：匀美。

紀昀：六句「上」字費解。

閨 情

戎 昱

側聽宮官説，知君寵尚存。未能開笑頰，先欲换愁魂。寶鏡窺妝影，紅衫裛淚痕。昭陽今再入，寧敢恨長門！

紀昀：不失忠厚悱惻之旨。惟氣格稍薄，則時代限之耳。

長信宫

于武陵

簟涼秋氣初，長信恨何如？拂黛月生指，解鬟雲滿梳。一從悲畫扇，幾度泣前魚。坐聽南宫樂，清風摇翠裾。

馮舒：第三、四似寬，却自緊。〇「前魚」古人通用。

馮班：次聯寬，却自工鍊。〇「前魚」句，今人不知齊梁體，必以爲誤矣。

紀昀：語皆淺拙，「前魚」用男寵事，尤謬。

玉階怨　　鄭　鏦

昔日同飛燕，今朝似伯勞。情深争擲果，寵罷怨殘桃。别殿春心斷，長門夜樹高。雖能不自悔，誰見舊衣褒！

方回：三、四工，甚有味。

紀昀：三、四亦似男寵，語不可解。

馮舒：三、四亦通用，落句不可解。

馮班：「擲果」却可，詩人之詞，有漢、魏通行，而南北朝以爲病者，有南北朝、唐初通行而天寶以後不用者，有天寶、大曆可用而元和以後不行者。虚谷所知，只是「江西」用事法耳。〇「擲果」事若在大曆、元和以後，則爲累句矣。方君稱之，不解。

紀昀：結不成語。

王家少婦 一云「古意」〔二〕

崔顥

十五嫁王昌，盈盈入畫堂。自矜年最少，復倚婿爲郎。舞愛前溪緑，歌憐子夜〔三〕長。閑年〔四〕鬭百草，度日不成妝。一作「能妝」。

方回：此等婦人，世間有之，但不多耳。

馮舒：方公真窮酸。

紀昀：此評不可解。

紀昀：司勳以此詩爲北海所叱，然自不惡。

七言 二首

貧女

秦韞玉〔五〕

蓬門未識綺羅香，擬託良媒亦自傷〔六〕。誰愛風流高格調，共憐時世儉梳妝〔七〕。敢將十指誇纖巧〔八〕，不把雙眉鬭畫長。最恨〔九〕年年壓金線，爲他人作嫁衣裳。

方回：此詩世人盛傳誦之。
紀昀：言外深致不滿，然則何必録之？
馮班：託興可哀。
何義門：高髻險妝，見唐書車服志。此句就他人一面説。
紀昀：格調太卑。

洛意

楊文公

蘅皐駐馬獨依依，寄恨微波帶減圍。淚迹不成雙玉筯，身輕誰賦六銖衣。穿針静夜星榆出，擺手清晨雪絮飛。目斷風簾舊巢燕，新看〔一〇〕先傍杏梁歸。

馮班：「崑體」，匀細。題目不似唐人。應入「風懷類」。○亦未是義山。次聯太襲。
紀昀：純學義山，然無佳處。○此卷只杜荀鶴一首好，戎昱、崔顥二詩次之，餘皆俗格。

校勘記

〔一〕寒鷺上　馮班：「上」一作「下」。　〔二〕一云古意　紀昀：作「古意」是。　〔三〕子夜　李光垣：「子」原訛作「午」。　〔四〕閑年　馮班：「年」一作「來」。　〔五〕秦韞玉何義門：「韞」當作「韜」。〔六〕亦自傷　馮班：「亦」一作「益」。〔七〕儉梳妝　馮班：「儉」當作「險」。〔八〕纖巧　馮班：「纖」一作「針」，或作「偏」。無名氏（甲）：「偏」字不合，「纖」字勝。〔九〕最恨　馮班：「最」當作「每」。〔一〇〕新看　李光垣：「看」應作「春」。

瀛奎律髓彙評卷之三十二　忠憤類

世不常治，於是有麥秀、黍離之詠焉。庾信哀江南賦，亦人心之所不容泯也。炎、紹間，有和江子我詩者，乃曰：「成壞一反掌，江南未須哀。」子我以爲何其不仁之甚。惟出於荆舒之學、京黻之門者，例如此。今取其「可以怨」者列之，不特臣於君、子於親，凡門生故吏、學徒，於主、於師皆與。

馮班：此宜深戒，未有得罪名教而可以爲詩人者也。○此一論最要緊，如子我之流，得罪名教，乃詩人之蟊賊也。

紀昀：此序亦好。

五言 二十五首

春望　杜工部

國破山河在，城春草木深。感時花濺淚，恨别鳥驚心。烽火連三月，家書抵萬金。白頭搔更短，渾欲不勝簪。

方回：此第一等好詩。想天寶、至德以至大曆之亂，不忍讀也。

查慎行：此亦陷賊中作。〇六句，杜詩後人引作故實者，如「萬金」、「屋烏」之類，不必更尋出處也。

何義門：起聯筆力千鈞。

紀昀：語語沉着，無一毫做作，而自然深至。

有歎

壯心久零落，白首寄人間。天下兵常鬭，江東客未還。窮猿號雨雪，老馬望關山〔一〕。武德開元際，蒼生豈重攀？

馮班：第六句怯。落句妙。

何義門：所嘆非爲羈窮，壯心零落，不得致主重見武德、開元之治，使蒼生之各有家耳。

紀昀：五、六賦而比也。

遣興

干戈猶未定，弟妹各何之。拭淚霑襟血，梳頭滿面絲。地卑荒野大，天遠暮江遲。衰疾那能久，應無見汝期〔二〕。

紀昀：語亦真至，然非極筆。

許印芳：前半固是平常，五、六寫景不著一情思字，而孤危愁苦之意含蓄不盡。結語尤爲沈痛。此等詩老杜外更無第二手，曉嵐謂非極筆何耶？

遣憂

亂離知又甚，消息苦難真。受諫無今日，臨危憶古人。紛紛乘白馬，擾擾着黄巾。隋氏留〔三〕宫室，焚燒何太頻！

馮班：落句妙。

何義門：前後一片説「憂」，只腰聯略見遺意。

紀昀：五、六亦太率易。結處不斥唐而託之隋，風人之旨。

避　賢〔四〕

避地歲時晚，竄身筋骨勞。詩書遂牆壁，奴僕且旌旄。行在僅聞信，此生隨所遭。神堯舊天下，會見出腥臊。

方回：天寶十四年乙未冬，安禄山反，老杜年四十四。自是流移轉徙，一爲拾遺，一爲華州功曹，一爲劍南參謀。至大曆五年庚戌卒，年五十九。凡十六年間，無非盜賊干戈之日。忠臣故宜痛憤，而老杜一飯不忘君，多見於詩。如「諸侯春不貢，使者日相望」、「由來强幹地，未有不朝臣」〔五〕、「領郡輒無色，之官皆有詞」、「天地日流血，朝廷誰請纓」、「弟妹悲歌裏，朝廷醉眼中」、「空村唯見鳥，落日未逢人」、「汩汩避羣盜，悠悠經十年」、「偷生惟一老，伐叛已三朝」、「赤眉猶世亂，青眼只途窮」、「朝野歡娱後，乾坤震蕩中」、「路衢唯見哭，城市不聞歌」、「忽聞哀痛詔，又下聖明朝」、「行在諸軍闕，來朝大將歸」、「奪馬悲宫主，登車泣貴嬪」、「窮愁但有骨，羣盜尚如毛」，皆哀痛惻愴，令人有無窮之悲。彼生世常逢太平者，烏足以語此。初選五首外，併此佳句紀之。

紀昀：所列諸句，不必盡佳。

馮班：落句可議。○太露骨。末句亦非體，疑非杜真作。

何義門：「遂」，言豈遂以此終也？「且」，言且待其後也。與「會見」二字呼應。○落句謂成都復爲吐蕃所陷，是永泰元年詩。

紀昀：三、四太露。此首本集不載，逸詩收之，或曰非少陵作，然氣味甚似。○馮云：末句太急露。

秋日懷賈隨進士

羅隱

邊寇日搔動，故人音信稀。長纓慚賈誼，孤憤〔六〕憶韓非。曉匣魚腸冷，春園鴨掌肥。知君安未得，聊且示忘機。

何義門：三、四言平時志氣如此，豈是難事自全者？已呼動末句。

紀昀：四句恐其遊説諸侯，終不免於難，故以韓非比之，已爲結句招隱之根。

無名氏（甲）：韓非子有孤憤篇。「鴨掌」，亦名鴨脚，即銀杏，以其葉形相似，故名。

亂後逢友人

滄海去未得，倚舟聊問津。生靈寇盜盡，方鎮改更頻。夢裏舊行處，眼前新貴人。從來事如此，君莫獨〔七〕沾巾。

何義門：起句聳擢天半。○正爲哭，不爲得，只得如此道也。結句從嘆逝賦來，所謂「文選理」。

紀昀：五、六淺鄙。

遣興

青雲路不通，歸計奈長蒙。老恐醫方悮，窮憂酒盞空。何堪離亂後，更入是非中。長短遭譏笑，回頭避釣翁。

紀昀：此首不宜入「忠憤類」。○意思殊淺。第二句「奈長蒙」三字不解，結用屈原漁父事。

九日

江子我

萬里江河隔，傷心九日來。蓬驚秋日後，菊换故園開。楚欲圖周鼎，湯猶繫夏臺。東籬那一醉，塵爵恥虚罍。

方回：江隣幾與梅聖俞多唱和，嘉祐起居舍人。子懋相生三子，端禮字子和，端本字子我，端本字子之。與呂居仁多唱和，入「江西派」。子我以元祐黨家居不仕，亦不娶，隱居封丘門外。靖康初少宰吴元中薦之，以爲承務郎，賜進士出身，諸王宮教授。上書辨宣仁誣謗遭黜。渡江寓居桐廬之鸕鷀源。後爲太常少卿。趙蕃昌父得其詩於韓淲仲止，曰七里先生自然菴集，刊留嚴陵郡齋。此詩題目雖曰九日，而「周鼎」、「夏臺」之句，乃是忠憤，故以類入於此。子我「西池再展一月詩」最有諷諫味，朱文公亦喜之。

紀昀：此爲徽、欽二帝發。然湯乃桀臣，比例未當，取其意可也。此亦實難措語處。○「爵」「罍」字複。

無名氏（甲）：湯與夏有君臣之義，與外寇不同，引喻失當。

還韓城

呂居仁

乍喜全家脱，虚疑疋馬一作「萬馬」。奔。乾坤德盛大，盜賊爾猶存。稻壠秋仍旱，溪流晚自渾。素冠兼白髮，悉絶更誰論？

方回：三首取一。「乾坤」、「盜賊」一聯，生逼老杜。

馮舒：直抄。

紀昀：三、四全用老杜。如此逼杜，亦大易事。

馮舒：第四句直寫杜。

查慎行：第四老杜成句。

紀昀：風格老重。○次句「萬」字是，言訛傳共至耳。

無名氏（甲）：「江西派」原以工部爲名，而適遭建康、建炎之世，與天寶、至德相似，則忠義激發，形諸篇什者，非工部而誰師？惜乎氣質不純，擬議未化，瑕瑜並見，離合相參，絶少完作，難與日月争光。故中興事業亦不能上絜唐家，良可慨也。

丁未二月上旬日

厄運雖云極，羣公莫自疑。民心空有望，天道本無知。野帳留華屋，青城插皂旗。燕雲舊耆老，寧識漢官儀？

主辱臣當死，時危命亦輕。誰吞豫讓炭，肯結仲由纓？泣血瞻行殿，傷心望虜營。尚存儀衛否？早晚復神京。

方回：此靖康二年丁未事，五月改建炎。

紀昀：題原有得説，詩故不失風格。

馮班：當此時候，不嫌其詞之直矣。

兵亂後雜詩五首

晚逢戎馬際，處處聚兵時。後死翻爲累，偷生未有期。積憂全少睡，經劫抱長饑。欲逐范仔輩，同盟起義師。

方回：元注云：「近聞河北布衣范仔起義師。」

紀昀：五首全摹老杜，形模亦略似之，而神采終不及也。○三、四好，結太率易。此欲爲老杜而失之者。

羽檄連朝暮，戎旃匝邇遐。未教知死所，詎敢作生涯。東郭同逃户，西郊類破家。萍蓬無定迹，屢欲過三巴。

紀昀：次句笨拙，五、六太質。

碣石豺狼種，長驅出不虞。是誰遺此賊？故使亂中都。官府室如罄，人家錐也無。有司少恩惠，何忍復追呼！

方回：左傳：「室如懸罄。」「如」訓而，謂室而將空也。後人誤以爲似磬之空，非是。觀此對，則得本意矣。

紀昀：後四句太盡。

萬事多返覆，蕭蘭不辨真。汝爲誤國賊，我作破家人。求飽羹無糝，澆愁爵有塵。往來梁上燕，相顧却情親。

馮舒：第三、四可贈荆溪。

馮班：「汝」字未曾下根。

蝸舍嗟蕪沒，孤城亂定初。籬根留弊屨，屋角得殘書。雲路慚高鳥，淵潛羨巨魚。客來闕佳致，親爲摘山蔬。

方回：東萊外集凡二十九首，取其五。他如：「水水但争渡，城城各點兵」、「牛亡春奪種，馬死盡徒行」、「風雨無由障，牛羊自入廬」、「簷楹鏃可拾，草木血猶腥」、「六龍時觝陒，百雉日孤危」、「報國寧無策，全軀各有詞」，皆佳句也。老杜後始有此。

紀昀：「全軀各有詞」，五字深痛，繪盡小人情狀。

查慎行：五、六本柴桑，微换数字耳。

感事

陳簡齋

喪亂那堪説，干戈竟未休。公卿危左衽，江漢故東流。風斷黄龍府，雲移白鷺洲。云何舒國步，持底副君憂。世事非難料，吾生本自浮。菊花紛四野，作意爲誰秋！

方回：「危」、「故」二字最佳。「黄龍府」謂二帝北狩，「白鷺洲」謂高廟在金陵。

許印芳：此説是。

馮班：好。

紀昀：此詩真有杜意，乃氣味似，非面貌似也。○第八句「底」字繆鄙。

許印芳：評似杜處的當，惟斥「底」字非是。蓋「底」字作「何」字解，句意自不錯，何得云繆？此字詩家常用，「底事」、「底物」、「底須」之類，不一而足，亦不得謂之爲鄙。惟此句與上句意複，未免合掌耳。

無名氏（甲）：此詩亦有少陵遺意，而筋節神情不甚融亮，此其病也。

聞王道濟陷虜

海内堂堂友，如今在賊圍。虛傳袁盎脱，不見華元歸。浮世身難料，危途計易非。雲孤馬息嶺，老涕不勝揮。

方回：三、四善用事，五、六有無窮之痛焉。

紀昀：五、六乃良友相期以正之意，非痛詞也。

馮舒：後山如此儘佳。

馮班：如此用事，可謂清楚。

紀昀：此亦似杜。○六句千古。

許印芳：「不」字複。

喜誅大將

劉屏山

自提烏合衆，南北久跳梁。避事幾危國，專權僭擬王。燃臍誅未快，擢髮罪難詳。膏血汙砧斧，何曾灑戰場。

方回：「曾」作「如」，尤佳。此殆誅范瓊時所爲。

紀昀：「何曾」者，言此等伎倆，不過終干法紀，不能死得其所也。作「何如」，則是質言告誡，詞意反淺矣。虛谷於此等多未明。

馮班：次聯好。「專權」二字可商。○如贈劉花馬。

己酉亂後寄常州使君姪四首

汪彥章

汾水游仍遠，瑶池宴未歸。航遷羣廟主，矢及近臣衣。胡馬窺天塹，邊烽〔八〕斷日畿。百年淮海地，回首復成非。

馮班：尚有子美之意，不在文字也。

查慎行：南渡初，少見此種詩。余所見浮溪集，此四首止存第一首。

紀昀：四首入之杜集不辨。○起二句斡旋得體。

無名氏（甲）：此擬老杜於形模聲響之間，亦稍得其彷彿。至於神情骨氣，終不似真。

草草官軍渡，悠悠虜騎旋。方嘗勾踐膽，已補女媧天。諸將爭陰拱，蒼生忍倒懸。乾坤滿羣盜，何日是歸年？

查慎行：結句老杜成語。

紀昀：三、四言有志復仇，立國亦易，南渡即其小驗也。末乃惜其不能即已成之緒而大之，詩人之旨如是。○五句言其力可爲，六句言遺民不忘宋，方忍苦以待中興。

身老今何向，兵拏未肯休。經旬甘半菽，盡室委扁舟。台拆星猶彗，農饑麥未收。日邊無一使，兒女詎知愁？

馮舒：己酉年情景，第四句寫出。

馮班：此首佳。

紀昀：兒女不知愁，則知愁者在言外矣。此從杜「遥憐小兒女，未解憶長安」化出，對面落筆法也。

許印芳：「未」字複。

春到花仍笑，時危特自哀。平城隆準去，瓜步佛狸來。地下皆寃肉，人間半劫灰。只今衰淚眼，那得向君開！

方回：此建炎三年己酉冬，兀朮入吴，航海避亂之後也。靖康中在圍城中者，吕居仁、徐師川、汪彦章皆詩人也。居仁多有痛憤之詩。師川以邦昌之名名其婢，而詩無所見。彦章至此，乃有亂後詩。豈當時諸人，或言之太過，恐忤時相而删之乎？後秦檜既相，賣國求和，則士大夫噤不能發一辭矣。此等詩皆本老杜，亦惟老杜多有此等詩。庾信猶賦哀江南，皆知此意。

紀昀：三、四警切。

無名氏（甲）：索虜寇（劉）宋至瓜步，酋名佛貍。

許印芳：「準」音拙，「貍」音鼇。○汪藻，字彦章，號浮溪。

聞寇至初去柳州

曾茶山

剥啄誰敲户，蒼茫〔九〕客抱衾。只看人似蟻，共道賊如林。兩岸侔千里，扁舟抵萬金。病夫桑下戀，萬一有佳音。

方回：此篇雖未見忠憤之意，遼亡金熾，盜賊充斥，自中原破，至於嶺表，非士大夫之罪乎？當任其咎者，讀之而思可也。

馮班：此正詩人有關係處，較杜荀鶴如何？

馮舒：妙得光景。

馮班：起句宋。中四句非經亂不知。七句是宋。

紀昀：二句趁韻，三、四真而太俚，後半自好。

七言　二十二首

恨別〔一〇〕

杜工部

洛城一別四千里，胡騎長驅五六年。草木變衰行劍外，兵戈阻絶老江邊。思家步月清宵立，憶弟看雲白晝眠。聞道河陽近乘勝，司徒急爲破幽燕。

方回：河陽之勝，在至德二年己亥冬十月。禄山之反，在天寶十四年乙未十一月。繼以史思明反，今四五年。司徒，謂李光弼。

何義門：「老」字正與結句「急」字呼應。

紀昀：六句是名句，然終覺「看雲」不貫「眠」字。

無名氏（甲）：末二句爲篇結穴，最宜着眼。

許印芳：「眠」與「看雲」不貫？眠時不可看雲乎？若謂夜眠不合，詩固明云「白日眠」矣。此二句全在轉换處用意，蓋「清宵」本是眠時，偏説「立」而「步月」；「白日」本是「立」時，偏説「眠」而「看雲」。所以見思家、憶弟之無時不然也。沈歸愚云：「若説如何思，如何憶，情事易盡。步月看雲，有不言神傷之妙。」此又見其措詞渾含，爲詩人之極軌矣。○起句對。

秋興

聞道長安似弈棋，百年世事不勝悲。王侯第宅皆新主，文武衣冠異昔時。直北關山金鼓振，征西車馬羽書遲。魚龍寂寞秋江冷，故國平居有所思。

方回：八首取一。廣德元年癸卯冬十月，吐蕃入長安，代宗幸陜。安、史死久矣，而又有此事，故曰「弈棋」。然首篇有云：「巫山巫峽氣蕭森」，即大曆初詩也。

查慎行：三、四緊承「似弈棋」。若如評語，則首句反無着落。

馮舒：歷看選家，自南宋以來，萬曆以上，不知何以只選此首？

馮班：何以只選一首？好大膽！

紀昀：八首取一，便減多少神采。此等去取，可謂庸妄至極。

無名氏(甲)：北有回紇，西有吐蕃，皆唐家大患。

釋悶

四海十年不解兵，犬戎也復臨咸京。失道非關出襄野，揚鞭忽是過湖城。豺狼塞路人斷絶，烽火照夜屍縱横。天子亦應厭奔走，羣公固合思昇平。但恐誅求不改轍，聞道孽能全生。江邊老翁錯料事，眼暗不見風塵清。

方回：此亦所謂「吳體」拗字。天寶十四年乙未，祿山反。至永泰元年乙巳，恰十一年。「犬戎也復臨咸京」，謂前年癸卯吐蕃入長安代宗出奔也。詩意曲折。誅求不改，孽全生。此禍亂未已之兆。

查慎行：此老意中原望昇平，故末句分外沉痛。

何義門：以眼暗不見自釋，此悶何時可釋耶？〇到不忍更言處忽謬其詞，愈婉愈痛，亦借用世道平，眼更明。〇風人譎諫，結語妙活。

紀昀：「過」字平聲。〇後六句未免太直。

無名氏（甲）：黃帝訪廣成，至襄城之野。晉明帝觀王敦營，至姑熟湖陰。

許印芳：凡作拗體七律，每聯下句第五字用平聲，音韻方諧。此詩合格，故曉嵐密點之。通體似老而實頹唐，後六句又嫌淺露，故不取也。〇送王十五判官扶持還黔中得開字，中二聯云：「青青竹笋迎船出，白白江魚入饌來。離別下堪無限意，艱危須仗濟世才。」紀批云：「五、六未渾老。」原批云：「王母子同行，故三、四用孟宗笋、王祥魚事，而善融化如此。」紀批云：「笋魚自序江行風物，此說穿鑿無謂。」〇「道」字義別，不爲複。「不」字凡三見。

山中寡婦

杜荀鶴

夫因兵死守蓬茅，麻苧衣冠鬢髮焦。桑柘廢來猶納稅，田園荒後尚徵苗。時挑野菜和根煮，旋斫生柴帶葉燒。任是深山更深處，也應無計避征徭。

方回：荀鶴詩至此俗甚，而三、四格卑語率，最是「廢來」、「荒後」。似此者不一，學晚唐者以爲式，予心蓋不然之。尾句語俗似諢，却切。

紀昀：此評最是。○雖切而太盡，便非詩人之致。

無名氏（甲）：紫陽全不知詩，此評尤敗露。

馮舒：直寫時事，然亦傷粗淺。

查慎行：一變樊川家法，但要説得爽快，此學香山而失之膚淺者。

紀昀：五、六尤粗鄙。

無名氏（甲）：前六句敍事而總括在末句，不獨爲一人也。詩與少陵氣脈相通，豈非小杜賢子耶！

旅泊遇郡中叛亂示同志

握手相看誰敢言，軍家刀劍在腰邊。遍搜寶貨無藏處〔一〕，亂殺平人不怕天。古寺拆爲修寨木，荒墳開作甃城磚。郡侯逐出渾閑事，政是鑾輿幸蜀年。

方回：不經世亂，不知此詩之切。雖粗厲，亦可取。

紀昀：但取其切，則無語不可入詩矣。

查慎行：此更鄙俚。○末句紀年章法好。通首太率直，不足取。

紀昀：此種殆不成詩，無用掊摘。馮氏乃亦取之，偏袒唐人至此，不可以口舌争矣。

無名氏（甲）：僖宗因黄巢之亂幸蜀。此詩特因池州一郡而言，結出大旨。關係朝廷，真妙筆也。

中元甲子以辛丑駕幸蜀

羅隱

子儀不起渾瑊亡，西幸誰人從武皇？四海爲家雖未遠，九州多事竟難防。已聞旰食思真將，會待畋游致假王。應感兩朝巡狩跡，緑槐端正驛荒涼。

馮班：文人之言，自有體格。

查慎行：用本朝事迹寓感嘆，親切悲涼。

何義門：八句中有無限起伏曲折，豈貌爲少陵者所知？

紀昀：獨取此一首，亦不可解。○「渾」，仄聲，見中山詩。此種詩不看其沉欝深切處，只點出

「真將」、「假王」，可謂僻極。

無名氏（甲）：「四海」句甚好，周旋申寓諷諫也。

自蘇臺至望亭驛人家盡空

李嘉祐

南浦菰蒲覆白蘋，東吴黎庶逐黄巾。野棠自發空流水，江燕初歸不見人。遠樹依依如送客，平田渺渺獨傷春。那堪回首長洲苑，烽火年年報虜塵。

查慎行：唐末之亂，南北無不被兵燹者。此詩之作，其在吴越未立國時乎？

紀昀：此詩諸本皆選之，其實調平味淺。

無名氏（甲）：西北既有安、史二逆，東南又有劉展之亂，故云。

安貧

韓致堯〔一〕

手風難展〔二〕八行書，眼暗休尋九局圖。窗裏日光飛野馬，案頭筠管長蒲盧。謀身拙爲安蛇足，報國危曾捋虎鬚。舉世可能無默識，未知誰擬試齊竽。

方回：韓偓，字致堯。當崔胤、朱全忠表裏亂國，獨守臣節不變，寧不爲相，而在翰苑無倖，竟忤全忠貶濮州司馬。事見本傳。所謂「報國危曾捋虎鬚」，非虚語也。王荆公選唐詩多取之，詩律精確。

何義門：「飛野馬」，言天子蒙塵也。詩小宛箋：「蒲盧取桑蟲之子，負持而去，以成其子。」喻有萬民不能治，則能治者將得之。言社稷當輸他族也。

紀昀：此爲致堯最沉着之作。然終覺淺弱，風會爲之也。

無名氏（甲）：詩有遠神，迥非宋人可及，並端己亦似遜然，蓋端己才有餘而含蓄未逮也。

亂後春日途經野塘

世亂他鄉見落梅，野塘晴暖獨徘徊。船衝水鳥飛還住，袖拂楊花去又來。季重舊游多喪逝，子山新賦亦悲哀〔一四〕。眼看朝市成陵谷〔一五〕，始信昆明是劫灰。

方回：吳質季重，爲曹操所殺。致堯之交，有爲朱全忠所殺者。引庾信子山賦事，可謂極悲哀矣。

馮舒：查。

紀昀：此事何出？可謂空疏杜撰。

無名氏（甲）：曹丕與吳質書謂建安七子多喪逝耳，非謂季重喪逝也，讀文選不精，遂有此誤。

何義門：三、四反接「徘徊」，透出「經」字，斯須不可止泊矣。後四句極言其亂。

紀昀：致堯難得此沉實之作。

亂後卻至近甸有感

狂童容易犯金門，比屋齊人作旅魂。夜户不扃生茂草，春渠自溢浸荒園。關中卻是屯邊卒，塞外翻聞有漢村。堪恨無情清濁水〔一六〕，渺茫依舊遶秦源〔一七〕。

方回：唐僖、昭以來，其亂如此。

紀昀：語亦沉着。中二聯皆對句勝出句。

無名氏（甲）：此言黄巢亂長安之事。

許印芳：次句改「齊民」作「齊人」，避唐諱也。唐人文字皆然。

八月六日作二首

日離黄道十年昏，敏手重開造化門。火帝動爐銷劍戟，風師吹雨洗乾坤。左牽犬馬誠難測，右袒簪纓最負恩。丹筆不知誰是罪，莫留遺跡怨神孫。

紀昀：次句不佳，「風師」句好，「火帝」句即鄙矣，此故可思。五、六露骨。

無名氏（甲）：此言昭宗出鳳翔之圍，大殺宦官。夫宦官犬馬，誠難測矣。而附和朝紳，豈得無罪乎？

金虎挻災不復論，構成狂猘犯車塵。御衣空惜侍中血，國璽幾危皇后身。圖霸未能知盜道，飾非唯欲害仁人。黃旗紫氣今仍舊，免使老臣攀畫輪。

何義門：紀朱温弒昭宗事。○連用「犬馬」字，古人多有。○晉帝播遷，漢家失國，未有如今日之酷也。不忍斥言，以古事相近者見憶，極得春秋書「子般卒」之旨。

紀昀：三、四自是實語，然少蘊藉。五、六疊韻對，老杜「卑枝低結子，接葉暗巢鶯」亦是此格。然佳不在此。

無名氏（甲）：此言鳳翔李茂貞在西，災由「金虎」而構成。朱温狂犬，以至被困。「圖霸」二句純説朱温，此時尚未遷洛，故云「仍舊」耳。

金樓〔一八〕感事

吴　融

太行和雪疊晴空，二月郊原尚朔風。飲馬早聞臨渭北，射鵰今欲過山東。百年徒有伊川歎，五利寧無魏絳功。日暮長亭正愁絶，哀笳一曲戍煙中。

方回：吴融、韓偓同時。慨歎兵戈之間，詩律精切，皆善用事。如此中四句，微而顯也。
何義門：此指孫揆爲河東所執之事，玉海、金橋，在上黨南二里。
紀昀：音節宏亮而沉雄，五代所少。

偶　題

賤子曾塵國士知，登門倒屣憶當時。西川酌盡菊花〔一九〕酒，東閣編成詠雪詩。莫道精靈無伯有，尋聞任俠報爰絲。烏衣舊宅猶能認，粉竹金松一兩枝。

方回：此乃感恩之言，必爲某人爲朱温之徒所殺，而未有能報之者也。予於魏公明己門下亦然。
馮班：結尾二句緊應第一聯。
何義門：此詩爲韋昭度作，戊籤注詳之。○「伯有」、「烏衣」之語，冀當路者恤其後也。
紀昀：前半稍平，後半自是健筆。

次韻尹潛感懷

陳簡齋

胡兒又看遶淮春，歎息猶爲國有人。可使翠華周寓縣，誰持白扇静風塵。五年天地無窮事，萬里江湖見在身。共説金陵龍虎氣，放臣迷路惑烟津。

方回：周尹潛詩亦學老杜。此詩壯哉，乃思陵即位之五年，紹興元年也。

馮班：「白」字若作「羽」字更勝。

紀昀：次句縮一「乎」字，宋人有此句法。五、六警動。

傷春

廟堂無策可平戎，坐使甘泉照夕烽。初怪上都聞戰馬，豈知窮海看飛龍。孤臣霜髮三千丈，每歲煙花一萬重。稍喜長沙向延閣，疲兵敢犯犬羊鋒。

方回：謂潭州向伯恭。

馮舒：學杜，故下句多露。但杜尚有不盡之致。

馮班：此亦未工，宋人多不會用古語。

紀昀：此首真有杜意。○「白髮三千丈」，太白詩；「烟花一萬重」，少陵句，配得恰好。

無名氏(甲)：漢文時匈奴入寇，烽火通於甘泉。

野泊對月有感

周尹潛

可憐江月亂中明，應識逋逃病客情。斗柄闌干洞庭野，角聲淒斷岳陽城。酒添客淚愁仍濺，浪卷歸心暗自驚。欲問行朝近消息，眼中羣盜尚縱橫。

方回：尹潛，名莘。爲岳陽決曹掾。陳簡齋集屢見詩題。乃錢塘人東坡所與交周長官開祖之孫也。詩有老杜氣骨，簡齋亦欽畏之。只「江月亂中明」一句便高，三、四悲壯，併結句自可混入老杜集。

紀昀：深穩之中氣骨警拔，自是簡齋勁敵。虛谷評亦非過許。

查慎行：五、六細潤。

紀昀：起得超脱。

北風

劉屏山

雁起平沙晚角哀，北風迴首恨難裁。淮山已隔胡塵斷，汴水猶穿故苑來。紫色蛙聲真倔强，翠華龍衮暫徘徊。廟堂此日無遺策，可是憂時獨草萊。

方回：忠憤至矣。五、六尤精，命意尤切。〇屏山又有汴京紀事絶句二十首，今書四首於此：「空嗟覆鼎誤前朝，骨朽人間駡未消。夜月池臺王傅宅，春風楊柳相公橋。」「萬炬銀花錦繡圍，景龍門外軟紅飛。凄涼但有雲頭月，曾照當時步輦歸。」「梁園歌舞足風流，美酒如刀解斷（音「短」）愁。憶得少年多樂事，夜深燈火上樊樓。」「輦轂繁華事可傷，師師垂老過湖湘。縷衣檀板無顔色，一曲當時動帝王。」不減唐人。

無名氏（甲）：此當與王建宫詞並傳，皆一代典故所存。「王傅」即王黼。「相公」即蔡京。

查慎行：紫色蛙聲，餘分閏位，出漢書王莽傳贊。

紀昀：末二句沉鬱之至，感慨至深，其音哀厲，而措語渾厚，風人之旨如斯。

無名氏（甲）：高宗委棄中原，以淮爲界，而女真以劉豫潛號汴京，故託「北風」爲喻。

宿牧牛亭秦太師墳菴

楊誠齋

函關只有一穰侯，瀛館寧無再帝丘。天極八重心未死，台星三點坼方休。只看壁後新亭策，恐作移中屬國羞。今日牛羊上丘壟，不知丞相更嗔不？

方回：此爲秦檜。○元注：「暮年起大獄，必殺張德遠、胡邦衡等五十餘人。不知諸公殺盡，將欲何爲？」奏垂上而卒，故有「新亭」之句。然初節似蘇子卿而晚繆。

查慎行：檜在金，原與堅和議之約，故得歸。如何可擬移中老監？

馮班：首句外戚方可用。用事無法。○次聯好。○俱不切。○説他要反亦過。

紀昀：太盡太直，便傷詩格。

無名氏（甲）：蘇武爲移中監，後爲典屬國。新亭壁置人，比桓温。○秦檜之罪，上通於天，而其醜更不可言。似此文飾，恐陽入而陰出之也。

書憤

陸放翁

白髮蕭蕭卧澤中，祇憑天地鑒孤忠。阨窮蘇武餐氈久，憂憤張巡嚼齒空。細雨春蕪上林苑，頹垣夜月洛陽宮。壯心未與年俱老，死去猶能作鬼雄。

鏡裏流年兩鬢殘，寸心自許尚如丹。衰遲〔二〇〕罷試戎衣窄，悲憤猶争寶劍寒。遣戍十年臨滴博，壯圖萬里戰臯蘭。關河自古無窮事，誰料如今袖手看！

方回：悲壯感慨，不當徒以虚語視之。

紀昀：此種詩是放翁不可磨處。集中有此，如屋有柱，如人有骨。如全集皆「石研不容留宿墨，瓦瓶隨意插新花」句，則放翁不足重矣。何選放翁詩者，所取乃在彼也？

無名氏（甲）：滴博山在蜀西邊。臯蘭山在今蘭州，即霍去病初逐匈奴處。

許印芳：前二評皆允當。二詩皆五、六拓開，七、八兜裏。其語皆悲而壯，昔人所謂作驚雷怒濤，不作凄風苦雨者。放翁生當南渡偏安之際，有志北伐，至死不變，其復讐雪恥之心，時時發露於詩。七律寫意，無過感憤一篇。其詞云：「今皇神武是周宣，誰賦南征北伐篇！四海一家天曆數，兩河百郡宋山川。諸公尚守和親策，志士虛捐少壯年。京洛雪消春又動，永昌陵上草芊芊。」生平大志，和盤托出。結語追念藝祖，含蓄不盡。得此收筆，通身皆活。此篇外，書憤之作，不一而足。虛谷所選二篇，同題合編，實非一時所作。外有一篇云：「早歲那知世事艱，中原北望氣如山。樓船夜雪瓜州渡，鐵馬秋風大散關。塞上長城空自許，鏡中衰鬢已先斑。出師一表真名世，千載誰堪伯仲間。」「中」字、「世」字犯複，「那」，讀平聲。此詩前開後合，章法又與前二詩不同，筆意變化。末二句思得諸葛其人，經略中原，非以諸葛自比。通篇沈鬱頓挫，而三、四雄渾。不但句中力量充足，抑且言外神彩飛動。此等句集中頗多，如「萬里關流孤枕夢，五更風雨四三秋」、「江聲不盡英雄恨，天意無私草木秋」、「雲埋廢苑呼鷹地，雪暗荒郊射虎天」、「十年塵土青衫色，萬里江山畫角聲」、「階前汗血洮河馬，架上霜毛海國鷹」、「鸞旗廣殿晨排仗，鐵馬黃河夜踏冰」、「青海戰雲臨賊壘，黑山飛雪灑貂裘」、「地連秦雍川原壯，水下荆揚日夜流」，此等句真可嗣響少陵。而又有句云：「書希簡古終難近，詩慕雄渾苦未成。」蓋自謙也。其餘佳句，如「山河興廢供搔首，身世安危入倚樓」、「故人不見暮雲合，客子欲歸春水生」、「江山重複争供眼，風雨縱横亂入樓」、「無窮江水與天接，不斷海風吹月來」、「九軌徐行怒濤上，千艘横繫大江心」、「風高露井無桐葉，雨急烟村有雁聲」、「三峽猿催清淚落，兩京梅傍戰塵開」、「五湖風雨孤舟夜，萬里關山一紙書」、「乾坤恨入新豐酒，霜露寒侵季子裘」、「天上但聞星主酒，人間寧有地埋憂」、「關河可使成南北，豪傑誰堪共死生」、「一身報國有萬死，雙鬢向人無再青」、「生擬入山隨李廣，死當穿塚近要離」、「度兵大峴非無策，收泣新亭要有人」、「急雪打窗心共碎，危樓望遠涕俱流」，此類或含蘊，或豪健，或沈著，皆集中上乘。至如「風回斷續聞樵唱，木落參差見寺樓」、「青山缺處日初上，孤店開時鶯亂啼」、「夜雨長深三尺水，曉寒留得一分花」、「久别名山憑夢到，每思舊友取書看」、「萬里因循成久客，一年容易又秋風」、「客心尚壯年先老，江水方東我獨西」，此類以工穩圓熟見長，在集中爲中乘。「重簾不捲留香久，古硯微凹聚墨多」、「白菡萏香初過雨，紅蜻蜓弱不禁風」之類，意境太狹，對偶太工，便落下乘，而俗人愛之，豈知放翁固有「俗人猶愛未爲詩」之句乎？在放翁無所不有，在學者宜以上乘爲法，初學識量猶淺，往往爲流俗所誤，故詳引其詩而論列之如此。○「自」字複。

書事

劉後村

人道山東入秘方，書生膽小慮空長。遺民似蟻饑難給，俠士如鷹飽易颺。未見馳車修寢廟，先聞鑄印拜侯王。青齊父老應流涕，何日鑾旗駐路旁！

方回：此爲山東李全作。李全固叛賊，反覆不足道。史彌遠遇千載一會之機，無晉人絲毫伎倆，可憾也。

紀昀：語皆淺直，首句「入秘方」三字不明，次句太粗。○此卷佳篇較多，所謂「愁苦之音易好」。

無名氏(甲)：「秘方」似該作「職方」。此首可希唐調，絶少宋氣。

校勘記

〔一〕望關山　李光垣：「望」應作「怯」。〔二〕見汝期　許印芳：「期」一作「時」。〔三〕隋氏留　何義門：「留」一作「營」。〔四〕避賢　李光垣：「地」訛「賢」。〔五〕朝臣　李光垣：「臣朝」訛「朝臣」。〔六〕孤憤　馮班：「憤」原訛作「墳」。〔七〕君莫獨　按：元至元本「莫獨」作「亦爲」。〔八〕邊烽　查慎行：「烽」原訛作「峰」。〔九〕蒼茫　李光垣：「皇」訛「茫」。〔一〇〕恨別　按：元至元本作「別恨」。〔一一〕藏處　馮班：「處」一作「地」。〔一二〕韓致堯　紀昀：「堯」原訛「光」。〔一三〕難展　馮班：「難」一作「慵」。〔一四〕亦悲哀　馮班：「亦」當作「極」。紀昀：「極」誤「亦」，余併疑「極」字是「枉」字之訛。許印芳：「枉」字太盡，不妥。〔一五〕成陵谷　馮班：「成」一作「爲」。〔一六〕濁水　李光垣：「渭」訛「濁」。〔一七〕秦源　李光垣：「原」訛「源」。〔一八〕金樓　馮班：「樓」一作「橋」。〔一九〕菊花　馮班：「菊」一作「看」。〔二〇〕衰遲　查慎行：「遲」原訛作「逢」。

瀛奎律髓彙評卷之三十三　山巖類

登覽詩，專取登高能賦之義。山巖則不但登覽，大嶽、崇嶺、小丘、幽洞、崖巖、磴石之遊戲，皆聚此。

紀昀：此孰非登覽乎？別分一類，殊不近理。

五言　十二首

望終南

竇牟

日愛南山好，時逢夏景殘。白雲兼似雪，清晝乍生寒。九陌峯如墜，千門翠可團。欲知形勢盡，都在紫宸看。

方回：長安宮殿正對終南山，此詩得其要領。

紀昀：去摩詰終南詩遠矣，五、六尤不成語。去彼選此，殊不可解。

無名氏(甲)：終南山，在西安府城西。

晚晴見終南別峯　賈浪仙

秦分積多峰，連巴勢不窮。半旬藏雨裏，此日到窗中。圓魄將昇兔，高空欲叫鴻。故山思不見，碣石沉寥東。

紀昀：首句拙，第三句尤拙，第五句「昇兔」二字鄙甚，第六句「叫鴻」與終南何涉？七句突轉無緒。

遊茅山　杜荀鶴

步步入山門，仙家鳥徑分。漁樵不到處，麋鹿自成羣。石面迸出水，松梢〔一〕穿破雲。道人星月下，相次禮茅君。

馮舒：山如何「漁」？

馮班：唐詩字句不穩處，多是宋人改竄。此「漁」字秘閣本作「樵人」，只緣要對下句，改作「漁樵」耳。

何義門：石面尚迸出水，何況於漁耶？○第五對「漁」，第六對「樵」。

紀昀：五句「迸出水」三字俚甚，結亦無味。
無名氏（甲）：茅山，在句容。

遊華山張超谷

魯三江

太華鎖深谷，我來真景分。有苗皆是藥，無石不生雲。急瀑和煙瀉，清猿帶雨聞。幽棲未忍別，峰半日將曛。

方回：三、四好，但此等句法多相犯。
紀昀：評最是。
紀昀：次句不穩，三、四調創自小杜，易於套用，殊屬厭視。
無名氏（甲）：張楷，字公超，隱居於此，造訪者日衆，遂成市。在太華山南。

巫山高

李端

巫山十二峰，皆在碧空〔一〕中。迴合雲藏月〔二〕，霏微雨帶風。猿聲寒過澗，樹色暮連空。愁向高唐去〔四〕，清林〔五〕見楚宫。

方回：工而穩。

紀昀：一「穩」字盡此詩所長。
馮舒：清華。
馮班：名篇。
何義門：點化「雲」、「雨」兩字，皆有「高」字意，所以佳。
紀昀：皇甫冉詩入「風土」，此又入「山巖」，漫無倫次。○三、四點化「雲」、「雨」字無迹。
李光垣：「空」字複。
無名氏（甲）：巫山，在夔州。

和永叔新晴獨過東山

丁元珍

芳辰百五前，選勝到林泉。萬樹緑初染，羣花紅未然〔六〕。陰巖猶貯雪，暖谷自生烟。婦汲溪頭一作「中」。水，人耕草際田。日中林影直，風静鳥聲圓。犍令多情甚，尋春最占先。

方回：元珍前爲六一翁所知，詩甚工。
馮舒：次聯板。
馮班：「然」字險韻，此更用得不好。○亦工，然去唐人遠矣，不得古人鍊句法也。

紀昀：六句好。七、八兩句有何好處而圜之？九句用意而拙，十句便自然，十一句「犍令」二字不貫「多情」。

壽昌道中

翁靈舒

清遊從此起，過處必須看。背日山梅瘦，隨潮海鴨寒。平途迷望闊，峻嶺疾行難。聽得居人説，今年冬又殘。

方回：此遊雁宕山詩也。

紀昀：二詩俱「武功派」。○「冬又殘」，何須聽人説？不解。

無名氏（甲）：雁蕩山，在温州樂清縣。山頂有湖，方十里。凡七十七峰。

石門庵

山到極深處，石門爲地名。嵐蒸空寺壞，雪壓小庵清。果落羣猴拾，林昏獨虎行。一僧何所得，高坐若無情。

方回：遊雁宕山中選此二首。此一首不減唐人。

紀昀：唐人亦不一概，此語殊欠分明。

馮舒：若謂「江西」勝「四靈」，我決不服，但淡狹瘦弱在所不免。淡者句好意淺，狹者詞修窘邊幅，瘦者勢不偉岸，弱者有骨不挺勁。即此是好處，即此是不好處。勝宋近唐，不好處近唐却不如唐。

馮班：黄、陳雖不及唐人，然氣力自大。「四靈」如貧家兒，豈可同日語哉！○「獨虎」，妙。

紀昀：起二句稚極。○「獨」字圖對「羣」字，然湊泊。

遊山　陸放翁

簫鼓湖山路，天教脱縶鞿。蟬聲入古寺，馬影渡荒陂。樵唱時傾耳，僧談亦解頤。偏門燈火鬧，不敢恨歸遲。

方回：元注：「偏門，會稽城西南門名。」

查慎行：「蟬聲集古寺，鳥影渡寒塘」，少陵句也。放翁熟於杜律，不覺屢犯。

紀昀：「馬影」入詩極生，如作「人影」便好，又恐是「鳥影」之訛，再校。○「歸遲」有何可恨？而云「不敢」，此句太着迹。

淇：次聯直是蹈襲杜句。

古寺不來久，入門空歎嗟。僧亡惟見塔，樹老已無花。世事雖難料，吾生固有涯。殷勤一梳月，十里伴還家。

方回：所點兩聯，前一聯眼前事耳，而詩家自難道；後一聯却易道也。學者自當審知。

紀昀：未見得難道。

馮班：第二句太直。

查慎行：第六句杜詩，「固」作「亦」。

紀昀：出手太易。

巢山

巢山避世紛，身隱萬重雲。半谷傳樵響，中林過虎羣。蟲鎪葉成篆，風蹙水生紋。不踏溪橋月，仙凡自此分。

方回：第二句好，五、六工。

紀昀：亦常語。

紀昀：竟似姚武功作，不似劍南本色。五句不自然，六句又太熟爛。虛谷以爲工，何也？

無名氏（甲）：放翁氣局自勝「四靈」，又無「江西」，粗野之態，在南宋應推作家矣。

短髮巢山客，人知姓字誰。穿林雙不借，取水一軍持。渴鹿羣窺澗，驚猿獨掛枝。何曾蓄筆硯，景物自成詩。

方回：「雙不借」、「一軍持」，詩家多相犯，不可蹈襲。第七句好。

紀昀：此評是。○七句刻意擺脱，然亦是小様範。

馮班：平舊。

查慎行：三、四放翁偶拈此六字作對，近日詩人好用此替身字眼，固是下乘。能知詩料非此之謂，則詩道進矣。

紀昀：前半皆説深山之客，五、六二句上下俱不貫。

七言 六首

天竹寺殿前立石

姚合

補天殘片女媧抛，撲落禪門壓地坳。霹靂劃深龍舊攫，屈槃痕淺虎新抓。苔黏月眼風挑剔，塵結雲頭雨磕敲。秋至莫言長屹立，春來自長薜蘿交。

方回：此詩〔七〕未委今在天竺何處？押險韻而加以剜剔之工，殆亦戲筆。第一句最好。

紀昀：虚谷取此詩，以體近「江西」之故。馮亦取此詩，則以武功唐人之故。皆非公論也。

查慎行：五、六惡趣。

紀昀：中六句總不成語。

無名氏(甲)：天竺寺在杭州西河。

山中書事

方玄英

欹枕亦吟行亦醉，卧吟行醉更何營。貧來猶有故琴在，老去不過新髮生。山鳥踏枝紅果落，家童引釣白魚驚。潛夫自有孤雲侶，可要王侯知姓名。

查慎行：第六句湊對。

紀昀：此宜入「閒適類」，誤編於此。○淺薄之甚。

無名氏(甲)：王符著論號潛夫。

香山

詹中正

浪兀孤舟一葉輕，香山登步覺神清。幾多怪石全勝畫，大半奇花不識名。猿狖盡當吟裏見，煙霞衹向眼前生。官身未約重來此，酒滿螺盃月正明。

方回：全似樂天。「幾多」、「大半」，字雖俗而不覺俗，以秤停恰好也。

紀昀：但更薄弱。

紀昀：五句欠自然。

游雲際山 在福建邵武府光澤縣

陳洙

清曉捫蘿踏嶺雲，寒風飛溜濕衣巾。上攀霄漢無多地，直視城闉幾點塵。古木半陰藏宿霧，山禽相語厭遊人。明年更補閩中吏，來看桃花爛熳春。

方回：陳洙，字師道。建陽人。字與陳後山名同。半山詩題中多云陳師道，疑即此公。與司馬公善，韓魏公令達意申言皇嗣事是也。此詩絶好。

紀昀：大段清灑，未爲絶好。

紀昀：「直」字不如「俯」字，此不必避熟。「塵」不可言「點」，「點」不可言「塵」，此爲韻所縛。六句從「儒衣山鳥怪」化出，妙於不纖，有意思故也。

山行

滕白

馬頭閑覺入從容，叠嶂清秋度百重。長見孤雲能作雨，未應片水不藏龍。花村幾處連修竹，澗石誰家倚瘦松。本若無心許明代，好尋巢許此韜蹤。

方回：世稱滕工部，蓋宋初人也。詩閑雅。

紀昀：起句「入從容」三字費解。三、四寓意而不工。通體亦薄弱。

潤陂山上作

趙師秀

一山大半皆櫧葉，絶頂閑尋得徑微。無日謾勞攜紙扇，有風猶怯去綿衣。野花可愛移難活，啼鳥多情望即飛。惟與寺僧居漸熟，煮茶深院待人歸。

方回：此詩三、四見得是山上作，五、六亦活動。

紀昀：三、四却太小樣。

馮班：「多」字未緊。

紀昀：薄而有致。

校勘記

〔一〕松梢　馮班：「梢」一作「頭」。　〔二〕碧空　馮班：「空」一作「虚」。　〔三〕雲藏月　馮班、馮班：「月」當作「日」。　〔四〕高唐去　馮班：「去」當作「望」。　〔五〕清林　馮班、李光垣：「林」當作「秋」。　〔六〕未然　紀昀：「未」當作「欲」。「紅欲然」是好語，改作「未然」是點金爲鐵。　〔七〕此詩　李光垣：「石」訛「詩」。

瀛奎律髓彙評卷之三十四　川泉類

浮游浪波之上，玩泳泉壑之間，大而滄海、黄河、長江、巨湖之洶湧，小而溪谷、陂池之靚深，雄壯而觀湖，凄酸而阻風，閑寂而弄水尋源，皆類於此。

紀昀：序無味。

五言　三十二首

游禹穴迴出若耶

宋之問

禹穴今朝到，耶溪此路通。著書聞太史，鍊藥有仙翁。鶴往籠猶掛，龍飛劍已空。石帆摇海上，天鏡落湖中。水底零露白，山邊墜葉紅。歸舟何慮晚，日暮使樵風。

紀昀：堆砌故實，了無生韻，初體之板滯者。惟末句有點化。○「水底」如何有「露」？

無名氏（甲）：禹穴，在會稽，今紹興。太史公南游，窺禹穴、「山出禹餘糧」石。支遁有放鶴峯。赤堇山，越王鑄劍處。石帆山，形如張帆。鏡湖，一名鑑湖。樵風涇，朝南暮北，故便歸舟。

江亭晚望　賈浪仙

浩渺浸雲根，煙嵐出遠村。鳥歸沙有跡，帆過浪無痕。望水知柔性，看山欲斷魂。縱情猶未已，迴馬欲黄昏。

方回：三、四似熟套，在浪仙時初出此句亦佳。後山傚之，則無味矣。

紀昀：凡佳句，一經再摹，便成窠臼，不但此二句。此評最精。

紀昀：五、六不佳，結亦滑。

盧氏池上遇雨贈同遊者　温庭筠

簟翻涼氣集，溪上〔一〕潤殘棋。萍皺風來後，荷喧雨到時。寂寥閒望久，飄灑獨歸遲。無限松江恨，煩君解釣絲。

方回：「萍皺」、「荷喧」一聯工。

紀昀：亦是小巧。
紀昀：次句湊泊。

過天津橋晴望

姚　合

閒立津橋上，寒光助遠林。皇宮對嵩頂，清洛貫城心。雪路初晴出，人家向晚深。自從王在鎬，天寶至如今。

紀昀：三、四極切而笨滯。五句是真景，然小樣。六句則意境深微，能寫難狀之最。結亦無味。

無名氏（甲）：天津橋，在洛陽。○末言天寶之亂，王止居鎬京，不復東巡也。

題僧院引泉

泉眼高千丈，山僧取得歸。架空橫竹影，鑿石遠渠飛。洗藥溪流濁，澆花雨力微。朝昏長遠看，護惜似持衣。

紀昀：起二句淺率。四句拙。五、六乃旁襯，然語晦不甚了了。末亦拙。

家園新池

數日自穿池，引泉來近陂。尋渠通咽處，遶岸待清時。深好求魚養，閒堪與鶴期。幽聲聽難盡，入夜睡常遲。

方回：兩詩俱清潤，但力量欠雄大。

紀昀：前首夾雜殊甚，後首是淺非清，虛谷評欠雄大，確。

查慎行：此詩亦見白香山集。

早秋江行

竇鞏

回望湓池遠，西風吹荻花。暮潮江勢闊，秋雨雁行斜。多醉渾無夢，頻愁欲到家。漸驚雲樹轉，點點是神鴉。

方回：大醉則必無夢，詩人自來不曾説到，與予心暗合。蓋非常醉者，不能知也。今江州西泝地名盤塘，近興國軍港口，即有神鴉迎船，人與飯肉，唐以來固然矣。老杜湖南詩云「迎棹舞神鴉」，兼峽中亦如此。

紀昀：五、六警策，對句即「近鄉情更怯，不敢問來人」之意。七句「漸驚」二字從「頻愁」生出。

渡淮

白樂天

淮水東南地，無風渡亦難。孤烟生乍直，遠樹望多團。春浪棹聲急，夕陽帆影殘。清流宜映月，今夜重吟看。

方回：三、四尖新。

紀昀：第三句本右丞「大漠孤烟直」句，猶是恒語。四句乃是刻意造出，此種可偶一爲之，專意效之則墜入竟陵、公安鬼趣。○末句用何水部語。○妙在出語渾成，不傷大雅，與「武功派」之瑣屑不同。

終南東溪口作

岑參

溪水碧於草，潺潺花底流。沙平堪濯足，石淺不勝舟。洗藥朝與暮，釣魚春復秋。興來從所適，還欲向滄洲。

方回：句句明白，不見其用力處。

紀昀：起二句鮮秀可挹，五、六終是弱調。

無名氏（甲）：終南山，在西安。

晚發五溪

客厭巴南地，鄉隣劍北天。江村片雨外，野寺夕陽邊。芋葉藏山徑，蘆花間渚田。舟行未可住，乘月且須牽。

方回：詩律往往健整平實，非晚唐纖碎可望。

何義門：渾含「晚發」，破題筆力千鈞。○此篇即老杜無從過。

紀昀：淺淡而不薄弱，此盛唐人身分。

無名氏（甲）：五溪，在重慶涪州。楚滅巴，巴子兄弟五人，各據一溪，故名。

巴南舟中夜書事

渡口欲黃昏，歸人争渡喧。近鐘清野寺，遠火點江村。見雁思鄉信，聞猿積淚痕。孤舟萬里外〔二〕，秋月不堪論。

方回：句句分曉，無包含而自在，起句十字尤絶唱。

紀昀：「無包含」句未詳。

紀昀：起二句暗合孟公。同時人，定非相襲。○清妥之作，未爲極筆。

無名氏(乙)：得力在首五字。第三句「清」字佳。

秋日富春江行

羅隱

遠岸平如剪，澄江静似鋪。紫鱗仙客馭，金顆李衡奴。冷叠晴山〔三〕闊，清幽〔四〕萬象殊。嚴陵亦高見，歸卧是良圖。

何義門：三、四襯得有聲色。

紀昀：起二句極意煉字，而未爲新警。三、四太妝點。「冷叠」二字生。

無名氏(甲)：富春江，在嚴州。

一公新泉

嚴維

山下新泉出，泠泠北去源。落池纔有響，漬石〔五〕未成痕。獨映孤松色，殊分衆鳥喧。唯當清夜月，觀此啓禪門。

紀昀：淺弱無味。○次句「源」不可説「去」。

過洞庭湖　許棠

驚波常不定，半日鬢堪斑。四顧疑無地，中流忽有山。鳥高常畏〔六〕墜，帆遠却如閒。漁父前相引〔七〕，時歌浩渺間。

查慎行：句句是過湖景象。余嘗身歷其境，故知此詩之工。

紀昀：刻意張皇，而根柢淺薄，轉形竭蹶，五句尤爲拙俚，觀此乃知孟、杜二公不愧凌跨一代也。

無名氏（甲）：洞庭湖，在岳州。

山下泉　李端

碧水映丹霞，濺濺露淺沙。暗通山下草，流出洞中花。浄色和雲落，潺聲遶石斜。明朝更尋去，應到阮郎家。

方回：工而潤。

紀昀：亦殊淺薄。○第六句「潺聲」二字稚。

岳陽館中望洞庭湖

劉長卿

萬古巴丘戍，平湖此望長。問人何淼淼，愁暮更蒼蒼。疊浪浮元氣，中流没太陽。孤舟有歸客，早晚達瀟湘。

方回：五、六儘佳。非中流果没日也，水遠而日短，故所見者日落於中耳。水之外又水，地之外又地，而水與地目不可及者，日月常可得而見，非日月之光有餘爲之乎？

紀昀：「所見」句從上林賦化出。下數語支蔓無謂。

查慎行：川澤通氣，大浸稽天，可作五、六注脚，評尚黏滯。

紀昀：此雖不能肩隨孟、杜，猶可望其後塵。○或謂五、六似海詩，亦不爲無見。

答勸農李淵宗嘉州江行見寄

宋景文

嘉月嘉州路，軻峩掇部船〔八〕。山圍杜宇國，江入夜郎天。霽引溪流望，涼供水閣眠。愧君舟楫急，遂欲濟長川。

方回：嘉州，古夜郎國。○三、四有老杜及盛唐人風味。

紀昀：此評是。

紀昀：結有寓意，妙在無痕。

無名氏（甲）：嘉州，今嘉定州。○「軻峩」，高貌。「掗部船」，乃官船土語。

中秋新霽壕水初滿自城東隅泛舟回謝公命賦

齋舫談經後，官池載酒行。斜陽鳥外落，新月樹端生。演漾思江浦，夷猶遶郡城。東轅有遺恨，日日物華清。

紀昀：三、四有致。○末二句未詳。

陪謝紫微晚泛

積雨漲秋壕，輕舟共此遨。菰蒲斂鉦鍔，蓮芡熟櫜韜。岸静魚跳月，林喧鳥避篙。歸時興不淺，風物正蕭騷。

紀昀：「遨」字單押不穩，三、四趁韻，亦太生造。

渡湘江

張晉彦

春過瀟湘渡，真觀八景圖。雲藏嶽麓寺，江入洞庭湖。晴日花争發，豐年酒易沽。長沙十萬户，游女似京都。

方回：總得居士張公祈，字晉彦。兄邵，字才彦。和州烏江人。才彦宣和三年上舍，建炎初自衢州曹官借禮書使金，紹興十三年同朱弁、洪皓還，有輧輶軒唱和集。晉彦有子，是爲中書舍人于湖居士孝祥，字安國。以安國魁多士，羅織下獄。官至淮漕，號總得居士。此詩壯浪，所以子有父風。

馮舒：三、四太臨摹。

無名氏（甲）：瀟湘有八景。

金明池游

梅聖俞

三月天池上，都人袪服〔九〕多。水明摇碧玉，岸響集靈鼉。畫舸龍延尾〔一〇〕，長橋霓入聲。飲波。苑花光粲粲，女齒笑瑳瑳。行袂相朋接，游肩與賤摩〔一一〕。津樓金間采，幄殿錦文窠。挈榼車傍綴，歸郎馬上歌。川魚應望幸，幾日翠華過。

馮舒：不無寒乞相，無論蘇、李、沈、宋、「西崑」諸公，決勝此。

馮班：下字琢句，窘而雜。

紀昀：「笑瑳瑳」句不雅，「賤摩」句拙，「歸郎」二字亦不雅。

同徐道暉文淵趙紫芝泛湖　翁靈舒

相逢亦相親，吟中得幾人。扁舟當夏日，勝賞共閒身。山雨曾添碧，湖風不動塵。晚來漁唱起，處處藕花新。

馮舒：少深味。

紀昀：苦於單窘。

鉅野　陳後山

餘力唐虞後，沉人〔二〕海岱西。不應容桀黠，寧復有青齊。燈火魚成市，帆檣藕帶泥。十年塵霧底，瞥眼怪鳧鷖。

方回：後山詩全是老杜，以萬鈞九鼎之力，束於八句四十字之間。江湖行役詩凡九首，選諸此。篇篇有句，句句有字。

查慎行：方虛谷於後山詩推重太過。平情而論，其力量尚不及涪翁，何況子美？

紀昀：推許太過。

馮班：亦有力。「帆檣」句中斷。

紀昀：此詩殊不爲佳。○六句費解。

鉅野泊觸事

滿巷牽絲直，平湖墜鏡清。順流風借便，捷路雪初晴。鳥度欲何向，鷗來只自驚。有行真快意，安得易爲情。「雪」一作「雨」。

馮舒：全是形模。如村學蒙師，著漿糊摺子，硬欲刺人。自謂規行矩步，人師風範。句讀間亦不差，然案頭所有，海篇直音而已。

馮班：亦有力。

紀昀：此較峭健。

河　上

背水連漁屋，横河架石梁。窺巢烏鵲競，過雨艾蒿光。鳥語催春事，窗明報夕陽。還家慰兒女，歸路不應長。

紀昀：此首便有情有景。

野望

霜葉紅於染，吹花落更馨。平江行詰屈，小徑夾葱青。度鳥開愁眼，遥山入畫屏。畏人惟可飲，從俗却〔二〕須醒。

西湖

小徑才容足，寒花只自香。官池下鳧雁，荒塚上牛羊。有子吾甘老，無家去未量。三年哦五字，草木借餘光。

查慎行：「寒花只暫香」，少陵語也。

紀昀：七、八二句乃義山詩，偶然誤用。此種詩家亦常有之，非勦襲也。○此首無味，結尤不佳。

湖上

湖上難爲别，梅梢已着春。林喧鳥啄啄，風過水粼粼。緣有三年盡，情無一日親。白頭厭奔走，何地與爲隣。

方回：此皆潁州西湖也。後山元祐中爲教授，滿而將去，故有此詩。

馮班：「鳥」、「水」並無關詩眼。〔按：方回在「林喧鳥啄啄，風過水粼粼」二句「鳥」、「水」字旁加圈。〕

查慎行：第四句，風吹湖面，水皺如鱗。

紀昀：第六句不明晰，結句亦不明晰。

寓目

曲曲河回復，青青草接連。去帆風力滿，來雁一聲先。野曠低歸鳥，江平進晚牽。望鄉從此始，留眼未須穿。

馮班：五句「天低樹」方好。

紀昀：第五句「歸鳥」複「來雁」，六句「晚牽」二字生。

顔氏阻風

水到西流闊，風從北極來。聲驅峽口拆，力拔嶺根摧。突兀重重浪，轟豗處處雷。順流看過舫，更着快帆催。

紀昀：如此竟住，益爲有味，第二首可以不贅。

許印芳：「流」字複。

萬古梁山泊，今來末掾船。阻風兼着雪，費日亦忘年。世事元相忤，衰懷忍自煎。曉來聲更惡，始覺畏途邊。

方回：梁山泊即鉅野，在今東平府西北，受泰山諸水，爲北清河所出入之瀦。向者河決，即連而爲一。南通泗，北通濟。荆公當國時，或欲涸梁山泊爲田，故後山元符末赴棣教，阻風於此，有「萬古梁山泊」之句，謂決不可涸，猶天理決不可磨滅也。

馮舒：牽扯之説。

陸貽典：迂腐之極。

紀昀：忽牽道學語，陋甚。

紀昀：三、四太易，不得謂之爲老。

無名氏（甲）：梁山泊與南旺湖相連，中間瀦澤甚多，水大則合，水小則分。○梁山泊在宋時爲盜藪。

過孔雀灘贈周静之

陳簡齋

海内無堅壘，天涯有近親。不辭供笑語，未慣得殷勤。舟楫深宜客，溪山各放春。高眠過灘浪，已寄百年身。

紀昀：簡齋詩畢竟大雅。「勤」字入真韻，唐人部分如是。宋韻乃入文韻。

七言 十六首

開龍門八節石灘

白樂天

七十三翁旦暮身，誓開險路作通津。夜舟過此無傾覆，朝脛從今免苦辛。十里叱灘類河漢，八寒陰獄化陽春。我身雖没心常在，闇施慈悲與後人。

紀昀：鄙俚至極，殆於不足掊摘。

無名氏（甲）：「叱灘」，過此叱咤其險，今如「河漢」之直。「陰獄」，如寒門有八節，今皆變爲「陽春」也。

新安道中翫流水

吴融

一渠春碧弄潺潺，密竹繁花掩映間。看處便須終日住，算來争得此身閑。縈紆似接迷春〔一四〕洞，清冷應憐〔一五〕有雪山。上却征車更回首，了然塵土不相關。

方回：新安有此至清之水。沈休文創爲詩，乃後相繼不一。今歙、睦是。

查慎行：五、六韻俗。

何義門：三、四是「翫」字情味。○無窮悔恨，却不説盡。

紀昀：格調太靡。

分水嶺

兩派潺湲不暫停，嶺頭長瀉别離情。南隨去馬通巴棧，北逐歸人達渭城。澄處好窺雙黛影，咽時堪寄斷腸聲。紫溪舊隱〔一六〕還如此，清夜柴山〔一七〕月更明。

方回：三、四言水之分而南北者如此，第五句巧，第六句亦佳。

查慎行：結句頂紫溪。

紀昀：格亦未高。

無名氏（甲）：嶺在長安。

自鞏洛舟行入黄河即事寄府縣僚友

韋蘇州

夾水蒼山路向東，東南山豁大河通。寒樹依微遠天外，夕陽明滅亂流中。孤村幾歲臨伊岸，一雁初晴下朔風。爲報洛橋遊宦侣，扁舟不繫與心同。

紀昀：三、四名句。歸愚所謂上句畫句，下句畫亦畫不出也。

許印芳：第六句亦佳。〇次聯與首聯不黏。

過桐廬

胡文恭

兩岸山花中有溪，山花紅白徧高低。靈源忽若乘槎到，仙洞還同採藥迷。二月辛夷猶未落，五更鵶臼最先啼。茶煙漁火遥堪畫〔一八〕，一片人家在水西。

方回：武平此詩妙甚，八句五十六字無一字不佳，形容桐廬盡矣。起句十四字併尾句，可作竹枝歌謳也。

查慎行：睦州青江景致逼真。

紀昀：風韻絶人，只三、四格調稍複耳。

許印芳：格調之複，必合前後聯論。此評專論一聯，蓋謂「忽若」、「還同」詞意犯複也。凡律詩對句用虛字，不知變化，多犯此病。如一句用猶，一句用尚，一句用如，一句用似，古人有之，不可學也。此詩「還同」若改作「應無」，則不複矣。〇胡宿，字武平，謚文恭。

無名氏（甲）：桐廬，在嚴州，即新安江，又名桐江。

湖嶺下十里是爲涪瀺灘行者多至此捨舟　鞏仲至

急流方了又高岡，日永周旋未覺忙。壁上字多知店老，嶺邊松茂喜車涼。叢叢亂篠承欹石，帖帖新荷戀小塘。涪瀺惡灘應笑我，爲虞魚腹犯羊腸。

方回：三、四新甚，五、六下兩眼亦佳。

紀昀：三、四粗野。〇「涪」今作「黯」。

馮班：五、六佳。

冬末同友人泛瀟湘　杜荀鶴

殘臘泛舟何處好，最多吟興是瀟湘。就船買得魚偏美，踏雪沽來〔一九〕酒倍香。猿到夜深啼嶽麓，雁知春近別衡陽。與君剩掠江山景，裁取新詩入帝鄉。

方回：「買得」、「沽來」等語，晚唐詩卑之尤卑者，然意新則亦可喜。此聯世所共稱。荀鶴詩句法大率如此，皆不敢選。

紀昀：此評最是。

馮班：三、四佳句也。

錢湘靈：就船買魚，魚鮮而美；踏雪沽來，雪寒而覺酒香。佳句也。

查慎行：三、四直致。

紀昀：「掠」字不妥。

雪中過重湖信筆偶題

韓致堯〔二〇〕

道方時險擬如何，謫去甘心隱薜蘿。青草湖將天暗合，白頭浪與雪相和。旗亭臘酎踰年熟，水國春寒向晚多。處困不忙仍不怨，醉來唯是欲傞傞。

馮班：致堯詩句，胸中流出，不是尋思捏就。

紀昀：六句佳，結不成語。

題薛十二池

姚合

每日樹邊消一日，遶池行過又須行。異花多是非時有，好竹皆當要處生。斜立小橋看島勢，遠移幽石作泉聲。浮萍着岸風吹歇，水面無塵晚更清。

方回：五、六好，餘恐格卑。王建集中亦有此詩。

馮班：五、六常言耳，前四句好。

查慎行：五、六雖好，然「看」字、「作」字少味。

紀昀：此評確。

西湖　林和靖

混元神巧本無形，匠出西湖作畫屏。春水浄於僧眼碧，晚山濃似佛頭青。欒櫨粉堵摇魚影，蘭社烟叢閣鷺翎。往往鳴榔與横笛，細風斜雨不堪聽。一作「風斜雨細」。

方回：三、四人所争誦。

紀昀：亦非高格，效之易入纖俚。

馮班：首句宋氣。

紀昀：末句以「風斜雨細」是。○起二句拙笨之至。

觀潮　齊祖之

何意滔天苦作威，狂驅海若走馮夷。因看平地波翻起，知是滄浪鼎沸時。初似長平萬瓦震，忽如圓嶠六鰲移。直應待得澄如練，會有安流往濟時。

方回：齊唐，字祖之。會稽人。天聖中進士。嘗試制科，從范文正公辟杭州料院，仕至曹郎。有少微集。此詩凡觀潮之作，皆在其下。

紀昀：此詩粗野之甚，何過許乃爾？

馮班：潮何由在「平地」？

漢陽晚泊

楊仲猷

傍橋吟望漢陽城，山遍樓臺徹上層。犬吠竹籬沽酒客，鶴隨苔岸洗衣僧。疏鐘未徹聞寒漏，斜月初沉見遠燈。夜静隣船問行計，曉帆相與向巴陵。

方回：楊徽之，字仲猷。建州浦城人。南唐時間道至開封，中進士第。太宗索詩百篇進御，以十聯寫御屏。爲禮侍天府判官侍讀。卒年八十。

紀昀：四句不及出句之自然，蓋客至定應「犬吠」，僧行不必「鶴隨」。

淮水暴漲舟中有作

劉子儀

行行極目天無柱，渺渺横流眼有花。客子方思舟下碇，陰虬自喜海爲家。村遥樹列秦川薺，岸闊牛分觸氏蝸。鳶嘯風高良可畏，此情難諭坎中蛙。

方回：中山劉子儀，首變詩格爲「崑體」者。五、六真李義山，規格奇壯。

查慎行：第六句拙。

紀昀：六句不通。五、六乃「江西派」。

紀昀：考儒林公議，此詩乃子儀在翰林日爲丁謂所排而作，故其詞怨以怒。

東溪

梅聖俞

行到東溪看水時，坐臨孤嶼發船遲。野鳧眠岸有閒意，老樹著花無醜枝。短短蒲茸齊似剪，平平沙石浄於篩。情雖不厭住不得，薄暮歸來車馬疲。

方回：三、四爲當世名句，衆所膾炙。

紀昀：此乃名下無虚。

馮舒：三、四亦好，然非唐音。

江行野宿寄大光

陳簡齋

檣烏送我入蠻鄉，天地無情白髮長。萬里回頭看北斗，三更不寐聽鳴榔。平生正出元子下，此去還經思曠傍。投老相逢難衮衮，共恢詩律撼瀟湘。

紀昀：四句太不對，五、六「江西」習氣，結不妥。

宿千歲菴聽泉

劉後村

因愛菴前一脈泉，襆衾來此借房眠。驟聞將謂溪當户，久聽翻疑屋是船。變作怒聲猶壯偉，滴成細點更清圓。君看昔日蘭亭帖，亦把湍流替管絃。

馮舒：宋甚。

馮班：亦好，但宋氣。

紀昀：極意刻畫，然太小樣。

校勘記

〔一〕溪上　按：「上」字原缺，據康熙五十二年本、紀昀刊誤本校補。元至元本作「溪漲」。

〔二〕萬里外　馮班：「外」一作「夜」。何義門：七句作「萬里夜」好。「夜」字恰接「月」字，收盡前四句。〔三〕晴山　馮班：「晴」一作「千」。〔四〕清幽　馮班：「幽」一作「涵」。〔五〕漬石　按：「漬」原作「磧」，據康熙五十二年本、紀昀刊誤本校改。

〔六〕常畏　馮班：「常」一作「恒」。〔七〕前相引　馮班：「前相」一作「相前」。〔八〕挼部船　按：康熙五十二年本、紀昀刊誤本「挼」作「按」。〔九〕袪服　馮班：「炫」訛「袪」。〔一〇〕延尾　查慎行：「延」一作「啣」。〔一一〕賤摩　查慎行：「賤」一作「踐」。〔一二〕沉人　紀昀：「沉人」二字再校。〔一三〕從俗却　查慎行：「却」一作「那」。〔一四〕迷春　馮班：「春」一作「人」。〔一五〕應憐　馮班：「憐」一作「連」。〔一六〕舊隱　查慎行：當作「柴門」。〔一七〕柴山　馮班：「柴」當作「梁」。〔一八〕遥堪畫　馮班：「堪畫」一作「看處」。〔一九〕沽來　馮班：從才調集作「歸來」，似更勝。〔二〇〕韓致堯　紀昀：「堯」原訛作「光」。

瀛奎律髓彙評卷之三十五　庭宇類

亭榭宫殿，樓閣堂軒，庵寮宅舍，凡屋廬皆是。

紀昀：既標「庭宇」，何必又如此縷陳？此序可以不作。

五言　十五首

題洛中第宅

白樂天

水竹誰家宅，門高占地寬。懸魚掛青甃，行馬護朱闌。春樹籠煙暖，秋庭鎖月寒。松膠黏琥珀，筠粉撲琅玕。試問池臺主，當爲將相官。終身不曾到，唯展宅圖看。

方回：尾四句，盡貴人第宅終不能歸之態。

紀昀：只前後八句亦足，何必如此鋪衍，且如此鋪衍，仍寫不盡，是真可已不已也。○後四句乃一篇作意，然究竟太滑。

歸履道宅

驛吏引藤輿〔一〕，家童開竹扉。往時多暫住，今日是長歸〔二〕。眼下有衣食，耳邊無是非。不論貧與富，飲水亦應肥。

方回：五、六豈不自適？然他人不能道，亦不肯道。

紀昀：五、六太俚，結太盡。

無名氏（甲）：宅在洛陽。

題潼關樓

崔顥

客行逢雨霽，歇馬上津樓。山勢雄三輔，關門扼九州。川從峽路去，河遶華陰流。向晚登臨處，風煙萬里愁。

方回：中四句壯哉！老杜同調。

紀昀：氣體自壯，然壯而無味，近乎空腔。

馮班：壯哉！

何義門：起得自在，不爲題所壓。凡遇大題，而發端遽求雄傑，往往始龍終蚓，非佳手也。○結句收得住。

題沈隱侯八詠樓

梁日東陽守，爲樓望越中。緑窗明月在，青史古人空。江静聞山狖，川長數塞鴻。登臨白雲晚，流恨此遺風。

方回：起句自在，第六句「數」字是詩眼好處。

紀昀：横生支節。

紀昀：八詠事佳，隱侯人鄙。「青史」句渾含甚妙。

宿胡氏溪亭

項　斯

獨住水聲裏，有亭無熱時。客來因月宿，床勢向山移。鶴住松枝定，螢歸葛葉垂。寂寥唯欠伴，誰爲報僧知。

方回：五、六劉後村深喜，然覺太工。太工則拘，拘則狹。

馮班：太苦耳，非工也。

紀昀：此論確。

查慎行：第二句俗，第六句湊對。

紀昀：次句拙鄙。後六句，句句用意，而終是小樣。不但虛谷所論五、六拘狹也。結言不容俗人語也。

鸛雀樓晴望

馬　戴

堯女樓西望，人懷太古時。海波通古穴〔三〕，山木閉虞祠。鳥道殘虹掛，龍潭返照移。行雲如可馭，萬里赴心期。

馮舒：必該結到「晴望」。

紀昀：風調殊高。馬戴在晚唐人之中，五言最爲矯矯。

無名氏（甲）：鸛雀樓在河中府。

寄題武當郡守吏隱亭

僧希晝

郡亭傳吏隱，閒自使君心。卷幕知來客，懸燈見宿禽。茶煙逢石斷，棋響入花深。會逐南帆便，乘秋寄此吟。

紀昀：六句自然，勝出句。「棊聲花院静」，表聖名句也，着「入」字、「深」字，便别有意境，不以蹈襲爲嫌。

無名氏（甲）：吏隱亭在均州。

留題承旨宋侍郎林亭

翰苑營嘉致，到來山意深。會茶多野客，啼竹半沙禽。雪溜懸危石，棊燈射遠林。言詩素非苦，虚答侍臣心。

紀昀：起句鄙，三句「會茶」字俚，末二句不明晰。

碧瀾堂

梅聖俞

虚雲〔四〕臨滉漾，橋勢對隆穹。環珮佳人去，汀洲翠帶空。橘船過砌下，蘭棟起雲中。欲問芳菲地，吴王一廢宫。

紀昀：三、四太晦，非末句點明，竟不省爲何語。五、六又太易。

題三角亭　　俞退翁

奇哉山中人，來此池上宇。蕙徑斜映帶，林煙盡吞吐。春無四面花，夜欠一簷雨。寄傲足有餘，何須存一作「尋」。廣廡。

方回：此仄聲律詩。題既奇，語亦妙。退翁名在隱逸傳。其人尤高，不可不取。

紀昀：但當論詩，不當論人，此選詩，非修史也。

馮班：腹聯拙句。

查慎行：五、六小巧。

紀昀：五、六太小巧便纖，此種最爲魔趣。

淮安園　　王立之

賢王經別墅，深窈近嚴城。花竹四時好，賓朋一座傾。闔奩争弈罷，擊鉢記詩成。明日朝天去，門扃鳥雀驚。

方回：此人親炙蘇、黄諸公，詩傳不多。吕居仁位之派中。細讀其詩，雖不熟，亦有格。

紀昀：「經」字似淮王自遊。〇結句「驚」字從北山移文「山人去兮曉猿驚」生出，然終不成語。

宿裴庵

葛無懷

一徑松杉迴，成陰見日稀。山晴僧盡出，風暖燕交飛。結子花抛樹，攔人犬護扉。閒看山月上，清坐更添衣。

方回：尾句有夜味。

馮舒：宋人五律，多清弱可詠者。

紀昀：前六句全是初到之景，并無晚暮之意。突出閒看月上，歸到「宿」字，無緒。○五、六落徧小，六句「攔人」二字尤俚。

題周氏東山堂

翁靈舒

城隅古謝村，博士草堂存。惟見煙霞起，全無市井喧。鸖來巢木杪，鼉出戲蒲根。消得吟詩客，憑欄看幾番。

紀昀：格意淺薄。

題信州草衣亭

簷多山鳥啼，山下玉爲溪。林樹若爲長，塔峯應更低。數僧居似客，一佛壞方泥。宴坐當時事，廊碑具刻題。

紀昀：三、四借塔峯以形樹之高，從老杜「斫却月中桂，清光應更多」句偷出，然不成文理。六句亦拙亦俚，結弱。

薛氏瓜廬

趙師秀

不作封侯念，悠然遠世紛。惟應種瓜事，猶被讀書分。野水多於地，春山半是雲。吾生嫌已老，學圃未如君〔五〕。

方回：「人家半在船，野水多於地」，本樂天仄韻古詩。今換一句爲對，亦佳。

查慎行：香山先有「人家半在船」句，故佳。此詩用此句無味。

馮舒：五句直抄。

紀昀：此首氣韻渾雅，猶近中唐，不但五、六佳也。

七言 三十首

題于家公主舊宅

劉賓客

繞樹〔六〕荒臺葉滿池，簫聲一絶草蟲悲。隣家猶學宫人髻，園客争偷御果枝。馬埒蓬蒿藏狡兔，鳳樓烟雨嘯寒鴟。何郎獨在無恩澤，不似當初傅粉時。

馮舒：凄凄惻惻，易淡易狹。此偏有味，偏説得開，「四靈」、「九僧」不能及也。黄、陳欲以枯硬高之，彌見其醜。

紀昀：語太淺直。

題睦州郡中千峯榭

方玄英

豈知平地似天台，朱户深沉别逕開。曳響露蟬穿樹去，斜行沙鳥向池來。窗中早月當琴榻，牆上秋山入酒杯。何事此中如世外，應緣羊祜是仙才。

方回：存此詩以見嚴陵郡之千峯榭，其來舊矣。

紀昀：此是詩選，非嚴陵地志，何得不論工拙因古跡而存詩？

紀昀：六句好，七句複起句「平地似天台」。

題韋郎中新亭

張司業

起得幽亭景復新〔七〕，碧莎池上〔八〕更無塵。琴書看盡猶嫌少，松竹栽多亦稱〔九〕貧。藥酒欲開期好客，朝衣暫脱見閒身。成名同日官連署，此處經過有幾人。

何義門：中二聯不着一句點染景物，却字字是新成景趣，新成興味。

紀昀：語皆平鈍，尤嫌俗韻不除。

次韻張全真參政退老堂

吕忠穆頤浩

東郊卜築傍溪流，菡萏香中寄一作「繫」。小舟。脱去簪紳歸畎畝，悟來漁釣勝公侯。青雲舊好何妨厚，白雪新詩爲寵留。又指湘潭問行路，一堂風月阻同遊。

方回：吕丞相家爲此堂，諸公各有詩，今摘選所和者多得體之言。

次韻李泰叔退老堂

東郊半隱遶羣峯，門外滔滔一水通。再歲依棲欣有幸，十年遭濟〔一〇〕歎無功。閑心不厭耕南畝，清夢猶思殄北戎。看取中原恢復後，麒麟圖畫首膚公。

方回：爲宰相退居，不下第六句，則爲何如人耶？此所以爲可選。

紀昀：此説是。

紀昀：夢想戰争，非「清夢」矣，此字殊不貫下三字。

次韻蔡叔厚退老堂〔一一〕

心存魏闕豈能忘，揣分非才合退藏。此日燕休難報國，平生艱阻憶垂堂。枕戈每歎身先老，覽鏡常嗟貌不揚。每〔一二〕羡蘧廬聊偃息，會須恢復返吾鄉。

方回：此是次韻詩，「堂」、「揚」二字俱和倒，末句又見得宰相用心。

馮班：「貌不揚」用裴中立事。

紀昀：三首詩格俱庸鈍，惟此首語意差好。

登西樓　　王半山

樓影侵雲百尺斜，行人樓上〔三〕憶天涯。情多自悔登臨數，目極因驚悵望賒。一曲平蕪連古樹，半分殘日帶明霞。潘郎何用悲秋色，祇此傷春鬢已華。

紀昀：雖乏深情，而音調響亮，不同靡靡之音，驟讀之如義山集中平調之作。

太湖恬亭

檻臨溪上緑陰圍，溪岸高低入翠微。日落斷橋人獨立，水涵幽樹鳥相依。清游始覺心無累，静處誰知世有機。更待夜深同徙倚，秋風斜月釣船歸。

紀昀：此首格不及前，而亦有清韻，驟看又疑是放翁。

垂虹亭

坐覺塵襟一夕空，人間似得羽翰通。暮天窈窈山銜日，爽氣騣騣客御風。草木韻沉高下外，星河影落有無中。飄然更待乘桴伴，一到扶桑興未窮。

紀昀：次句太費解，五句欠自然，六句好。

鍾山西庵白蓮亭

山亭新破一方苔，白帝留花滿四隈。野豔輕明非傅粉，秋光深淺不憑杯。鄉窮自作幽人伴，歲晚誰爲静女媒。可笑遠公池上客，却因秋菊賦歸來。

紀昀：次句「白帝留花」四字點綴却俗。三、四湊砌不自然。結二句點化淵明事，既切「白蓮」，又切「菴」，又切退居，可謂玲瓏巧妙。

次韻舍弟賞心亭即事二首

檻折簷傾野水傍，臺城佳氣已消亡。難披榛莽尋千古，獨倚青冥望八荒。坐覺塵沙昏遠眼，忽看風雨破驕陽。扁舟此日東南興，欲盡江流萬古長〔一四〕。

查慎行：中二聯調同。

霜氣〔一五〕消磨不復存，舊朝臺殿祇空村。孤臣倚薄青天近，細雨侵凌白日昏。稍覺野雲乘晚霽，却疑山月是朝暾。此時江海無窮興，醒客忘言醉客喧。

紀昀：雖少深沉，不失疏暢。○連章詩須有章法。次首起二句即前詩第三句。「孤臣」句即前詩「獨倚」句。「細雨」句、「稍覺」句即前詩「忽看」句。「此時」句即前詩「扁舟」句，不過添出新月一層，及結句「醒」、「醉」暗寓時事耳，未免重複礙格。

寄題思軒

名郎此地昔徘徊，天誘良孫接踵來。萬屋尚歌餘澤在，一軒還向舊堂開。右軍筆墨空殘沼，内史文章祇廢臺。邑子從今誇勝事，豈論王謝世稱才。

紀昀：應酬之作，不免庸俗。○尾句拙淺。

華嚴院此君亭

一徑森然四座涼，殘陰餘韻興何長。人憐直節生來瘦，自許高才老更剛。曾與蒿藜同雨露，終隨松柏到冰霜。煩君借此〔一六〕根株在，乞與伶倫學鳳凰。「借」一作「惜」。

馮班：直詠竹。

紀昀：詠物無比興，不免膚淺。然如此比興太顯，仍不免膚淺。且只似詠竹，「院」及「亭」字皆太脱。高齋詩話謂荆公自悔此詩，舉口爲少年題詩之戒，所謂「得失寸心知」也，不解何以仍選？

紙　閣

聯屏蓋障一尋方，南設鈎簾北置床。側坐對鋪紅絮煖，仰窗分啓碧紗涼。氈廬易以梅蒸爛，錦幄終於草野妨。楚縠越藤真自稱，每糊因得減書囊。

紀昀：起二句拙，通體亦淺。

垂虹亭〔一七〕

宛宛虹霓墮半空，銀河直與此相通。五更縹緲千山月，萬里淒涼一笛風。鷗鷺稍回青靄外，汀洲特起緑蕪中。騷人自欲留佳句，忽憶君詩思已窮。

馮班：末句如何着落？

查慎行：與前篇同韻。

紀昀：風調不乏，亦無深味。

杭州清風閣

趙清獻

庭有松蘿砌有苔，退公聊此遠塵埃。潮音隱隱海門至，泉勢潺潺石縫來。夜榻衾裯仙夢覺，曉窗燈火佛書開。休官不久輕舟去，喜過嚴陵舊釣臺。

方回：清獻亦喜佛學，故有第六句。其人可敬，不止於詩。

紀昀：往往以人存詩，是此書一病。後人不知而誤效其詩，奈何？

馮舒：末句無結煞。

紀昀：第三句「海」字失調。

和稚子與諸生登北都城樓

元章簡

朔風刮面歲華遒，閒擁豐貂一倚樓。四野凍雲隨地合，九河清浪着天流。諸君略住方乘興，吾土雖非亦解憂。更得青衿賡雅唱，連章彩筆鬬銀鈎。

方回：五、六用庾亮、王粲語，其佳如此。

紀昀：妙，俱切「樓」，「諸君」句又切本事。

陸貽典：宋之北都，即大名府。

紀昀：第四句空闊有神，勝出句。五、六宋調之佳者。結出「和」意，古法。

寄題徐都官新居假山

梅聖俞

太湖萬穴古山骨，共結峯嵐勢不孤。苔徑三層平木末，河流一道接牆隅。已知谷口多花藥，祇欠林間落狖鼯。誰侍巾鞲此遊樂，里中遺老肯相呼。

紀昀：語皆板拙。

自然亭

張伯常

久雨妨漁復滯樵，自然亭上一逍遥。萬緣不自閑中起，百事唯於睡裏消。老去自知如蠛蠓，病來誰悟似芭蕉。愛名之世忘名客，幸有山林舊市朝。

方回：張徵字伯常，陳留人，寶元元年進士甲科，司馬公同年。

紀昀：此與司馬公何涉？司馬公同年又與詩何涉？此種純是黨局。

紀昀：起句拙。〇七律用虚字礙格，此宋調之必不可效者。

己酉中秋任才仲陳去非會飲岳陽樓上酒半酣高談大笑行草間出誠一時俊遊也爲賦之

姜光彦

岳陽樓高幾千尺，俯視洞庭方酒酣。萬頃波光天上下，兩山秋色月東南。興來鸞鵠隨行草，夜永魚龍駭笑談。我欲煩公釣鰲手，盡移雲水到松庵。

方回：姜仲謙，淄州人。陳簡齋集有此題。三人真奇會也。松庵者，光彦之號，故尾句云。

紀昀：氣象雄邁，足稱此題。○結亦别致。

思杜亭

十里松陰古道場，一亭還復枕瀟湘。詩翁至死憂唐室，野客於今吊耒陽。窗户雲生山雨集，巖溪花發曉風香。不唯臨眺添惆悵，自是年來鬢已霜。

方回：第三句最佳。

紀昀：第四句從背面託出弔古感時，兩邊俱到。「野客於今」四字有無窮之味，得此對句，三句益佳，虚谷不一論及。蓋虚谷只愛字句之尖新，其思表纖旨，文外曲致，皆所不講也。

紀昀：規格意思，全是温飛卿過陳琳墓詩。三、四事本爛熟，惟切故警。「野客」非泛以湊對，蓋即「霸才無主始憐君」意。

無名氏（甲）：耒陽在湖南，杜工部葬處。

竹堂

張宛丘

誰道清貧守冷官，遶家十萬翠琅玕。直應流水深相與，不待清風已自寒。學得鳳鳴真自許，化成龍去不知蟠。知君何自無來客，可是王郎獨與歡。

紀昀：五、六俗格，七句笨。

登滕王閣

曾幼度

故閣峥嶸已刦灰，又看新閣上煙煤。斷碑無日不濃墨，古砌雖秋猶淺苔。江闊鳥疑飛不過，風輕帆敢趁先開。天高眼迥詩囊小，收拾不多空一來。

方回：曾丰撙齋，吉州人。有緣督集。詩頗慕楊誠齋，佳者不止此也。五、六最佳。

馮舒：腹聯何等吃力？

馮班：故閣燒了，新閣又要燒，「煙煤」字不好。

紀昀：三句拙甚，五、六欲求雄闊而亦形竭蹶，結二句尤是宋人陋調。此種題目，自揣無壓倒古人處，即可不作。

無名氏（甲）：滕王閣，在江西。

章少機建小閣用陳伯强韻　何月湖

樓居草草假三間，便覺星辰手可攀。最喜坐中先得月，不妨睡處也看山。林疏啼鳥秋彈曲，天闊飛鴻曉捲班。對鏡清吟無限好，典衣冷債幾時還。一作「彈秋曲」、「捲曉班」。

方回：何異字同叔，撫州崇仁人。紹熙臺諫，慶元禮侍，嘉定工書，年八十餘。月湖其號也。

紀昀：「捲班」者宋人退朝之名。此從雁序意鑿出，俚而不穩。結句言樓乃「典衣」所建耳，殊纖佻礙格。

題李國博東園

東園吟思玉蟾清，園客開門古意生。冰硯雲燈深洞宇，春花秋草舊宫城。人藏密樹尋聲見，鷺下寒池照影驚。三十分司泉石主，馬蹄塵外得聞名〔一八〕。

紀昀：「玉蟾」，月也。用字殊俗。○五、六亦是習語，亦是軟調，詩家切戒。

題環翠閣

環翠閣邊無點埃，盡收清致助吟才。溪頭月落漁煙散，岸口城低野色來。斜檻半依秋樹出，小窗知爲北山開。沙禽古水閒相趁，悮入疏簾静却回。

馮舒：吾最醜第二句。

紀昀：「吟才」二字不佳。第四句好。「静」字不妥。

小亭

葛無懷

小亭終日對幽叢，兀坐無言似定中。蒼蘚静連湘竹紫，緑陰深映蜀葵紅。猫來戲捉穿花蝶，雀下偷銜卷葉蟲。斜照尚多高柳少，明年更欲種梧桐。

方回：五、六工則工矣，却是答對。取此爲戒。第四句好。

馮班：工矣，不必佳。

紀昀：取以爲戒，是。云工，則未然。此二句是俗，非工。第四句亦未見佳。

查慎行：五、六俗。

李光垣：此首「蒼蘚」、「緑陰」、「湘竹」、「蜀葵」、「高柳」、「梧桐」、「猫」、「雀」、「蝶」、「蟲」，字面似堆叠。

寄題薛象先新樓　陳止齋

矮簷風雨送蝸牛，有客來誇百尺樓。闔郡臺池皆下瞰，背城湖海亦全收。清時未放徒高卧，半世何爲故倦游。解盡橐金君計決，月明長笛起漁舟。

紀昀：首句「送蝸牛」三字不妥，三、四意好而語太質直。

無名氏（甲）：陸賈使南越歸，解橐中金，分其子。

陳水雲與造物遊之樓　趙師秀

何處飛來縹緲中，人間惟有畫圖同。兩層簾幕垂無地，一片笙簫起半空。岸竹低添秋水碧，渚蓮平接夕陽紅。遊人未達蒙莊旨，虚倚闌干面面風。

方回：此樓在永嘉近城。「兩層」、「一片」頗俗，五、六亦可觀。

紀昀：五、六亦俗筆。

查慎行：此詩大段有俗氣。

紀昀：此題自應寫「與造物遊」之意，詩止結處一點，殊爲泛套。

校勘記

〔一〕藤輿　紀昀：「輿」字再校。　〔二〕長歸　查慎行：「長」一作「真」。　〔三〕古穴　馮班、紀昀：「古」當作「禹」。　〔四〕虚雲　查慎行：「雲」一作「堂」。　〔五〕如君　按：「如」原訛作「知」，據康熙五十二年本、紀昀刊誤本校改。　〔六〕繞樹　馮班：一作「樹繞」。　〔七〕復新　馮班：「復」一作「最」。　〔八〕池上　馮班：「池」一作「地」。　〔九〕亦稱　馮班：「亦」一作「不」。　〔一〇〕遭濟　李光垣：「際」訛「濟」。　〔一一〕退老堂　按：「老」原訛作「居」，據康熙五十二年本、紀昀刊誤本校改。　〔一二〕每嘆　按：「每」原訛作「毋」，據元至元本校改。　〔一三〕樓上　按：「樓」原訛作「數」，據康熙五十二年本、紀昀刊誤本校改。　〔一四〕萬古　查慎行：「萬古」二字依吴本。然玩上下句意，應作「萬里」爲是。　〔一五〕霜氣　查慎行：「霜」一作「霸」。　〔一六〕借此　紀昀：「借」一作「惜」。　〔一七〕紀昀：觀詩末二句，題似不全，再校本集。　〔一八〕聞名　李光垣：「間」訛「聞」。

瀛奎律髓彙評卷之三十六　論詩類

詩人世豈少哉？而傳於世者常少，由立志不高也，用心不苦也，讀書不多也，從師不真也。喜爲詩而終不傳，其傳不傳，蓋亦有幸不幸，而其必傳者，必出乎前所云之四事。今取唐、宋詩人所論著列於此，與學者共之。

紀昀：此是正論，然亦恐錯却路頭，走入魔趣，立志愈高，用心愈苦，讀書愈多，而其去詩也乃日遠。故四者之中，尤以從師之真爲第一義，此向倒説。○傳不傳，有幸不幸，二語最圓。

五言 三首

苦吟

杜荀鶴

世間何事好，最好莫過詩。一句我自得，四方人已知。生應無輟日，死是不吟時。始擬歸山去，林泉道在兹。

陸貽典：晚唐此等亦無深味。

喜陸少監入京

姜梅山

昔人思老杜，長恨不相隨。還寄有劉白，同吟惟陸皮。物睽終必合，句妙却難追。試問長安陌，何如灞岸時？

馮班：劣甚。

陸貽典：倒用皮、陸，趁韻。

范大參入覲頗愛鄙作以詩謝之

問句石湖老，如將日指標。枯中説滋味，高處戒虚驕。頗許唐音近，寧論漢道遥。正聲今在耳，萬樂聽簫韶。

紀昀：「枯中」二句，語雖不佳，而論却有理。下句尤中習氣。

七言 三首

鄉有好事者出君謨行草八分書數幅中有梅聖俞詩一首因成拙句以識二美

杜祁公

莆田筆健與文豪，尤愛南山縣詠高。欲使英辭長潤石，每逢佳句即揮毫。清如韶濩諧音律，逸似鸞皇振羽毛。羲獻有靈應悵望，當時不見此風騷。

太師相公篇章真草過人遠甚而特獎後進流於詠言輒依韻和

梅聖俞

杜詩嘗説少陵豪，祖德兼誇翰墨高。蘇李爲奴令侍席，鍾王北面使持毫。郊麟作瑞唯逢趾，天馬能行不辨毛。一誦東山零雨句，無心更學楚離騷。

方回：子美祖審言嘗自謂：「我詩可使蘇、李爲奴，書可使鍾、王北面。」

紀昀：必簡嘗自稱：「吾文可使屈、宋作衙官，吾書可使王羲之北面。」此蘇、李、鍾、王二語，未知所出，再考。

馮班：次聯二句用得好。

紀昀：第六句俚甚。

送朝天集歸楊誠齋

姜堯章

翰墨場中老斲輪，縱横一筆掃千軍。年年花月無閒日，處處江山怕見君。箭在的中非爾及〔一〕，風行水面偶成文。先生只可三千首，回施江東日暮雲。

方回：白石道人夔，字堯章。饒州人。千巖蕭公以其女妻之。當時甚得詩名，幾於亞蕭、尤、楊、陸、范者。予嘗與南昌陳杰壽夫論詩，閱其餘藁，則大不然。堯章自能按曲，爲詞甚佳，詩不逮詞遠甚。予選其詩一。此一首合予意，容更詳之。

紀昀：白石詩氣韻頗高，故不爲虛谷所喜。

馮班：此卷竟無一首！

查愼行：老杜「爲人性癖躭佳句」一首宜選冠此卷。

紀昀：四句粗豪之氣太重，五、六意是而句不工。○此卷無一可取，庸陋殆不足與辨。

校勘記

〔一〕非爾及　李光垣：「力」訛「及」。

瀛奎律髓彙評卷之三十七　技藝類

書畫琴棋，巫醫卜筮，百工技巧，史爲立傳，以藝之難臻也。唐、宋以來，挾一藝游公卿之門，因詩以得名者不少焉，豈可以小技易視之哉。

紀昀：何必遊公卿之門乃因詩得名？此語陋甚。

五言　二首

詠郡齋壁畫片雲得歸字

岑　參

雲片何人畫，塵侵粉色微。未曾行雨去，不見逐風歸。只怪偏凝壁，回看欲染衣。丹青欲借便〔一〕，移向帝鄉飛。

何義門：結句醒「郡」字。

紀昀：小題目寫來尚細膩，但非高格耳。○五、六稍笨。

草書屏風　韓致堯〔一〕

何處一屏風，分明懷遠蹤〔二〕。雖多塵色染，猶見墨痕濃。怪石奔秋澗，寒藤掛古松。若教臨水畔，字字恐成龍。

紀昀：語意並淺。○起句俚而野。

七言　十一首

畫真來嵩　梅聖俞

廣陵太守歐陽公，令爾畫我憔悴容。便傳髣髴在縑素，又欠勁直藏心胸。與以貨布不肯受，比之醫卜曾非庸。公今許爾此一節，爾只丹青期亦逢。

紀昀：欲以「吴體」爲高，但見其語弱而調野。○第四句拙。

次韻吴仲庶省中畫壁

王半山

畫虎雖非顧虎頭，還能滿壁畫滄洲。九衢京洛風沙地，一片江湖草樹秋。行數魚蝦賓共樂，卧看鷗鳥吏方休。知君定有扁舟意，却爲丹青肯少留。

紀昀：亦淺率酬應之作。○虎頭不聞「畫虎」，必「畫手」之誤。

和仲庶池州齊山圖

省中何忽有崔嵬，六幅生綃坐上開。指點便知巖穴處，登臨新作使君來。雅懷重向丹青得，勝勢兼隨翰墨回。更想杜郎詩在眼，一江春雪下離堆。

陸貽典：離堆李冰所鑿，在蜀。

紀昀：此更鄙淺。○首句從杜「堂上不合生楓樹」句化出，而措語甚拙。

次韻平甫贈三靈程惟象

家山松菊半荒蕪，杖策窮年信所如。占見地靈非卜筮，算知人貴自陶漁。久諳郭璞言多驗，老比顏含意更疎。祇欲勒成方士傳，借君名姓在新書。

查慎行：五、六介甫自謂也。

紀昀：鄙拙至極，三、四尤甚。

贈李士寧道人

季主逡巡居卜肆，彌明邂逅作詩翁。曾令宋賈伏車上，更使劉侯驚坐中。杳杳人傳多異事，冥冥誰識此高風。行歌過我非無謂，惟恨貧家酒盞空。

紀昀：亦鄙陋。○三句承首句，四句承次句。

無名氏（甲）：軒轅彌明有石鼎聯句詩，見韓文公集。

贈三靈程道人

王平甫

三靈山下新安水，瀟灑人間畫不如。收得市朝忙日月，歸來田里老樵漁。君能知命忘機久，我愧干時觸事疎。從此卜隣同笑傲，何須强著解嘲書。

紀昀：此稍不惡，然亦不免薄弱。○末句「書」字添出。

贈善相程傑

蘇東坡

心傳異學不謀身，自要清時閲縉紳。火色上騰雖有數，急流勇退豈無人。書中苦覓元非訣，醉裹微言却近真。我似樂天君記取，華顛賞徧洛陽春。

馮班：自闊。

查慎行：閲過衆人詩，忽見蘇作，令我心開目明。

紀昀：三、四借相寓意。

許印芳：本集批云：「五、六圓滑。宋詩，然是真語。」此詩原佳，曉嵐批本集每句一點，未免太苛。批律髓則每句着圈，且密圈第四句。今從律髓。

贈虔州術士謝晉臣

屬國今從海外歸，君平且莫下簾帷。前生恐是盧行者，後學過呼韓退之。死後人傳戒定慧，生時宿直斗牛箕。憑君爲算行年看，便數生時到死時。

查慎行：坡公從儋耳南歸作。坡公前身五祖，又生命與退之同，故詩云然。

紀昀：東坡多以蘇武自比，殊爲不倫。○坡公七律，往往失之太快、太豪，此詩故亦不免此病。

無名氏(甲)：盧行者即慧能，號大鑒禪師，傳黃梅大師衣鉢。

贈童道人蓋與予同甲子

陸放翁

吾儕之生乙巳年，達者寥寥同比肩。退士一生藜藿食，散人萬里江湖天。忍貧不變我自許，挾術自營君豈然？一事尚須煩布策，幾時能具釣魚船？

方回：元注：「方謀買一小舟，未得也。」

紀昀：作「吳體」，亦不免弱，然自疏散有致。

贈徐相師

許負遺書果是非，子憑何處説精微？使君豈必如椰大，丞相元來要瓠肥。袖闊日常籠短刺，肩寒春未換單衣。半頭布袋挑詩卷，也道遊京賣術歸。

方回：後四句曲盡近時術士窮態，三、四亦好。

馮班：三、四「江西」語也，五、六畫出相師。

查慎行：世傳相書始於許負。

紀昀：第三句用李翺「心如椰子大」事，然去一「心」字，是使君身如椰子大矣，殊爲未妥。四句亦太激。後四句是詈非贈。

無名氏(甲)：椰樹出廣東，形甚高大。張蒼爲丞相，肥白如瓠。

贈傳神水鑑

寫照今誰下筆親，喜君分得卧雲身。口中無齒難藏老，頰上加毛自有神。誤遣汗青成國史，未妨着白號山人。他時更欲求奇迹，畫我溪頭把釣緡。

方回：元注：「水鑑寫予真，作幅巾白道衣。」中四句皆佳，時在史局。

查慎行：老杜「何年顧虎頭」一首，宜入此類。

紀昀：前半亦是習語。後半猶有作意，未至俗濫。○此卷亦猥陋者多。

無名氏(甲)：青竹炙汗而書，乃不蠹，故云「汗青」。

校勘記

〔一〕欲借便　查慎行、李光垣：「欲」當作「如」。

〔二〕韓致堯　紀昀：「堯」原訛作「光」。

〔三〕遠縱　馮班、李光垣：「遠」一作「素」。

瀛奎律髓彙評卷之三十八　遠外類

汲冢周書有王會圖，周官有象胥、舌人之職。漢蒟醬、邛竹、蒲萄、苜蓿、安石榴，皆自外國至。遠人慕化而來，使人將命而出，以柔以撫，其事不一。形諸賦詠，詭異譎觚，於唐爲多，宋亦不無也。

五言　十二首

送褚山人歸日東

賈浪仙

懸帆待秋色，去入杳冥間。東海幾年別，中華此日還。岸遥生白髮，波盡露青山。隔水相思在，無書也是閒。

紀昀：右丞送晁監歸日本詩何以不録？而託始於浪仙此篇？○五、六自好。結句意謂：有書相寄，所道不過閒居。雖無書寄，亦不過是閒居耳，可不必寄書也。然語不明晰，未免澀而欠妥。

無名氏（甲）：「日東」，即日本。

送黄知新歸安南

池亭沈飲徧，非獨曲江花。地遠路穿海，春歸冬到家。火山難下雪，瘴土不生茶。知決移來計，相逢期尚賒。

紀昀：運意細切，而語不甚工。

無名氏（甲）：安南，交阯。

送朴處士歸新羅

顧非熊

少年離本國，今去已成翁。客夢孤舟裏，鄉山積水東。鼇沉崩巨岸，龍鬬出遥空。學得中華語，將歸誰與同？

紀昀：前四句自深穩。五、六句極力撑開，欲爲雄闊之詞，而轉覺奄奄不精采。○惜别意多在對面落筆，好。

日東病僧

項斯

雲水絶歸路，來時風送船。不言身後事，猶坐病中禪。深壁藏燈影，空窗出艾烟。已無鄉土信，起塔寺門前。

方回：曲盡外國僧老病之味。

馮班：真水部門人。

紀昀：意切而邊幅窘狹，根柢薄也。

貢院鎖宿聞吕員外使高麗贈送徐騎省

聖化今無外，征途莫憚賒。揚帆箕子國，駐節管寧家。去伴千年鶴，歸途八月槎。離情限華省，持此待疏麻〔一〕。

紀昀：但砌故實，了無新意。○管寧寄寓遼東，不得目之曰「家」。

無名氏（甲）：管寧避亂遼東，後還青州卒。

送新羅使

張司業

萬里爲朝使，離家經幾年。應知舊行路，却上遠歸船。夜泊避蛟窟，朝炊求島泉。悠悠到鄉國，還望海西天。

紀昀：語皆凡近。

無名氏（甲）：新羅與高麗接壤。

贈東海僧

別家行萬里，自説過扶餘。學得中州語，能爲外國書。與醫收海藻，持呪取龍魚。更問同來伴，天台幾處居？

陸貽典：扶餘在高麗東。

紀昀：三、四太率易。

無名氏（甲）：「海藻」，藥名。

送人游日本國

方玄英

蒼茫大荒外，風教却難知。連夜揚帆去，經年到岸遲。波濤含左界，星斗定東維。或有歸風便，當爲相見期。

方回：第四句佳。然今自明州定海出昌國，往往順風六、七日耳。歲惟有此一番風，往來必經年也。

紀昀：四句亦常語。

紀昀：次句突入「風教」，殊無頭緒，「却」字更無來歷。

送僧歸日本國

吴融

滄溟分故國，渺渺泛杯歸。天盡終期到，人生此别稀。無風亦骸浪，未午已斜暉。繫帛何須雁，金烏日日飛。

方回：三、四妙。

何義門：落句無味。

紀昀：細巧而不傷大雅。次句是「僧」，三句是「送歸外國」，六句、八句是「日本」。

送朴山人歸新羅　馬　戴

浩渺行無極，拂帆但信風。雲山過海半，鄉樹入舟中。波定遥天出，沙平遠岸窮。離心寄何處，目斷暮霞東。

紀昀：此太通套。

王昭君　劉中叟

斂袂出明光，琵琶道路長。初聞胡騎語，未解漢宫妝。薄命隨塵土，元功屬廟堂。蛾眉如有用，慚愧羽林郎。

方回：劉戲魚臺〔二〕，劉次莊也。長沙人。以開梅山入洞曉諭得官，熙寧七年賜同進士出身，仕至侍御江西漕。

紀昀：此題自六朝以來久成塵刦，唐人已無處落筆，後人何必又作此詩？婉約其詞，終在戎昱詩圈繢之内。

送僧歸新羅

姚鵠

淼淼萬餘里，扁舟發落暉。滄溟何處〔三〕別，白首此時歸。寒暑途中變，人煙嶺外稀。驚天巨鼇鬭〔四〕，蔽日大鵬飛。雪入行沙屨〔五〕，雲生坐石衣。漢風深得習，休恨本心違。

紀昀：亦是凡語。

七言 四首

送源中丞充新羅國册立使

劉夢得

相門才子稱華簪，持節東行捧德音。面帶霜威辭鳳闕，口傳天語到雞林。煙開鰲背千尋碧，日落鯨波萬頃金。想見扶桑受恩後〔六〕，一時西拜盡傾心。

方回：百濟、新羅，後皆爲高麗所併。此詩中四句全佳。

紀昀：「面帶」句究不甚雅。

紀昀：氣脈雄大。

贈日本僧智藏

浮杯萬里過滄溟，遍禮名山適性靈。深夜降龍潭水黑，新秋放鶴野田青。身無彼我那懷土，心會真如不讀經。爲問中華學道者，幾人雄猛得寧馨？

方回：三、四遒麗，五、六有議論。

紀昀：不爲極筆，然氣格自别。

送和藩公主

張司業

塞上如今無戰塵，漢家公主出和親。邑司猶屬宗卿寺，册號還同虜帳人。九姓旗旛先引路，一生衣服盡隨身。氈城南望無回日，空見沙蓬水柳春。

查慎行：第六句雖太直，却真。

紀昀：通體凡猥，六句尤鄙。

崑崙兒

崑崙家住海中洲，蠻客將來漢地遊。言語解教秦吉了，波濤初過鬱林洲。金環欲落曾穿耳，螺髻長拳不裹頭。自愛肌膚黑如漆，行時半脱木綿裘。

方回：此所謂崑崙兒，即今之黑廝也。

紀昀：小様。〇此卷亦無甚可采。

校勘記

〔一〕待疏麻　馮班：「待」一作「代」。　〔二〕紀昀：「劉戲魚臺」四字再校。　〔三〕何處　馮班：「處」一作「歲」。　〔四〕巨鼇鬬　馮班：「鬬」一作「起」。　〔五〕沙屨　馮班：「屨」一作「履」。　〔六〕受恩後　馮班：「後」一作「處」。

瀛奎律髓彙評卷之三十九　消遣類

莊子曰：令人之意也消。有所不平焉而不能消，則褊狹矣。衛玠曰：非意相干，可以理遣。有所不堪焉而不能遣，則怨怒矣。詩人多有所謂消愁遣興之作，必深達物理、世故、人情、天道者，乃能爲真消遣之言，否則非由衷也。

紀昀：莊子本旨不如此。

五言　四首

可惜

杜工部

花飛有底急，老去願春遲。可惜歡娱地，都非少壯時。寬心應是酒，遣興莫過詩。此意陶潛解，吾生後汝期。

何義門：生前酒，身後名，吾自兼之。然少壯雖可惜，何嘗不可同淵明之任達也。
紀昀：前四句沉着，後四句又入率易。
無名氏（乙）：句句轉。開口一句是何人道得！

看嵩洛有歎

白樂天

今日看嵩洛，回頭歎世間。榮華急如水，憂患大於山。見苦方知善，經忙始變閒。未聞籠裏鳥，飛去肯飛還。「變」一作「戀」〔一〕。

紀昀：語皆鄙淺。香山格本率易，此又率易之尤者也。

夜飲

李商隱

卜夜容衰鬢，開筵屬異方。燭分歌扇淚，雨送〔二〕酒船香。江海三年客，乾坤百戰場。誰能辭酩酊，淹臥劇清漳。

馮舒：極似少陵。
馮班：何如老杜？○義山本出於杜，「西崑」諸君學之而句格渾成不及也。「江西派」起，盡除温、李，而以粗、老爲杜，用事瑣屑更甚於「崑體」。王半山云：「學杜者當從義山入。」斯言可以救黄、陳之弊。有解於此者，我請與言詩。

紀昀：或入「宴集」，或入「暮夜」，皆可。入之「消遣」，却無理。○三句纖，五、六沉雄。王荆公謂近杜，良然。末「淹卧」句集中凡兩見，蓋用劉公幹「嗟余嬰疴疢，竄身清漳濆」語，然終爲牽强。

孤學

陸放翁

孤學雖遺俗，猶爲一腐儒。家貧占力量，夜夢驗工夫。正欲安三徑，寧忘奏六符。殘年知有幾，自怪尚區區。

紀昀：三、四太腐。

無名氏（甲）：東方朔願陳泰階六符以觀天變。泰階即三台，凡六星，上階爲天子，中階爲諸侯，下階爲庶人。

七言 三十八首

感興

白樂天

吉凶禍福有來由，但要深知不要憂。只見火光燒潤屋，不聞風浪覆虚舟。名爲公器無多取，利是身災合少求。雖異匏瓜難不食，大都足食早宜休。

魚能深入無憂釣，鳥解高飛豈觸羅。爇處先爭〔三〕炙手去，悔時其奈噬臍何！樽前誘得猩猩血，幕上偷安燕燕窠。我有一言君記取，世間唯有苦人多。

馮舒：此二首句句是達人之言。

紀昀：二詩純是打油，不足指摘。

閒卧有所思

向夕褰簾卧枕琴，微涼入户起開襟。偶因明月清風夜，忽想遷臣逐客心。何待投荒〔四〕初恐懼，誰人遶澤正悲吟。始知洛下分司坐，一日安閒直萬金。

查慎行：此首爲楊虞卿而發。時鄭注用事，楊爲所構，貶虔州。公與楊本姻親，故傷之。

權門要路足身災，散地閒居少禍胎。今日憐君嶺南去，當時笑我洛中來。蟲全性命緣無毒，木盡天年爲不才。大抵吉凶多自致，李斯一去二疏回。

查慎行：此詩不知何指，或云李宗閔亦爲李訓、鄭注所逐。

紀昀：二首殆爲李崖州作？其詞太快，非詩人忠厚之旨。○次首尤凡鄙。

無名氏（甲）：甘露之變在此日。

九年十一月二十一日感事而作〔五〕

禍福茫茫不可期，大都早退似先知。當君白首同歸日，是我青山獨往時。顧索素琴應不敢〔六〕，憶牽黄犬定難追。麒麟作脯龍爲醢，何似泥中曳尾龜。

方回：元注：「其日獨遊香山寺。」

查慎行：此首爲王涯而發。按「甘露之變」在太和九年冬。東坡云：「樂天爲王涯所讒，謫江州。」甘露之禍，樂天適遊香山寺，有「白首同歸」二句，不知者以爲幸之也。樂天豈其人哉？蓋悲之也。

紀昀：此爲「甘露之變」而作。雖與王涯有怨，然文宗受制，國勢危疑，此何時耶？乃作此詩！詩話曲爲之詞，殊非公論。

放　言

朝真暮僞何人辨，古往今來底事無。但識臧生能詐聖，可知甯子解佯愚。草螢有耀終非火，荷露雖圓豈是珠。不取燔柴兼照乘，可憐光彩亦何殊。

世途倚伏〔七〕都無定，塵網牽纏卒未休。禍福迴環車轉轂，榮枯反覆手藏鈎。龜靈未免刳腸患，馬失應無折足憂。不信君看弈棋者，輸贏須待局終頭。

無名氏（甲）：「龜靈」，見史記。

贈君一法決狐疑，不用鑽龜與祝蓍。試玉要燒三日滿，辨才〔八〕須待七年期。周公恐懼流言後，王莽謙恭未篡時〔九〕。向使當時身便死，一生真僞復誰知。

無名氏（甲）：真玉燒三日不壞，豫章之木生七年而始辨。

誰家第宅成還破，何處親賓哭復歌。昨日屋頭堪炙手，今朝門外好張羅。北邙未審留閒地，東海何曾有定波。莫笑賤貧誇富貴，共成枯骨兩如何。

泰山不要欺毫末，顏子無心羨老彭。松樹千年終是朽，槿花一夕自爲榮。何須戀世常憂死，亦莫嫌身漫厭生。生去死來都是幻，幻人哀樂係何情。

紀昀：五首皆俚詞野調。乃以此傳世，實所未喻。

即目

韓致堯〔一○〕

動非求進静非禪，咋口吞聲過十年。溪漲浪花如積石，雨晴雲葉似連錢。干戈歲久諳戎事，枕簟秋深減夜眠。攻苦慣來無不可，寸心如水但澄鮮。

紀昀：此等皆凄苦之音，不得入之「消遣類」。○五、六自好，餘無可采。

惜春

願言未偶非高卧，多病無心選勝遊。一夜雨聲三月盡，萬般人事五更頭。年踰弱冠即爲老，節過清明却似秋。應是西園花已落，滿溪紅片向東流。

何義門：三、四一氣，○落句應「未偶」，藴藉。

紀昀：致堯詩限於時代，格律不高，而較唐末諸人爲沉着。羅昭諫之次，可置一席。

殘春旅舍

旅舍殘春宿雨晴，恍然心地憶咸京。樹頭蜂抱花鬚落，池面魚吹柳絮行。禪伏詩魔歸浄域，酒衜愁陣出奇兵。兩梁免被塵埃污，拂拭朝簪待眼明。

查慎行：此首已見「春日類」，重出。

紀昀：重出。

春中〔一〕湘中題岳麓寺僧舍　羅隱

蟾宫虎穴兩皆休，來憑危欄送遠遊〔二〕。多事林鶯還謾語，薄情邊雁不回頭。春融只待乾坤醉，水闊深知世界浮。欲共高僧話心跡，野花芳草奈相尤。

方回：羅昭諫生當亂離，多不得志哀怨之言。

何義門：天下大亂，富貴功名兩無所就，故其言云。○五、六感慨身世，沉鬱有力。言花草尚有得春而發，吾豈真無命乎？又欲自休，不得也。

紀昀：其詞怨以怒，然晚唐詩又降一格論。○「蟾宫虎穴」四字生湊。○結句憂讒畏譏，然「相尤」字太著迹。

下第　羅鄴

謾把青春酒一杯，愁襟未信酒能開。江邊依舊空歸去，帝里還如不到來。門掩殘陽鳴鳥雀，花飛何處好池臺。此時惆悵便堪老，何用人間歲月催。

方回：唐人下第情懷，有如此者。一名一第，役天下士，亦可憐矣。

馮班：凡此等流滑聲調，黄、陳欲以傑硬高之，高乎未也？

紀昀：不免太盡，而尚不甚露尤人之意。

安定城樓

李商隱

迢遞高城百尺樓，緑楊枝外盡汀洲。賈生年少虚垂涕，王粲春來更遠遊。永憶江湖歸白髮，欲回天地入扁舟。不知腐鼠成滋味，猜意鵷雛竟未休。

馮班：杜體。○如此詩豈妃紅儷緑者所及？今之學温、李者得不自羞？

查慎行：王半山最賞此五、六一聯，細味之大有杜意。

何義門：五、六言所以垂涕於遠游者，豈爲此腐鼠而不能捨然哉？吾誠「永憶江湖」，欲歸而優游白髮，但俟迴旋天地功成，却「入扁舟」耳。

紀昀：此入「消遣」亦無理。「江湖」、「扁舟」之興俱自「汀洲」生出，故次句非趁韻湊景。五、六千錘百鍊，出以自然，杜亦不過如此。世但喜其浮豔琱鐫之作，而義山之真面隱矣。○結太露。○「欲回天地入扁舟」，言欲投老江湖，自爲世界，如收縮天地歸於一舟。然即仙人斂日月於壺中，佛家縮山川於粟穎之意。注家謂欲待挽回世運，然後退休，非是。

許印芳：此評解次句甚當，解六句則直率無味。蓋五、六句，上四字須作一頓，下三字轉出意思，方有味。言已長念江湖不忘，而歸必在白髮之時，所以然者爲欲挽回天地也。天地既回，而後可入扁舟、歸江湖耳。句中層折暗轉暗遞，出語渾淪，不露筋骨，此真少陵嫡派。曉嵐不賞其筆意曲折，反斥舊解爲非，所解收縮天地云云，又皆浮虛之言，了無意味，此性好翻駁之過也。結句雖露，言外當有餘地，斥爲太露，亦是苛刻。

十二月十七日移病家居三首

張宛丘

老去塵懷痛洗湔，虛舟不繫任洄沿。寸心若變有如日，萬事不憂終在天。莫爲饑寒棄南畝，須知穮蔉有豐年。桃符侲子喧門巷，又向江城一歲捐。

馮舒：「寸心」一聯宋。

紀昀：三、四入「江西」習調，餘亦太板實。

憑高游目快遐瞻，落日孤雲與水兼。萬頃澤空供雪意，一枝梅笑破冬嚴。擊蒼未滅飛揚興，引滿何辭斗石添。楊柳催春兼警客，荒溝照影弄纖纖。

查慎行：「擎蒼」二字乃臂鷹替身，大似「崑體」，未詳所出。

紀昀：此首較可。○「擎蒼」句去「鷹」字不妥。

從今羞復立功名，鹵莽因循已半生。心遣我愚應有謂，眼看人智亦何成。夢爲蝴蝶因觀化，目送飛鴻謾寄情。堪笑妻兒懷土甚，謫期未滿已留行〔三〕。

方回：此三詩謫黄州時作。消愁遣興，順時達理，引物觸類，前輩多有之。

紀昀：前半又入香山頽唐之調。○「留行」者，留其謫期滿日，歸住故土，勿再入朝也。語意殊不醒豁。

和堯夫打乖吟

程明道

打乖非是要安身，道大方能混世塵。陋巷一生顔氏樂，清風千古伯夷貧。客求易妙多攜卷，天爲詩豪剩借春。儘把笑談親俗子，德容猶足畏鄉人。

查慎行：次句名言，是真道學。

聖賢事業本經綸，肯與巢由繼後塵。三幣未回伊尹志，萬鍾難換子輿貧。且因經世藏千古，已占西軒度十春。時止時行皆有命，先生不是打乖人。

方回：邵堯夫一世豪傑，而安於閑退。理數之學，胸中浩然，時適有生如明道者知之。伊尹、伯夷、顔子、孟軻，其志也，非大〔一四〕說話。

馮舒：風雅中安用此等惡物？

查慎行：一、二以大儒自命。

紀昀：詩有理足而詞不入格者，此類是矣。此派至北宋而盛，然李習之之論王氏申説太公家訓，已知世間必有此種文字。

寓　歎

陸放翁

俗心浪自作棼絲，世事元知似弈棋。舊業蕭然歸亦樂，餘生至此死何悲。古人可作將誰慕，造物無心豈自私。已決殘春故流一作「溪」。去，短蓑垂釣月明時。

紀昀：三、四淺而不俚，五、六則庸鈍之筆矣。

後寓嘆

貂蟬未必出兜鍪，要是蒼鷹已下鞲。彭澤竟歸端爲酒，輕車已老〔一五〕豈須侯。千年精衛心平海，三日於菟氣食牛。會與高人期物外，摩挲銅狄灞陵秋。

方回：前詩三、四佳，後詩六句豪俊。嘉泰二年癸亥，放翁年七十九，在朝。

查慎行：句句鬭簨，字字合拍，可見胸中有書。

紀昀：此當爲韓侂胄議北伐時所作。五、六最沉着而曲折，言志士本不忘復仇，但少年恃氣輕舉，則可慮耳。末句言他日時事變遷，我老猶當及見之意。

無名氏（甲）：小虎生三日氣可吞牛。薊子訓撫灞陵銅人，嘆曰：「適見鑄此，已五百年矣。」

許印芳：「要」，平聲。「於菟」，音烏徒，虎也。「銅狄」，銅鑄大人也。

初歸雜詠

雪滿漁蓑雨墊巾，超然無處不清真。胸中那可有一事，天下故應無兩人。騎馬每行秋棧路，喚船還渡暮江津。酒樓僧壁留詩遍，八十年來自在身。

紀昀：此首淺而有韻。

齒豁頭童儘耐嘲，即今爛飯用匙抄。朱門謾設千杯酒，青壁寧無一把茅。偶爾作官羞問馬，頹然對客但稱貓。此時定向山中死，不用磨錢擲卦爻。

方回：元注：「磨錢擲卦爻，蜀龍昌期語也。」此翁〔一六〕七十九歸老詩。

紀昀：此首較贅，語意亦粗。

龜堂獨坐遣悶

放逐還山八見春，枯顱槁頂雪霜新。大床不解除豪氣，凡眼安能識貴人。食有淳糜猶足飽，衣存短褐未全貧。北窗坐卧君無笑，拈起烏藤揵有神。

紀昀：此首亦粗。

無名氏（甲）：陳元龍湖海之士，豪氣未除，自卧大床，坐人於座下。

遣興

莫笑龜堂磊磈胸，此中元可貯虚空。尚饒靈運先成佛，那計辛毗不作公。採藥偶逢丹井客，買蓑因過玉霄翁。不須更問歸何許，散髮飄然萬里風。

紀昀：起二句調太熟滑。○結得脱灑。

無名氏（甲）：此井始於老子，亳州，其後列仙多有之。玉霄宫，道士修真之所。

書興

占得溪山卜數椽，飽經世故氣猶全。入門明月真堪友，滿榻清風不用錢。便死也勝千百輩，少留更望二三年。湖橋酒美能來醉，一棹何妨作水仙。

方回：翁是年有詩云：「老出鄉閭右，貧過仕宦初。」亦佳句。蓋已八十四矣。

紀昀：三、四太現成，五、六太粗直，此晚境頽唐之過。

遣興

幾看人間歲月新，釣船猶繫鏡湖濱。曾穿高帝朝元仗，却作山陰版籍民。留病三分嫌太健〔一七〕，忍饑半日未全貧。早知晝錦能爲祟，翁子終身合負薪。

陸貽典：朱買臣字翁子。

查慎行：「晝錦」亦能爲祟，胸次高出尋常。

紀昀：全似香山。○「祟」字粗鄙。

書齋壁

平生憂患苦縈纏，菱刺磨成芡實圓。天下不知誰竟是，古來唯有醉差賢。過堂未悟鐘將釁，晲柱誰知璧偶全。自笑爲農行没世，尚如驚雁落空絃。

紀昀：亦太頹唐。○次句俚。

遣興

俟印從來非所圖，赤丁子亦不容呼。着低怯對新棋敵，量減愁添舊酒徒。生世豈能常役役，酣歌且復和嗚嗚。扁舟到處皆吾境，莫問桐江與鏡湖。

馮舒：如此用事，山谷遺殃。

馮班：第二句如何要唤鬼？

紀昀：亦滑調。○次句何故用此怪事？

家住城南剡曲傍，門前山色蘸湖光。三朝執戟悲年壯，二頃扶犂樂歲穰。名姓已隨身共隱，文辭終與道相忘[一八]。子孫勉守東臯業，小甑吳粳底樣香。

方回：五、六好議論。
陸貽典：剡溪在山陰。
紀昀：此較雅飭。
無名氏（甲）：王績隱居東皋。

雜興

散髮林間萬事輕，夢魂安穩氣和平。只知秋菊有佳色，那問荒雞非惡聲。達士招呼同嘯傲，福人分付與功名。一篇説盡逍遥理，始信蒙莊是達生。

紀昀：五、六淺直。
無名氏（甲）：祖逖聞雞起舞，云「此非惡聲」。

信筆

范石湖

天地同浮水上萍，羲娥迭耀案頭螢。山中名器兩芒屩，花下友朋雙玉缾。童子昔曾誇了了，主翁今但諾惺惺。歸田贏得都無事，輸與諸公汗簡青。

方回：尾句是出處之間有感云云。

查慎行：先生有諸惺菴。

紀昀：起二句另是一種野調，中四句亦太涉「江西」。

請息齋書事

覆雨翻雲轉手成，紛紛輕薄可憐生。天無寒暑無時令，人不炎涼不世情。栩栩算來俱蝶夢，喈喈能有幾雞鳴。冰山側畔紅塵漲，不隔瑶臺月露清。

馮舒：放翁之流儘自在。〇次聯勸世歌。

馮班：石湖體畢竟不堪愛，氣味惡，語言欠穩也。如第五句只是人事如夢耳，連栩二字便不好，「栩栩」如何著得「算」字？

紀昀：三、四粗鄙，六句用「風雨雞鳴」意而删去「風雨」，語便不明。七句太淺露。

刻木牽絲罷戲場，祭終雨後兩相忘。門雖有雀尚廷尉，食已無魚休孟嘗。蝨裹趨時真是賊，虎中宣力任爲倀。籬東舍北誰情話，雞語鷗盟意却長。

馮班：大廈亦有雀，只是可設雀羅，方見寂寞耳。〇石湖好處出於白。

紀昀：五、六訐激，殊傷大雅。

聚蚋醯邊鬧似雷，乞兒争肯向寒灰。長平失勢見何晚，栗里息交歸去來。休問江湖魚有沫，但期雲水鶴無媒。巖扉岫幌牢扃鎖，不是漁樵不與開。

方回：今詳石湖此四詩乃淳熙十二年乙巳正月作。時年六十歲也。

紀昀：三詩純是牢騷，殊失和平之旨。

無名氏（甲）：栗里，陶令所居。

孤山寒食

趙師秀

三月芳菲在水邊，旅人消困亦隨緣。晴舒蝶羽初匀粉，雨壓楊花未放綿。有句自題閑處壁，無錢難上貴時船。最憐隱者高眠地，日日春風是管絃。

方回：趙紫芝之戀戀西湖以終其生〔一九〕，錢塘詩人大率如此。當時昇平，看人富貴，以一身混其中，亦不爲大無聊也。

馮舒：尚是治世閑寫。

紀昀：蝶可云翅，不可云「羽」。此因飛卿「蝶翎朝粉重」而誤，然「翎」字先已有病。五、六寒儉太甚。

校勘記

〔一〕變一作戀　紀昀：作「戀」字好。　〔二〕雨送　許印芳：「雨」一作「風」。　〔三〕先爭　查慎行：「先」原訛作「是」。　〔四〕投荒　按：「荒」原作「閑」，據康熙五十二年本、紀昀刊誤本校改。　〔五〕九年十一月二十一日感事而作　按：「九年」上原有「此是」二字。張載華：閒卧有所思二首、九年十一月一首俱見香山後集，律髓於「九年」上誤增「此是」二字。（查慎行）先生評格上云：「『此是』二字當删。」　〔六〕不敢　按：「敢」原作「暇」，據康熙五十二年本、紀昀刊誤本校改。　〔七〕倚伏　按：「伏」原訛作「杖」，據康熙五十二年本、紀昀刊誤本校改。　〔八〕辨才　查慎行：「才」當作「材」。　〔九〕未篡時　馮班：「未篡」一作「下士」。〔一〇〕韓致堯　紀昀：「堯」原訛作「光」。　〔一一〕春中　紀昀：「中」字再校。　〔一二〕遠遊　馮班：「遊」一作「愁」。　〔一三〕留行　按：「留」原作「流」。　查慎行：「流」當作「留」。據康熙五十二年本、紀昀刊誤本校改。　〔一四〕非大　按：「非」原訛作「小」，據康熙五十二年本、紀昀刊誤本校改。　〔一五〕已老　許印芳：「已」當作「憶」。　〔一六〕此翁　紀昀：「此」字下脱一「放」字。　〔一七〕太健　查慎行：「健」原訛作「近」。　〔一八〕相忘　查慎行、許印芳：「忘」當作「妨」。　〔一九〕終其生　按：「身」誤作「生」。

瀛奎律髓彙評卷之四十　兄弟類

李光垣：原闕五言及小序。

七言　七首

喜敏中及第偶示所懷

白樂天

自知羣從爲儒少，豈料詞場中第頻。桂折一枝先許我，楊穿三葉盡驚人。轉於文墨須留意，貴向烟霄早致身。莫學我兄〔一〕年五十，蹉跎始得掌絲綸。

紀昀：自是真語，然格力卑靡太甚。○「我兄」二字不似自稱，或「汝兄」之訛。

敏中新授户部員外郎西歸　長慶

千里歸程三伏天，官新身健馬翩翩。行衝赤日加飧飯，上到青雲穩着鞭。老郎唯我在，客曹故事望君傳。前鴻後雁行難續，相去迢迢二十年。

紀昀：亦是滑調。

送二十兄還鎮江　李巽伯

此行檢校幽棲事，佳處知公故未忘。新笋豈應過母大，舊松想已及人長。老來對客須靈照，貧後持家藉孟光。世亂身危何處是，二年孤負北窗涼。

方回：李處權字巽伯。洛陽人。邯鄲公淑之後。有崧庵集。宣和間與陳叔易、朱希真以詩名。南渡後嘗領三衢。

馮班：笋過於母有何不應？及人之松只是新松耳。

紀昀：第三句拙。○純是自道胸懷，題中忽開新境，語亦清遒。

布作高陽臺衆樂園成被命與金陵易地兄弟待罪待從對更方面實爲私門之慶走筆寄子開弟

曾子宣

樓臺丹碧照天涯，塞北江南未足誇。千里烟波方種柳，萬株桃李未開花。一麾同下西清路，兩鎮高迎〔二〕上將牙。回首林塘莫留戀，風光還屬阿連家。

紀昀：格雖未高，而序致特爲清穩。○結得醒豁。

肇謹次元韻

曾子開

文物河間信可嘉，風流江左亦堪誇。水南水北千竿竹，山後山前二月花。久愧迂儒懷郡紱，聊須儁老駐軍牙。兩州耆舊無多怪，魯衛從來是一家。

方回：此事古今希有。曾布子宣守高陽，弟肇子開守金陵，兩易，將吏交迎送於途，誠盛事也。後子宣相，子開當制，尤盛事也。又其後居京口，先後一日卒。惜子宣爲小人之相。

紀昀：不及子宣作遠甚。

示長安君　王半山

少年離别意非輕，老去相逢亦愴情。草草杯盤供笑語，昏昏燈火話平生。自憐湖客〔三〕三年隔，又作塵沙萬里行。欲問後期何日是，寄書應見雁南征。

紀昀：李雁湖注此詩，恐是使北時作。長安君，公妹也。〇三、四好。

許印芳：情真格老，舉止大方，絶似中唐人。

宋匪躬太祝先輩示及劉貢父伯仲三人同年登第之詩因奉一篇　王平甫

六朝文物事當奇，閥閲如今舉世推。射策人争看三虎，薦書吾早識孤羆。集英曉日臚傳後，瓊苑春風宴喜時。共羨絲綸歸世掌，還開鑾隔鳳凰池。

方回：元注：「太祝京西第一，薦時予爲考官。」

紀昀：「事當奇」三字不妥。此種詩不能不隨俗酬應，存稿已不可，況選録以爲後人之法？〇此卷亦不佳，然未甚惡。

校勘記

〔一〕我兄　馮班：「我」當作「爾」。

〔二〕高迎　紀昀：「高」字於文義應作「交」。

〔三〕湖客　許印芳：「客」一作「海」。

瀛奎律髓彙評卷之四十一　子息類

五言　六首

卜歲日喜談氏外孫女孩滿月

白樂天

今旦夫妻喜，他人豈得知。自嗟生女晚，敢訝見孫遲。物以稀爲貴，情因老更慈。新年逢吉日，滿月乞名時。桂燎熏花果，蘭湯洗玉肌。懷中有可抱，何用是男兒。

紀昀：直寫真情，尚不涉俚語。華而情僞，非也；情真而語鄙，亦非也。

許印芳：詩不足學，以紀批可取，録之。

阿雀〔一〕兒詩

謝病卧東都，羸然一老夫。孤單同伯道，遲暮過商瞿。豈料鬢成雪，方看掌上珠。已衰寧望有，雖晚亦勝無。蘭入前春夢，桑懸〔二〕昨日弧。里閭多慶賀，親戚共歡娱。膩剃新胎髮，香綳小繡襦。玉芽開手爪，酥顆點肌膚。乳氣初離彀，啼聲漸變雛。何時能反哺，供養白頭烏。

方回：元、白皆苦無子，樂天晚得此子，後亦夭也。詩人窮相，形容無所不至，晚乃所以妨此子歟？

查慎行：「膩剃」以下四聯，熨貼細膩。

紀昀：起八句極老健。〇白詩最患敷衍，惟此爲生平得意事，故不嫌於細寫，所謂言各有當也。若論詩法，則當以「膩剃」二句接「雖晚」二句，以「何時」二句接「膩剃」二句足矣。〇「乳氣」、「啼聲」二句俱不佳。

許印芳：此原詩批語也，依此删節，通體俱老健。曉嵐既圈前八句，後四句亦可圈矣。學者於此當知詩文總貴簡練，不尚繁縟。〔按：紀昀在第一至第八句旁加密圈，後十二句未加圈。〕

無名氏（甲）：商瞿四十無子，欲出其妻。夫子止之，謂後必多子。果舉五丈夫子焉。

許印芳：勝，讀平聲，義從去聲。○從紀删本，原詩十韻，删爲六韻。

詠孩子

嚴維

嘉客會初筵，宜時魄再圓。衆皆含笑戲，誰不點頭憐。繡被花堪摘，羅綳色欲妍。將雛有舊曲，還入武城絃。

紀昀：題太質。此宜入「著題類」。觀末二句，乃縣令湯餅會上作，非自詠子息也。應酬率筆，無可采處。

楊本勝説於長安見小兒阿衮

李商隱

聞君來日下，見我最嬌兒。漸大啼應數，長貧學恐遲。寄人龍種瘦，失母鳳雛癡。語罷休邊角，青燈兩鬢絲。

查慎行：義山集中「衮師我嬌兒」五古一章絶佳，今乃稱爲「龍種」、「鳳雛」，誇張似乎太過。

何義門：時在東川。

紀昀：義山本宗室，故有「龍種」、「鳳雛」之句。結得有餘不盡，異乎元、白之竭情。蓋元、白務變新聲，温、李猶存古法。

小孫納婦　姜梅山

慶事集朋親，孫枝喜氣新。歌雲停碧落，舞雪眩青春。暖日花君子，清樽酒聖人。一春行樂地，不負牡丹辰。

方回：此翁樂哉！爲人祖而見孫納婦，貧亦樂也，而況富貴乎？

馮班：太不着題。「歌雲」、「舞雪」等字於此題用不着。○此只是爲孫娶婦，家宴有歌舞耳，然語不避嫌爲拙也。○第三句寬冗。第五句太寬冗。第七句寬冗。結句不着題。

紀昀：俗氣太重，不足言詩。

哭開孫　陸放翁

學步漸扶床，乘車已駕羊。虛稱砌臺史，不遇玉函方。杳杳天難問，茫茫夜正長。寂寥誰伴汝，蕭寺閉空房。

紀昀：此種題目無處見工，悲亦窠臼，曠亦窠臼。

七言 六首

予與微之老而無子發於言歎著在詩篇今年冬各有一子戲作二什一以相賀一以自嘲

白樂天

常憂到老都無子，何況新生又是兒。陰德自然宜有慶，皇天可得道無知。一園水竹今爲主，百卷文章更付誰。莫慮鵷雛無浴處，即應重入鳳凰池。

五十八翁方有後，靜思堪喜亦堪嗟。一珠甚小還慚蚌，八子雖多不羡鴉。秋月晚生丹桂實，春風初長紫蘭芽。持杯願祝無他語，慎勿頑愚似汝爺。

方回：樂天生於大曆七年壬子。此年太和三年己酉，年五十八歲。微之小樂天七歲。是年五十一。

紀昀：二詩皆太頹唐。

無名氏（甲）：烏生八、九子。

哭雀兒〔三〕

掌珠一顆兒三歲，鬢雪千莖父六旬。豈料汝先爲異物，常憂吾不見成人。悲腸自斷非因劍，啼眼加昏不是塵。懷抱又空添默默，依然重作鄧攸身。

方回：六十無子，不容不悲，人情也。

查慎行：首聯及次聯悲痛入情。

紀昀：三、四語淡而情真，用逆挽更覺凄楚。五、六又太俚、太質。

戲題贈二小男

劉長卿

異鄉流落頻生子，幾許悲歡併在身。欲識〔四〕老容羞白髮，每看兒戲憶青春。未知門户堪誰主，見免〔五〕琴書與別人。何幸暮年方有後，舉家相對却沾巾。

方回：第四句已佳，五、六句全似樂天。

紀昀：三句不明晰。五、六極曲折頓挫之致，不似樂天順筆直走。虚谷評非。結亦滿足。

無名氏（甲）：王粲幼時謁蔡邕，邕倒屣以迎，謂吾家琴書當盡與之。

許印芳：三句言兒欲識父之老容，父以白髮爲羞，語自明了，曉嵐訾之非是。〇起句對。

相使君第七男生日

娶妻生子復生男，獨有君家衆所談。荀氏八龍唯欠一，桓生四鳳已過三。他時幹蠱聲名著，今日懸弧宴樂酣。誰道衆賢能繼體，須知箇箇出於藍。

方回：賦第七男，用事造語巧綴。然昌黎五男兒亦如此形狀，不可棄也。

紀昀：此真俗格。

馮班：醜。不可以其唐詩而媚之。

何義門：疑非隨州詩。

紀昀：此種詩不類隨州，恐選下脱寫姓名，再校。

寄二子

陸放翁

大兒新作鶴林遊，仲子經年戍吉州。日日望書常至暮，時時入夢却添愁。得官本自輕齊虜，對景寧當似楚囚。識取乃翁行履處，一生任運笑人謀。

紀昀：頽唐之筆。

無名氏(甲)：高祖罵婁敬：「齊虜以口舌得官。」

校勘記

〔一〕阿雀　馮班、無名氏（甲）：「雀」當作「崔」。　〔二〕桑懸　按：「懸」原作「傳」，據康熙五十二年本、紀昀刊誤本校改。　〔三〕雀兒　馮班：「雀」當作「崔」。　〔四〕欲識　馮班：「識」一作「並」。　〔五〕見免　馮班：「見」一作「且」。

瀛奎律髓彙評卷之四十二　寄贈類

遠而有寄，面而有贈，有寄贈則有酬答，不專取諛，取詩律之精而已。

紀昀：豈有專取諛者？此語殊贅。「不專」字尤有語病，似亦兼取矣。

五言 三十八首

答李司户

宋之問

遠方來下客，輶軒攝使臣。弄琴宜在夜，傾酒貴逢春。駟馬留孤館，雙魚贈故人。明朝散雲雨，遥仰德爲隣。

紀昀：格意甚卑，殊不類延清他作。尾句尤陋。

贈昇州金陵也王使君忠臣　李太白

六代帝王國，三吴佳麗城。賢人當重寄，天子借高名。巨海一邊静，長江萬里清。應須救趙策，未肯棄侯嬴。

方回：盛唐人詩氣魄廣大，晚唐人詩工夫纖細，善學者能兩用之，一出一入，則不可及矣。此詩比老杜，律雖寬而意不迫。

馮班：妙論。

紀昀：此論甚是，但不當入之此詩下。末評不確。

何義門：第二聯輕得好。腹聯勢重難結，故只收到自己。

紀昀：此太白極庸近詩，五句尤拙，獨取入集，殊不可解。

忝職武昌初至夏口書事獻府主　竇鞏

白髮放櫜鞬，梁王舊愛全。竹籬江畔宅，梅雨病中天。時奉登臨宴，閒修上水船。時人輿謗易，莫遣鶴猜錢〔一〕。

方回：此所謂「府主」，乃元稹微之也。元以故相爲武昌節度，固請友封爲副戎，除秘少兼中丞以往。「鶴」者友封自謂也。

查慎行：「鶴猜錢」不解。

張載華：蒿廬夫子云：「唐幕府官俸謂之『鶴料』，見墨莊漫録。」

紀昀：次句不佳，三、四自好。然只似閒適詩，上下語脈不甚貫。

無名氏(甲)：末句「猜」字有誤。

戲酬副使中丞見示四韻

元微之

莫恨暫櫜鞬，交游幾箇全。眼明相見日，肺病欲秋天。五馬虚盈櫪，雙蛾浪滿船。可憐俱老大，無處用閒錢。

方回：微之時爲武昌節度，檢校户部尚書，未幾卒於任。

紀昀：無佳處。

微之見寄與竇七酬唱之什本韻外加兩韻

白樂天

旌鉞從櫜鞬，賓僚情禮全。夔龍來要地，鴛鷺下寥天。赭汗騎驕馬，青娥舞醉仙。合成江上作，散到洛中傳。窮巷能無酒，貧池却有船。春裝秋未寄，漫道足閒錢。

方回：「合」音閤。樂天時爲河南尹，和此詩。

紀昀：和詩有此加韻之例，後人罕用。○亦無意味。○「貧池」句俚。

酬思黯戲贈

鍾乳三千兩，金釵十二行。妬他心似火，欺我鬢如霜。慰老資歌笑，銷愁仰酒漿。眼看狂不得，狂得且須狂。

方回：元注：「思黯自云『前後服鍾乳三千兩，甚得力，而歌舞之妓頗多』，來詩謔予羸老，故戲答之。」

紀昀：三、四粗鄙，結亦輕率。

無名氏（甲）：石鍾乳，出南方山中石穴，服之延年。

承竇七中丞見示初至夏口獻戎詩〔二〕輒戲和云

裴晉公度

出佐青油幕，來吟白雪篇。須爲九臯鶴，莫上五湖船。竇詩自稱鶴，兼云治船裝故也。故態君應在，新聲我亦便。聞鄂州初教成謳者甚工。元侯看再入，好被暫留連。

方回：晉公初爲微之所忌。微之在相位不一月而出，晉公終以再入許之，可謂德人君子矣。

紀昀：亦無佳處。

和寄竇七中丞

令狐楚

仙吏秦蛾別，新詩鄂渚來。才推今八斗〔三〕，職賦舊三台。雕鏤心偏許，緘封手自開。何年相贈答，却得到中臺。

方回：令狐楚時爲吏部尚書，和此詩。以前任户部尚書，友封爲當司員外郎，故第四句所云如此。觀此五言詩，足見一時人物風流之盛。

紀昀：唱和雖盛，詩皆不佳。存爲故實則可，以爲詩法則不可。

紀昀：「秦蛾」字未詳，再考。

過劉員外別墅

皇甫曾

謝客開山後，郊扉水去通。江湖千里別，衰老一樽同。返照寒川滿，平田暮雪空。滄洲自有趣，不復哭途窮。

紀昀：重出。

寄劉員外

南憶新安郡，千山〔四〕帶夕陽。斷猿知夜久，秋草助江長。鬢髮〔五〕應成素，青松獨見霜。愛才稱漢帝，題柱在田郎〔六〕。

方回：此所謂新安者，唐之睦州，今之嚴州。今稱嚴爲新定郡，歙爲新安郡。在唐時二郡總亦〔七〕稱新安。

何義門：五、六對法極變，曲折頓挫。

紀昀：「千山」句自好。然是懸憶之詞，則「夕陽」字嫌於説定，「夜久」字不貫「夕陽」。「秋草」如何「助江長」？不可解。五、六二句，一賦一比，然語不工。

喜皇甫侍御相訪

劉長卿

荒村帶晚照，落葉亂紛紛。古路無行客，空山獨見君。野橋經雨斷，澗水向田分。不爲憐同病，何人到白雲。

方回：劉長卿詩細淡而不顯焕。觀者當緩緩味之，不可造次一觀而已也。

紀昀：隨州五律甚精采，評語謬。

馮舒：細能不弱，淡實有味。

馮班：見「冬日類」。

何義門：畫出聞人足音，跫然而喜。

紀昀：重出。〇此詩何以入「寄贈」？

酬皇甫侍御見寄前相國姑臧公初臨郡

離别江南北，汀洲葉再黄。路遥雲共水，砧迴月如霜。歲儉依仁政，年衰離故鄉〔八〕。佇看宣政召〔九〕，漢法倚張綱。

方回：第五句不涉風物，未嘗不新。

紀昀：意總在言情而不寫景，然古人詩法不必定寫景，亦不必不寫景，惟其當而已矣。「江西」諸人始以擺落爲高，虚谷因而加僻焉，非篤論也。

紀昀：題中「前相國」云云當注。五句下與全詩無涉，不宜入之題中。〇通體深穩。

酬包諫議見寄之什

佐郡媿頑踈〔一〇〕，殊方親里閭。家貧寒未度，身老歲將除。過雪山僧至，依陽野客舒。藥陳隨遠宦，梅發對幽居。落日棲鴞鳥，行人遺鯉魚。高文不可和，空媿學相如。

方回：包佶謫病寄詩，此所和也。

馮舒：「舒」字韻脚不煞。

何義門：「落日」句一襯，結出下句，頓覺悲喜交集。五、六就適志事點化出凄苦，況味妙絶。此二句已造自然。

紀昀：語亦疏暢，所乏深警耳。○次句「里閭」作「民」字解，言親民之官也。終覺趁韻。十句忽落到來詩，對法不測。

敬酬李判官使院即事見呈

岑參

公府日無事，吾徒只是閒。草根侵柱礎，苔色上門關。映硯〔一一〕時見〔一二〕鳥，卷簾晴對山。新詩吟未足，昨夜夢東還。

方回：天寶年間詩皆如此飽滿。

紀昀：此詩未見飽滿，盛唐詩亦有工有拙，「皆如此」三字尤有病。

紀昀：次句率，三、四已逗武功一派，五句未自然。

送張南史 一云「寄李紓」

郎士元

雨過〔三〕深巷静，獨酌送殘春。車馬雖嫌僻，鶯花不厭貧。蟲絲黏户網，鼠蹟印床塵。問道山陽會，如今有幾人？

馮班：腹聯用事，如出胸臆。

紀昀：既入「寄贈」，則題目宜從别本。○三、四高唱。

無名氏（甲）：山陽在懷慶，嵇、阮諸公所會處。

贈劉乂

姚合

自君離海上，垂釣更何人！獨宿空堂雨，閑行九陌塵。避時曾變姓，救難似嫌身。何處相期宿，咸陽酒市春。

方回：劉乂豪俠之士，嘗殺人亡命。此詩殆乂之真像也。

馮舒：意謂如叉者方可垂釣耳。
馮班：次聯妙。
紀昀：第六句迂曲。

贈張質山人

先生居處僻，荊棘與牆齊。酒好寧論價，詩狂不着題。燒成度世藥，踏盡上山梯。懶聽閒人語，爭如谷鳥啼。

方回：世間多怪人，喜吟詩而不切者多有之。

馮舒：「詩狂」句中有妙理，非虚谷所知。

紀昀：此「着」字作「安」字解，言詩惟興到即吟，不似他人定安題目耳。虚谷解謬。

紀昀：四句粗野，五、六又太率易，結亦粗野。

贈姚合少府

張司業

病來辭赤縣，案上有丹經。爲客燒茶竈，教兒掃竹亭。詩成添舊卷，酒盡卧空瓶。闕下今遺逸，誰瞻隱士星！

馮舒：「卧」字真妙。
紀昀：贈姚即似姚。

寄孫沖主簿公〔一四〕

低折滄洲簿，無書整兩春。馬從同事借，妻怕罷官貧。道僻收閑藥，詩高笑古人。仍聞長吏奏，表乞鎖廳頻。

方回：中四句賈浪仙相似，姚武功未及也。
紀昀：只似武功、浪仙，雖澀而不纖、不俚。
馮班：以下二首非文昌詩。
紀昀：起句「低折」二字未詳，四句太俚。

僧任懶〔一五〕

未肯求科第，深坊且隱居。勝遊尋野客，高卧看兵書。點藥醫閑馬，分泉灌遠蔬。漢庭無得意，誰擬薦相如！

方回：中四句極工。

紀昀：惟第四句略可。

紀昀：第五句太俚。

贈喻鳧　方玄英

所得非衆語，衆人那得知。纔吟五字句，又白幾莖髭。月閣欹眠夜，霜軒正坐時。沉思心更苦，恐作滿頭絲。

查慎行：末二句與三、四意複。

紀昀：矯語孤高之派，始自中唐，而盛於晚唐。由漢、魏以逮盛唐，詩人無此習氣也。蓋世降而才愈薄，内不足者不得不囂張其外。

貽錢塘縣路明府

志業不得力，至今猶苦吟。吟成五字句，用破一生心。世路屈聲遠，寒溪怨氣深。前賢多晚達，莫怕鬢霜侵。

方回：「志業」一作「志學」〔一六〕。○「又白幾莖髭」之聯與「用破一生心」之聯意相似，而「破」字未佳。

馮舒：「破」字好。

馮班：方君不解古人語。

紀昀：二聯不相上下，不於此一字論工拙。

紀昀：三、四粗野，五、六尤甚。

中路寄喻鳧

求名如未遂，白路〔一七〕亦難歸。送我樽前酒，典君身上衣。寒蕪隨楚盡，落葉渡淮稀。莫歎干時晚，前心豈便非。

方回：「盡」一作「闊」〔一八〕。○三、四見晚唐詩人其貧如此。

馮舒：何必認真？

紀昀：亦未免太爲竭蹶之音。

紀昀：五句「隨」字不穩。

永州寄翁靈舒

徐道暉

古郡百蠻邊，蒼梧九點烟。去家疑萬里，歸計在明年。風順眠聽角，樓高望見船。筠州當半道，長得秀詩篇。

方回：第六句好。眼前事，但道着便新。

陸貽典：末三句不妥。

紀昀：「四靈」不當編宋景文前。○五句拙笨。六句鄙俚。結二句不醒豁，亦無力。

寄筠州趙紫芝推官

府後巖巒衆，何時訪古仙。井甘隣室共，鐘遠雪風傳。病去茶難廢，詩多石可鐫。蜀江春未動，猶得緩歸船。

方回：三、四好。

紀昀：淺弱。

見楊誠齋〔一九〕　徐文淵

名高身又貴，自住小村深。清得門如水，貧惟帶有金。養生非藥餌，常語盡規箴。四海爲儒者，相逢問信音。

方回：三、四佳。

紀昀：亦薄。○結尤單窘。

寄酬葛天民

翁靈舒

常日已清癯，那兼日未除。傳來五字好，吟了半年餘。鐵柱天人觀，梅花處士廬。江湖正相隔，歲晚更愁予。

馮舒：都無味。

紀昀：第四句鄙極。後半稍清整，然亦是空調。

無名氏（甲）：鐵柱在豫章。

贈滕處士

識君戎馬際，今又十年餘。環海纔安息，先生便隱居。清風三畝宅，白日一床書。長是閒門掩，隣僧亦不如。

紀昀：格在中、晚之間，視中唐較淺薄，而較晚唐爲渾成。

贈葛天民

燕本昔如此，清名千載垂。誰將囊米施，自拾束薪炊。柳影連蓬閣，湖波浸竹籬。朝昏無别事，只是欲吟詩。

陸貽典：賈島，范陽人，初爲僧，號無本，故云「燕本」。

查慎行：「燕本」二字出李長吉詩，僧無本乃燕人。

紀昀：起句「燕本」二字未詳，第三句鄙。

寄幼安[一〇]

周信道

我屋與君室，濟河南北州。相逢楚天晚，却看蜀江流。老境渾能迴，妖氛竟未收。何時一廛地，歸種故園秋。

方回：信道與幼安俱濟南人，故所作云爾。詩意慷慨，當阜陵之時，思中原可也。

紀昀：阜陵以後不可思乎？

馮舒：有唐意。

紀昀：起四句自好。五句費解，不佳。

次韻和季長學正月二十八日出郊見寄之作

宋景文

雅俗傳祠日，州人以二十八日祠保壽侯及唐杜丞相于崇真堂。年華重宴辰。初陽澹江霧，小雨破街塵。是日雨而不濘，游人皆集。客蓋浮輕吹，齋刀儼後陳。林芳催兔目，原色換龍鱗。壤路歌聲雜，溝娼舞疊新。持杯徧酬客，唯欠眼中人。

馮舒：雅麗。

紀昀：「林芳」二句皆有「崑體」組織之病，「壤路」、「溝娼」字皆不佳。

寄外舅郭大夫 槩

陳後山

巴蜀通歸使，妻孥且舊居。深知報消息，不忍問何如。身健何妨遠，情親未忍〔二〕疎。功名欺老病，淚盡數行書。

方回：後山學老杜，此其逼真者。枯淡瘦勁，情味深幽。晚唐人非風、花、雪、月、禽、鳥、蟲、魚、竹、樹，則一字不能作。「九僧」者流，爲人所禁，詩不能成，曷不觀此作乎？

馮舒：以枯淡瘦勁爲杜，所以失之千里，此黄、陳與杜分歧之處。○不枯，不淡，不瘦，不勁，真認差也。○如此學杜，豈不斂手拊心？乃知後山若不入「江西派」，定勝聖俞。

馮班：方君謂：「晚唐人，非風、花、雪、月、禽、鳥、蟲、魚、竹、樹，則一字不能作。」未盡然。

查慎行：「不忍」、「未忍」犯重。四十字中何至失檢點若此？以爲偪近老杜，吾不謂然。

紀昀：晚唐人點綴景物，誠爲瑣屑陳因。然前代詩人亦未嘗不寓情於景，此語雖切中晚唐之病，然必欲一舉而空之，則主持太過。

查慎行：三、四從老杜「翻畏消息來，寸心亦何有」脱胎。

紀昀：情真格老，一氣渾成。馮氏疾後山如仇，亦不能不斂手此詩。公道固有不泯時。

無名氏（甲）：總而論之，凡詩情要深，韻要雅，格要高，律要嚴，才要富。惟老杜兼之，故出奇無窮。後山此作情韻好，故得老杜之一體，方君終不解也。

許印芳：「何」字複。

贈翁卷

劉後村

非止擅唐風，尤於選體工。有時千載事，衹在一聯中。世自輕前輩，天猶活此翁。江湖不相見，纔見又西東。

方回：後村詩比「四靈」斤兩輕，得之易，而磨之猶未瑩也。「四靈」非極瑩不出，所以難。後村晚節詩飽滿。「四靈」用事冗塞，小巧多，風味少，亦減於「四靈」也。靈舒之死最後，容續攷書。

紀昀：亦不極瑩。飽滿，「四靈」猶曰撑腸拄肚，純是「四靈」語耳。此蓋當日方言。

馮班：次聯似唐人。

查慎行：五、六不減少陵，非「四靈」可比。

紀昀：前四句鄙淺，五、六稍健而語太激。

贈高九萬并寄孫季蕃二首

諸人凋落盡，高叟亦中年。行世有千首，買山無一錢。紫髯長拂地，白眼冷看天。古道微如綫，吾儕各勉旃。

紀昀：二詩俱粗鄙。此首結句尤腐。

菊磵説花翁，飄零向浙中。無書上皇帝，有句惱天公。世事年年異，詩人箇箇窮。築臺并下榻，今豈乏英雄。

方回：高九萬詩俗甚，爲老妓詩二首尤俗於後村。孫季蕃老於花酒，以詩禁僅爲詞，皆太平時節閒人也。

查慎行：虚谷不喜「江湖」人，故於詩亦多苛論。然虚谷人品詳見癸辛雜識，詩亦俚鄙，於「江湖」乎何尤？
馮舒：此又「四靈」之曾、趙也。
查慎行：此二詩當作於江湖集劈板之後。〇菊礀，九萬别號。「江湖」所稱孫花翁者，即季蕃也。

寄趙昌父

趙師秀

逃名逃未得，幾載住章泉。便使重承詔，多應不議邊。高風時所係，新集世方傳。憶就江樓别，雪晴江月圓。

方回：末句全犯無可「憶就西湖宿，月圓松竹深」，然亦可喜。
陸貽典：當南宋時而以不議邊爲上，其衰可知矣，究竟比六朝何如？
紀昀：三、四刻意做出，然較之古人沉着語，究是一種氣味。

贈賣書陳秀才

四圍皆古今，永日坐中心。門對官河水，簷依柳樹陰。每留名士飲，屢索老夫吟。最感春燒盡，時容借檢尋。

方回：陳起字宗之，睦親坊賣書開肆。予丁未至行在所，至辛亥年凡五年，猶識其人，且識其子。今近四十年，肆燬人亡，不可見矣。

查慎行：世傳江湖集乃其所刊，後刻板爲史彌遠所毀，陳緣此得罪，并嚴詩禁，史歿後方解。

紀昀：語皆淺率。起二句尤鄙。七句不解，疑是「秦燒燼」之訛。

寄新吳友人

每於樓上立，遠遠望新吳。春至山疑長，江空雨似無。懷才人盡愛，多病體常臞。若治東游策，舟行與子俱。

方回：三、四佳。

紀昀：四句自好，三句景工而語拙。

查慎行：「長」字下得新。

七言 五十八首

酬淮南牛相公述舊見貽

劉賓客

少年曾忝漢庭臣，晚歲空餘老病身。初見相如成賦日，尋爲丞相掃門人。追思往事咨嗟久，喜奉清光笑語頻。猶有登朝舊冠冕，待公三日〔三〕拂埃塵。

馮舒：貼貼八句，只是人不可及。

查慎行：奇章於劉爲晚進。○通首跌宕可喜。

紀昀：此答思黯「曾把文章謁後塵」句，而巽言以解其嫌也。不注本事，了不知爲何語矣。語雖涉應酬，而立言委婉之中，尚不甚折身分，是古人有斟酌處。

酬太原狄尚書見寄

家聲烜赫冠前賢，時望穹崇鎮化邊〔三〕。身上官銜如座主，幕中談笑取同年。幽并俠少趨鞭弭，燕趙佳人奉管絃。仍把天兵書號筆，遠題長句寄山川〔四〕。

馮舒：應酬詩畢竟高不過此公。未必勝吾邑之桑韓，然桑韓至此亦不可勝。

無名氏（甲）：桑聾，謂桑柳州悦。要之明詩入唐調者甚多，其「北地派」猶之「江西派」，餘佳篇林立，總不若宋人之門外也。

查慎行：五、六較之「老將迴席」、「諸生在門」身分高下何如？

紀昀：中山乃作此鄙語。

許印芳：全首庸俗。應酬詩易犯此病，亦最忌犯此病。○「并」，平聲。

寄李蘄州

下車書奏龔黄課，動筆詩傳鮑謝風。江郡謳謡誇杜母，洛陽〔二五〕歡會憶車公。笛愁春盡梅花裏，簟冷秋生薤葉中。蘄州出好笛，并薤葉簟。不道蘄州歌酒少，使君難稱與誰同。

馮班：此首白香山作。

紀昀：前四句太庸濫。

無名氏（甲）：車胤字武子。人謂「坐無車公不樂」。

許印芳：四句用六箇古人，太堆砌，亦太猥雜。

夜宿江浦聞元八改官因寄此什

君遊丹陛已三遷，我泛滄浪欲二年。劍佩曉趨雙鳳闕，烟波夜宿一漁船。交親盡在青雲上，鄉曲遥抛白日邊。若報生涯應笑殺，結茅栽芋種畬田。

查慎行：前半兩兩分屬。

紀昀：此較疎暢，然亦不佳。〇「笑殺」二字雖詩家常用，究是俚詞。

許印芳：「笑殺」二字，用之得宜，却不爲俚。但宜用之七言古體，餘體皆不宜用。此詩前半穩順，惟數目字太多，未免礙格。後半無精思健筆以振之，遂覺通體平沓，不足取矣。

贈竇五判官

韋渠牟

故舊相逢三兩家，愛君兄弟有聲華。文輝錦綵珠垂露，逸興江天綺散霞。美玉自矜頻獻璞，真金難與細披沙。終須撰取新詩品，更比芙蓉出水花。

方回：渠牟自稱重表兄弟竇庠。此詩極工。

馮班：工麗。

查慎行：既「真金」便應「披沙」，何「難」之有？當作「誰」字。似寓慨有味。

紀昀：此竟似後人應酬語。不署姓名，不知其爲唐詩矣。

酬謝韋卿廿五兄俯贈

竇庠

大賢持贈一明璫，蓬蓽初驚滿室光。埋没劍中生紫氣，塵埃瑟上動清商。荆山璞在終應識，楚國人知不是狂。莫恨伏轅身未老，會將筋力見王良。

方回：此詩亦足以當渠牟之賜。

紀昀：「賜」字太過。

紀昀：已開劍南一派。

酬竇大閒居見寄

房儒復

來自三湘到五溪，青楓無樹不猿啼。名慚竹使宦情少，路隔桃源歸思迷。鵩鳥賦成知性命，鯉魚書至恨睽攜。煩君强着潘年比，騎省風流詎可齊？

方回：竇大者名常。所寄詩後四句云：「蝸舍喜時春夢覺，隼旟行處瘴江清。新年且可〔二六〕三十二，却笑情郎〔二七〕白髮生。」故有此答。

紀昀：格亦不高，較有風調。

無名氏（甲）：三湘、五溪在湖南。桃源在武陵，今常德府。

贈商州王使君

張司業

銜命南來會郡堂，却思朝裏接班行。才雄猶是山城守，道薄初爲水部郎。選勝相留開客館，尋幽更引到僧房。明朝從此辭君去，獨出商關路漸長。

紀昀：亦庸沓無致。

同將作韋少監贈李郎中

舊年同過水曹郎，各罷魚符自楚鄉。重着青衫承詔命，齊趨紫殿異班行。别來同説經過事，老去相傳補養方。憶得當時亦連步，如今獨有讀書堂〔二八〕。

紀昀：五、六自好，七句複「舊年」四句。

寄梅處士

擾擾人間是與非，官閒自覺省心機。六行班裏身常下，九列符中事亦稀。市客慣曾賒賤藥，家童驚見着新衣。君今獨得居山樂，應笑多時未便〔二九〕歸。

紀昀：鄙陋至此，而虛谷圜點之。〔按：方回在「市客慣曾賒賤藥」句旁加密點，在「家童驚見着新衣」句旁加密圈。〕

依韻和趙令時

陸陶山

無事何妨數命賓，一湖清境是西隣。栽花要與春爲主，對酒嗔將月借人。詩就彩牋舒卷玉，舞餘花椀倒垂銀。由來景物常無價，謾道錢多會有神。

紀昀：中四句全是俗格，結尤淺近。

贈別吴興太守中父學士

蓬山僊子任天真，乞領南麾奏疏頻。金鎖闕邊辭歘座，水晶宫裏約朱輪。公庭事簡煩丞掾，齋閣詩多泣鬼神。莫爲行春戀苕霅，鑾坡揮筆待詞臣。

紀昀：「泣鬼神」雖本杜詩，而用來終覺不佳，蓋與通首吉祥語不配色耳。

無名氏（甲）：湖州號水晶宫。

和開祖丹陽别子瞻後寄

陳令舉

仙舟繫柳野橋東，會合情多勞謫翁。相對一樽浮蟻酒，輕寒二月小桃風。羈懷散誕謳歌裏，世事縱横醉笑中。莫恨明朝又離索，人生何處不匆匆。

方回：陳舜俞，字令舉。嘉祐四年中制舉。坐詆新法謫南康酒税，日與劉凝之遊，遇赦不仕卒。東坡祭文深痛之。

馮班：好。

紀昀：頗有情韻，惟次句不自然。

寒食中寄鄭起侍郎

楊仲猷

清明時節出郊原，寂寂山城柳映門。水隔淡烟修竹〔三〇〕寺，路經疎雨落花村。天寒酒薄難成醉，地迥樓高易斷魂。回首故山千里外，别離心緒向誰言？

方回：中四句皆美，而下聯世人尤傳。

紀昀：此種别無深味，純以風韻取之。

紀昀：情韻并佳，一望黄茅白葦之中，見此如疏花獨笑。

許印芳：「山」字複。

次韻和内翰楊大年見寄

李虚己

鼇冠三峯碧海寬，雲謡初下藹芝蘭。探珠宫裏驪龍睡，織錦機中彩鳳盤。藥砌蒼苔錢作點，粉牆修竹玉爲竿。閒從莊蝶親凫舄，曾得安期九轉丹。

方回：三、四頌楊文公所作如「琛珠」、「織錦」。五、六言翰苑景物。又謂夢中親炙，承神仙丹點化之力，酷有「崑體」。

紀昀：「崑體」之堆垛無致者。

馮舒：總之呆。

馮班：「崑體」。

次韻和汝南秀才遊浄土見寄

長松繫馬放吟鞭，水殿沉檀一炷烟。苔破閒階幽鳥立，草芳深院老僧眠。桃花欲放條風後，茶蘂新供谷雨〔三二〕前。衰會〔三三〕賞詩多狎客，我無歧路近神仙。

方回：三、四甚佳。虚己官至工侍。初與曾致堯倡和，致堯謂：「子之詩工矣，而其音猶啞。」

虛己惘然，退而精思，得沈休文浮聲切響之説，遂再綴數篇示曾，曾乃駭然歎曰：「得之矣。」予謂此數語詩家大機括也。工而啞，不如不必工而響。潘邠老以句中眼爲響字，吕居仁又有字響、句句響之説，朱文公又以二人晚年詩不皆響責備焉。學者當先去其啞可也。亦在乎抑揚頓挫之間，以意爲脈，以格爲骨，以字爲眼，則盡之。

馮舒：骨豈在「格」？

查慎行：啞響之義，多讀多做自知之。然亦有號稱爲詩家而終身不悟者，細静工夫未講耳。學者深宜體會。○方君云：「以意爲脈，以格爲骨，以字爲眼，則盡之。」作詩奧竅，無出此矣。休文之説猶止皮毛。

紀昀：虛谷云「三、四甚佳」，連起二句觀之乃佳。○虛谷云：「不如不必工而響。」此語主持太過。○虛谷主響之説，未嘗不是，然究是末路工夫。醞釀深厚，而性情真至，興象玲瓏，則自然湧出，有不求響而自響者。又有誦之琅琅，而味之了無餘致。如嘉、隆「七子」之學盛唐，其病更甚於不響，亦不可不知。

將到都先獻樞密太尉相公

宋景文

再試州旟驗不才，却將憔悴到中臺。相車問罷同牛喘，大廈成時與燕來。守壽春日方聞爰立之拜。今日謀猷須丙魏，他年賓客但鄒枚。西園聞道餘春在，尚及花前灎灎杯。

馮班：次聯妙。

紀昀：三句太無身分，句亦不佳。第四句則不妨。五、六太犯老杜「今日朝廷須汲黯」一聯。又「丙」字亦複「牛喘」字。○後四句自排宕有氣。

無名氏（甲）：丙，丙吉；魏，魏相；鄒，鄒陽；枚，枚乘。

和致政燕侍郎〔三〕舟中寄晏尚書

公自壽州換知陳州，至是再入。

異時仙閣對三休，頓首辭榮動邃旒。疏廣故僚供祖帳，鴟夷盡室付歸舟。側階生玉懷歡宴，燕壁圖山代遠遊。新句漸高塵累少，紫芝巖曲要相求。

方回：此晏元憲公也。

紀昀：不免于冗。○鴟夷典用得不的。

無名氏（甲）：司空圖有三休亭。「側堦生玉」，謂側室生子。

送越州陸學士

梅天霞破候旗乾，鄉樹依然越絶間。挾策當年逢掖去，懷章此日繡衣還。亭餘內史浮觴水，路入仙人取箭山。牛酒盛誇先墅宴，不妨春詔得親班。

查慎行：孔靈符會稽記：「射的山西南有白鶴山，此鶴嘗爲仙人取箭，每刮土尋索，遂成此山〔三四〕。」

紀昀：亦涉應酬。○五、六太犯唐鹿門「烟横博望乘槎水」一聯。

留別虞樞密

王景文

太倉宇宙久陳陳，合與英豪共挽新。修造鳳樓須有手，住持烏寺可無人。千官禮絶三司貴，一士歸心萬國春。藉與八風吹六翮，飛騰意度不無神。

方回：劉後村續詩話云：「王質景文與王樞使公明詩云：『試看公出手，毋謂我無人。』與虞丞相云：『寄身江漢歸無所，開眼乾坤見有公。』甚雋快。但下聯云：『修造鳳樓須有手，住持烏寺可無人。』幾於自鬻矣。」

陸貽典：太倉之粟，陳陳相因，如何介「宇宙」二字？「挽新」亦無出。「烏寺」即栢臺烏府。

紀昀：首句言宇宙如太倉之陳陳相因，殊不妥。次句「挽新」二字亦不妥。

寄蘇内翰

劉景文

倦壓鼇頭請左符，笑尋潁尾爲西湖。二三賢守去非遠，六一清風今不孤。四海共知霜鬢滿，重陽曾插菊花無。聚星堂上誰先到，欲傍金罇倒玉壺。

方回：「六一清風」一聯已佳。「四海」「重陽」一聯不唯見天下人共惜東坡之老，又且開慰坡公，隨時消息，不必以時事介意也。句律悲壯豪健，人人能誦之。

紀昀：此評好。

紀昀：「六一」字用其事，非稱其號，故可對「二三」。

無名氏（甲）：「左符」即剖符，右留京，以便合符徵發也。○歐、蘇先後守潁州，潁水之尾有西湖。聚星堂，即詠雪白戰禁體，物戒用玉、鶴、梅、梨等字處。歐、蘇皆爲之。

許印方：歐陽公號六一居士，此正是稱其號。若指「六一」實事而言，則歐陽公可稱之事，有大於「六一」者矣。此詩用之非對「二三」，不過取其字面耳。○東坡和詩已抄在前。○劉季孫，字景文。

次韻劉景文見寄

蘇東坡

淮上東來雙鯉魚，巧將詩信渡江湖。細看落墨皆松瘦，相見掀髯正鶴孤。烈士家風安用此，書生習氣未能無。莫因老驥思千里，醉後哀歌缺唾壺。

方回：坡詩亦足敵景文。三、四勁健，五、六言景文家世壯烈而能詩，氣象嵂屼，未易攀也。

馮舒：坡詩過景文。

紀昀：此評亦允。

紀昀：前半有致。後半極其沉着。五、六是開合句法。「書生習氣」乃指其慷慨悲歌，非謂其能詩也。下解誤。

許印芳：駁得是。按景文寄詩，首句押「符」字，此詩換「魚」字。凡和韻詩，首句不拘韻也。○本集紀批云：「後半沈鬱。」

賈麟自睦來杭復將如蘇戲贈短句

强幾聖

春風那解繫狂游，朝醉桐江暮柳州。大手千篇隨地掃，一身四海學雲浮〔三五〕。榮名不落閒宵夢，退築聊爲歲晚謀〔三六〕。老橘殘鱸猶有興，片心還起〔三七〕洞庭舟。

方回：强至幾聖，餘杭人，精於詩，有祠部集。此特其一耳。

紀昀：起得飄灑。四句「逐」訛「學」，「學」字病在着力。○「還」字複「猶」字。

許印芳：唐人皆稱七言詩爲長句。此題宜改正。

和子瞻沿〔三八〕牒京口憶西湖出游見寄

陳述古

春陰漠漠燕飛飛，可惜春風〔三九〕與子違。半嶺烟霞紅旆入，滿湖風月畫船歸。緱笙一闋人何在，遼鶴重來事已非。猶憶去年題別處，鳥啼花落客沾衣。

紀昀：殊饒情調。

寄長沙簿孫明遠

楊龜山

陽城衰晚拙催科，闔寢空慚罪已多。祭竈請隣君自適，載醪祛惑我誰過。猗猗庭倚蘭堪佩，寂寂門無雀可羅。歸去行尋溪上侶，爲投纓紱換漁簔。

方回：楊公道學大儒，詩其餘事。此篇齊整，元祐人句法也。

紀昀：板實乏韻。宋儒詩格多如斯，究非風雅的派。徒以大儒而選之，未免依草附木之見。

寄陳鼎

張宛丘

懶着青衫〔四〇〕泥醉眠，近來沽酒困無錢。常憂送乏隣僧米，何啻寒無坐客氈。直道謾憑詹尹卜，浮生已付祖師禪。衹因居士無醒日，知有淵明種秫田。

方回：元注：「陳新置九華田，自號居士。」

紀昀：三句「送乏」二字未堅老。

李光垣：「無」字三見。

長句贈邠老

衰疲坐甑極蒸噓，念子柯山守舊廬。廬叟今無僧送米，董生時有吏徵租。上書自薦心應恥，扶策躬耕計未疎。虎豹九關今肅穆，王門行看曳長裾。

紀昀：首句不灑脱。末二句不甚了了。

次韻李德載見寄

頭顱幸獲免姦鋒，甘分江湖守釣蓬。老得一州聊自慰，相望千里與誰同。已欣臺省登羣俊，猶數湖湘卧病翁。元注謂二蘇公來書云及。詩就醉餘頻走筆，待觀雲海戲羣鴻。

紀昀：首句粗鄙。○末二句乃自嘲老境頹唐之意。

李光垣：「羣」字複。

次韻陳師道無己見寄

曾文昭

故人南北歎乖離，忽把清詩慰所思。松茂雪霜無改色，雞鳴風雨不愆時。著書子已通科斗，竊食吾方逐鷺斯。便欲去爲林下友，懶隨年少樂新知。

方回：師道曾作尚書傳，故云。

馮舒：五句，若著字書，則文理通。

查慎行：「科斗」謂古文尚書。

紀昀：無新警語，而自爽健。

代祖父次韻酬羅君寶見贈

廖用中

蕭條門巷陋於顔，老去青春僅得閒。心畫傳家無計策，手談留客漫機關。靜思往事千年上，俯歎勞生一夢間。多謝光臨無别意，爲聞流水與高山。

方回：廖剛字用中，南劍州順昌人。崇寧五年進士，仕至尚書。方曾大母八、九十時，陳了翁爲其世綵堂詩，後達高廟乙覽。此代祖父次韻，細潤。有集曰高峯。

紀昀：穩愜不支。

許印芳：「畫」音或。「無」字複。

寄靈仙觀舒職方學士

楊文公

緑髮郎潛不記年，却尋丹竈味靈篇。華陰學霧還成市，彭澤横琴豈要絃。曉案祇因飡沆瀣，夜灘誰見弄潺湲。須知吏隱金門客，待乞刀圭作地仙。

紀昀：似義山不經意應酬詩。

無名氏（甲）：華陰張楷字公超。能爲五里霧，所居成市。

又

錢思公

方瞳玄髮粉爲郎，絳闕齋心奉紫皇。徵士高懷雲在嶺，騷人秋思水周堂。閒園露草開三徑，靈宇華燈燭九光。知有美田堪種玉，幾時春渚逐歸艎。

紀昀：不及大年作。○首句「粉爲郎」三字不佳。

又

劉子儀

石渠仙署久離羣，抗蹟丹臺世絶倫。揚子不甘嘲尚白，漆園終許自全真。紫烟深處鸞雙舞，朱髓成來鳥共伸。若向雲中見雞犬，可能渾望姓劉人。

馮班：似皮、陸。

紀昀：亦不及大年作。結句點綴小有致。

答内翰學士

舒雅

清貴無過近侍臣，多情猶隱舊交親。金蓮燭下裁詩句，麟角峯前寄隱淪。和氣忽飄燕谷暖，好風隨起謝庭春。緘藏便是山家寶，留與兒孫世不貧。

馮舒：此必韓熙載，不則徐氏昆仲也。

馮班：此是答楊文公耳。〇氣概。

查慎行：第六句寒乞相。

紀昀：此更應酬庸近之筆，又不及錢、劉二作。

寄荆南故人

章冠之

餘生自拼一虚舟，未害尋詩慰客愁。梅欲飄零猶醖藉，柳纔依約已風流。關心弟妹無黄犬，入夢江湖有白鷗。别後故人相念否，東風應倚仲宣樓。

馮舒：三、四宋句，亦得。

陸貽典：起句亦太拙。

紀昀：三、四有致，通體風味特佳。

許印芳：「風」字複。○章甫字冠之。

和趙宣二首

胡明仲

徧游南北與西東，欲訪人間國士風。處世甚疎皆笑我，宅心無累獨奇公。詩才自媿非三上，酒聖相從又一中。芍藥待開應且住，莫令清賞轉頭空。

紀昀：三、四作意跳脱，而仍不免於庸沓。

冠月裾雲佩緑霞，百年將此送生涯。愁心别後無詩草，病眼燈前有醉花。落筆擅場聊寫意，背山臨水遂成家。也須南畝多栽秫，休似東陵只種瓜。

方回：致堂先生大手筆。讀史管見、崇正辨之餘，成此詩耳。

紀昀：不必如此支蔓，二書何預於此詩？

馮班：結趁韻。

紀昀：此首特佳，道學詩之不涉道學者。

贈胡衡仲

楊誠齋

風騷堂上徑雄趨，不作俳辭笑已乎。紙落烟雲春醉旭[四二]，氣含蔬筍薄僧殊。夜來霜月千家滿，雨後風埃半點無。安得與君幽討去，一觴一詠惱西湖。

方回：當改，以用二僧事也。

馮班：旭豈僧乎？

馮班：不作李太白，豈佳語？遂雄趨風騷堂上乎？○「醉旭」非僧事。○「僧殊」無謂。○第四句不妥。

查慎行：「笑已乎」出青蓮詩。

紀昀：「笑矣乎」太白集中篇名。四句事太近，宋人好用當代事，亦是一病。

嚴州贈姜梅山

陸放翁

故人玉骨已生苔，謂南澗公。晚與君游亦樂哉。湖寺繫舟無夢去，京塵馳騎有詩來。醉中不敢教兒誦，看處常須盥手開。彈壓風光須健筆，相期力斡萬鈞回。

方回：放翁爲嚴州，姜特立在婺，以詩寄之，故有此作。五、六佳。

紀昀：亦應酬凡近語。

寄姜梅山雷字詩

章臺官柳映宮槐，寶馬蹄輕不動埃。只怪好詩無與敵，誰知古學有從來。江山常逐客帆遠，歲月不禁衙鼓催。剩約東隣投浄社，高情千載友宗雷。

方回：三、四乃教人作詩之法。不可强捱，必有本者如是。

紀昀：其理甚是，而其句不佳，所謂酸餡氣也。

無名氏（甲）：「浄社」，即白蓮社，晉僧慧遠與宗炳、雷次宗結社於此。

和陸放翁見寄

姜梅山

遥知三徑長荒苔，解組東歸亦快哉。津岸紛紛羣吏去，船頭衮衮好山來。平時佳客應相過，勝日清樽想屢開。若許詩篇數還往，直須共挽古風回。

方回：此姜特立答和放翁詩。三、四佳。陸集並無姜詩。

紀昀：此句未詳。

紀昀：疎爽，勝放翁贈詩。

許印芳：放翁贈詩末云：「彈壓風光須健筆，相期力斡萬鈞回。」此詩末聯正答其意。○「數」音朔。○姜特立，字邦傑，號梅山。

和陸郎中放翁

午庭風雨撼高槐，一洗城頭十丈埃。老子坐間尋句好，故人門外寄詩來。勁鋒久服穿楊妙，鈍思深慚擊鉢催。清佩左符君未可，要聽吟思發春雷。

方回：此放翁爲禮部時倡和詩也。

紀昀：此有野氣。

寄汪尚書

五十年間歎闊疏，相忘兩地復江湖。書來筆底驚强健，詩去吟邊想步趨。好對青山看歌舞，莫嫌紅粉笑髭鬚。鳳毛已有哦松韻，尚記金華舊範模。

方回：五、六出奇，不可束縛。

馮班：五、六真白傅矣。餘未稱。

查慎行：「今日頭盤三兩擲，翠娥應笑白髭鬚。」香山句也。第六句本此。

張載華：蒿廬夫子云：「今日頭盤」二句乃微之詩，非樂天詩也。

紀昀：四句欠自然。

和姜梅山見寄

汪大猷

投分雖深迹却疏，君居東婺我西湖。兒曹方喜承毛檄，父執應容效鯉趨。慨念舊遊多宿草，舊同官六十餘人，今唯大猷與公獨存。僅餘二老見霜鬚。詩來喚起相思夢，又向梅山得楷模。

方回：此尚書汪公酬姜之詩。五、六亦老筆。

答山谷先生

高子勉

四篇詩得褭蹄金，妙旨初臨法語尋。要我盡除兒子氣，知公全用老婆心。平章許事真難可，付囑斯文豈易任。感激面東垂涕泗，高山從此少知音。

方回：高荷子勉，江陵人。五言律三十韻，贄見山谷。中有曰：「蜀天何處盡，巴月幾回彎。點檢金閨彦，飄零玉筍班。尚全宗廟器，猶隔鬼門關。」山谷賞之，遂知名。和山谷六言皆佳，蠟梅絶句尤奇。和王子予章華碑有云：「威强九鼎懼，喪亂一臺成。」亦可喜。後知涿州卒。詩入「江西派」。芍藥詩云：「勃興連轂雨，閏位次花王。」春盡詩云：「佳人鬭草百，稚子擊毬雙。」謁馬中玉云：「辨雖豪白馬，讒亦困青蠅。」皆可取。

馮舒：如此惡詩，非「江西」惡派無處收拾。

紀昀：通體粗鄙，三、四尤甚。

寄文潛無咎少游三學士

陳後山

北來消息不真傳〔四二〕，南度相忘〔四三〕更記年。湖海一舟須此老，蓬瀛方丈自非仙〔四四〕。數臨黄卷聊遮眼，穩上青雲小着鞭。李杜齊名吾豈敢，晚風無樹不鳴蟬。

方回：元祐初晁、張俱召試入館，後山於二年四月始得官，故進二公於富貴，而猶欲其驟進也。

「青雲小着鞭」，本白樂天贈乃兄詩語也。

馮舒：「方丈」如何對「一舟」？而「江西」反以爲佳，真惡派。

紀昀：峭健而不乏姿韻。○結得别致。

許印芳：「數」音朔。

寄秦州曾侍郎 子開

八年門第故違離，千里河山費夢思。淮海風濤真有道，麒麟圖畫豈無時。今朝有客傳何尹，是處逢人説項斯。三徑未成心已具，世間惟有白鷗知。

紀昀：「有道」，用列子孔子見人游吕梁事，殊晦澀。後四句筆力雄拓，氣脈完足。

寄侍讀蘇尚書

六月西湖早得秋，二年歸思與遲留。一時賓客餘枚叟，在處兒童説細侯。經國向來須老手，有懷何必到壺頭。遥知丹地開黄卷，解記清波没白鷗。

方回：此規東坡以進用不已，恐必有後患也。乃是潁州召入時後，又有寄送定州蘇尚書詩，亦云「海道無違具一舟」，君子愛人以德如此。

馮舒：二詩亦得。

紀昀：規戒語以婉約出之，故是詩人之筆。

許印芳：西湖有四，一在鄢陵，一在許昌，一在杭州，一在潁州。此指潁州之西湖言。枚叟自比，細侯比蘇。「有懷」句用馬伏波征五溪蠻事。伏波年踰六十，五溪之行，知進而不知退，卒之壺頭失利，病疫而殁，後山蓋以此規東坡也。壺頭，山名，借對「老手」，不覺其纖。上句虛，下句實，亦不覺其偏重。蓋能以意運典，不爲故事所拘。且筆勢排宕，無死於句下之病。此等可以爲法。末句指老杜「白鷗没浩蕩」詩，以全身遠害望之也。○八句皆對。

贈田從先

衣冠魯國動成羣，憂患相從只有君。落筆如流寧蹈襲，行前應敵却紛紜。愧非伏老成和伯，喜有侯芭守子雲。意氣有餘工用少，相忘千里定能勤。

方回：晚唐詩諱用事，然前輩善作詩者必善於用事。此於師弟子間引兩事用之，有何不可？

馮班：晚唐並不諱用事。

紀昀：此論最是。

紀昀：此首嫌有「江西」楂牙之氣。

贈王聿修商子常

欲作新詩挑兩公，含毫不下思無窮。貪逢大敵能無懼？强畫修眉每未工。長病忍狂妨痛飲，晚雲朝雨滯晴空。正須好句留春住，可使風飄萬點紅。

方回：「能」字、「每」字乃是以虚字爲眼。非此二字，精神安在？善吟詠古詩者，只點綴一、二好字高唱起，而知其用力着意之地矣。

馮舒：渾是鬼話。

馮班：此説最害事。

紀昀：此種議論似獨得悟門，而實則魔趣。

紀昀：語亦健峭。○五、六是就句對法。

許印芳：詩家語助詞，反用者多，如此詩三句所謂「能」者，豈能也。八句所謂「可」者，豈可也。初學宜知之。○五、六就句對本是常格，而上句説情，下句説景，却是變格。虚谷知講變格，此聯却又不講，何也？

贈漳州守綦叔厚

陳簡齋

過盡蠻荒興復新，漳州畫戟擁詩人。十年去國九行旅，萬里逢公一欠伸。王粲登樓還感慨，紀瞻赴召欲逡巡。繩床相對有今日，牘醉齋中軟脚春。

紀昀：「一欠伸」三字不妥。

寄德升〔四五〕大光

君王優詔起羣公，也置樵夫尺一〔四六〕中。易着青衫隨世事，難將白髮犯秋風。共談太極非無意，能繫蒼生本不同。却倚紫陽千丈嶺，遥瞻黄鵠九霄東。

馮舒：做的不妨，選的不是。

馮班：「東」字趁韻。

紀昀：看似率易，而筆力極爲雄闊。

鵝湖示同志

陸九齡

孩提知愛長知欽，古聖相傳只此心。大抵有基方築室，未聞無址可成岑。留情傳注翻榛塞，着意精微轉陸沉。珍重友朋勤切琢，須知至樂在於今。

方回：復齋先生陸公九齡，字子壽，撫州金谿人。父賀生六子，公居第五。乾道四年由太學第進士，初授桂陽教，改興國教，以憂去。尋調全州教，未上卒，淳熙七年九月也，年四十九。其生紹興四年甲寅，少文公四歲。文集共有詩十一首云。

馮舒：做的不妨，選的不是。看此等詩則滄浪「非關理也」之説不謬。

馮班：此都無與於詩，三百篇不如是。○嚴滄浪云：「詩有別趣，非關理也。」正爲此輩下。然以「別趣」言詩，亦未是正法眼藏。

紀昀：此三詩乃虚谷借存公案，以見依附紫陽之意，皆不必以詩論之。

和鵝湖教授韻

陸子靜

墟墓興哀宗廟欽，斯人千古不磨心。涓流積至滄溟水，拳石崇成太華岑。易簡工夫終久大，支離事業竟浮沉。欲知自下升高處，真僞先須辨只今。

方回：象山先生陸公九淵，字子静，行居第六。乾道八年進士，東萊吕成公爲考官，實識其文。初授靖安簿。丁憂，再調崇安簿。擢國子正，勅令所删定官，將作監丞，後省疏駁與祠。光宗初，除知荆門軍。紹興二年〔四七〕九月至郡，三年十二月卒，年五十四。其生紹興九年己未，少文公九歲。○文集共有詩二十三首，本集及朱文公年譜末句並作「真僞先須辨只今」，鄭景龍江湖詩續選作「真僞先須辨古今」，恐當以集本爲正。○按陸氏兄弟之學，在求其本心而已。人之心本善，無不善。其所以不善者，非本心也。孟子之説亦如此。故子壽詩起句云：「孩提知愛長知欽，古聖相傳只此心。」子静亦云：「墟墓興哀宗廟欽，斯人千古不磨心。」此皆指其心之本然者以示人也。然聖賢所言正心、養心、存心、操心，於以維持防閑夫此心者，非一端也。是故大學以致知格物在誠意之先，而誠意又在乎正心之先。心之所以必得其正者，其道由此。而陸氏兄弟徑去此一段，不復於此教人用力，特以爲一悟本心而可以爲聖賢。今日愚夫也，而一超直入悟此心之本善，則堯、舜在是矣。故吾朱文公非之，不以二陸爲然。

紀昀：此種論議自不錯。然此論詩之書，非講學之書也。

馮班：道學頁子，非詩也。

次韻

朱文公

德義風流夙所欽，別離三載更關心。偶扶藜杖出寒谷，又枉籃輿度遠岑。舊學商量加邃密，新知培養轉深沉。却愁説到無言處，不信人間有古今。

方回：朱文公，徽州婺源人。父松，吏部郎官。季父槔，以建炎四年庚戌九月甲戌生於尤溪。慶元六年庚申三月甲子卒，年七十一。十一月葬建陽縣唐石大林谷。壻黄榦爲行狀，門人李方子爲編年，至蔡謨爲年譜益詳。○按年譜淳熙二年乙未夏五月，東萊呂公來訪，講學於寒泉精舍，留止旬日，餞東萊至鵝湖，陸九齡子壽、九淵子静、劉清之子澄來會，相與講其所聞。二陸俱執己見，不合而罷。○又曰：「鵝湖辨論，今無所考。」按是時子壽有詩云云，文公和云云，子静和云云。以詩觀之，則學之同異亦可見矣。其後子壽頗悔其非，而子静則終身守其説不變。○按淳熙乙未，朱文公年四十六歲，陸子壽四十二歲，子静三十七歲，東萊三十九歲，劉子澄候攷。子静是時以年少英鋭之氣，肆其唐突。兄弟二詩，詞意皆頗不遜，公然詆文公爲「榛塞」、「陸沉」，又曰「支離事業竟浮沉」，而文公和之，詞意渾厚，以「邃密」、「深沉」獎借之，冀其自悟。而二陸根本禪佛之學，不能從也。又子壽詩題云「鵝湖示同志」，且文公年爲二陸之長，仕宦輩行，蓋亦在先，而云「示同志」，亦可謂僭而不謙矣。此事天下後世知二陸之非，而「江西」學者相與掩諱，是不可不拈出垂世，此乃吾道學問一大機括也。○二陸自不當以詩人責之，二詩三、四止是一意，詩家之所不取，非如三百五篇言之不足，故詠歌之，一意而三申者也。

馮舒：何與於詩？

馮班：虚谷云：「二陸自不當以詩人責之，二詩三、四只是一意，詩家之所不取。」是。

紀昀：虚谷末論二陸云云，未嘗不是，然聖俞贈王禹玉詩「力搥頑石方逢玉，盡撥寒沙始見金」，亦是兩句一意，何以獨不言之？蓋彼爲依附元祐，故諱之。此爲欲媚紫陽，故直言之耳。

寄趙昌父

劉後村

世上久無遺逸禮，此翁白首不彈冠。一生官職監南嶽，四海詩盟主玉山。經歲著書人少見，有時入郭俗争看〔四八〕。何因樵服供薪水，得附高名野史間。

紀昀：淺俗。

寄韓仲止

昨仕京華豪未減，脱韝不問貴游嗔。詩家争欲推盟主，丞相差教作散人。閉户自爲千載計，入山又忍十年貧。幾思投老從公去，背笈擕琴澗水春。

紀昀：前四句粗疏，後四句較可。

贈陳起

陳侯生長紛華地，却似芸香自沐薰。鍊句豈非林處士，鬻書莫是穆參軍。雨簷兀坐忘春去，雪屋清談至夜分。何日我閒君閉肆，扁舟同泛北山雲。

方回：此所謂賣書陳彦才〔四九〕，亦曰陳道人。寶慶初以「秋雨梧桐皇子府，春風楊柳相公橋」詩爲史彌遠所黥。詩禍之興，捕敖器之、劉潛夫等下大理獄，鄭清之在瑣闥止之。予及識此老，屢造其肆。别有小陳道人，亦爲賈似道編管。

馮班：此所謂臨安陳解元也。次聯好在用宋朝人比他。○「處士」、「參軍」，只用近代人事，最穩切，讀者解否？

紀昀：此卷一望如黄茅白葦，翹楚一、二而已。選詩如此，真塵劫也。

校勘記

〔一〕猜錢　張載華：「猜」一作「支」，或是「請」之訛。　〔二〕獻戎詩　紀昀：「戎」字再校，或有脱字。　〔三〕八斗　馮班：「斗」當爲「米」。「八米」是盧思道事，何得改「八斗」？　無名氏（甲）：「八斗」言其大，「八米」言其精，俱可用。然對「三台」，似乎「八斗」官樣。　〔四〕千山　馮班：「山」一作「峯」。　〔五〕鬢髮　馮班：「鬢」一作「踈」。　〔六〕在田郎　馮班：「在」一作「待」。　〔七〕總亦　李光垣：「總亦」應作「亦總」。　〔八〕離故鄉　馮班：「離」一作「憶」。　許印芳：「離」與首句犯複，不可從。　〔九〕宣政召　馮班：「政」一作「室」。　〔一〇〕媿頑踈　馮班：「媿」一作「棄」。　〔一一〕映硯　馮班：「映」一作「飲」。

〔二〕時見　按：「見」字原缺，據康熙五十二年本、紀昀刊誤本校補。〔三〕雨過　按：「過」原作「餘」，據康熙五十二年本、紀昀刊誤本校改。〔四〕主簿公　李光垣：「公」字衍。〔五〕僧任懶　紀昀：「懶」字再校。〔六〕一作志學　紀昀：作「志學」好。〔七〕白路　馮班：「路」當作「首」。　紀昀：「白路」二字未詳，再校。〔八〕一作闊　紀昀：「闊」字好。〔九〕見楊誠齋　按：康熙五十二年本、紀昀刊誤本「見」作「投」。〔一〇〕寄幼安　紀昀：觀三句「相逢」字必非遥寄，「寄」蓋「贈」字之訛。〔一一〕未忍　張載華、李光垣：「忍」，集本作「肯」。〔一二〕三日　馮班：「日」當作「入」。　何義門：唐詩紀事載「三日」，事最附會，應從宋本作「三入」。〔一三〕化邊　馮班：「化」一作「北」。〔一四〕山川　馮班：「山」一作「三」。〔一五〕洛陽　馮班：「陽」一作「城」。〔一六〕且可　馮班：「且」一作「正」。〔一七〕情郎　馮班：「情」當作「潘」。〔一八〕有讀書堂　馮班：「有讀」一作「在講」。〔一九〕未便　馮班：「便」當作「辦」。〔二〇〕修竹　按：「修」原作「疎」，據康熙五十二年本、紀昀刊誤本校改。〔二一〕谷雨　李光垣：「榖」訛「谷」。〔二二〕哀會　李光垣：「哀」訛「衰」。〔二三〕燕侍郎　馮班、無名氏（甲）：「燕」當作「晏」。〔二四〕此山　張載華：「山」或作「名」。〔二五〕學雲浮　紀昀、許印芳：「學」當作「逐」。〔二六〕歲晚謀　李光垣：「晚歲」訛「歲晚」。〔二七〕還起　許印芳：「還」當作「遥」。〔二八〕子瞻沿　李光垣、許印芳：「沿」當作「公」。〔二九〕可惜春風許印芳：「春風」與前後重複，不可從，當作「芳時」。〔四〇〕懶着青衫　馮班：「懶着」一作「憶昔」。〔四一〕春醉旭　查慎行、紀昀：「春」字訛，再校。〔四二〕不真傳　許印芳：「不」與末句複，當作「少」。〔四三〕相忘　許印芳：「忘」當作「思」。〔四四〕非仙　李光垣：「飛」訛「非」。〔四五〕德升　按：「升」原訛作「光」，據康熙五十二年本、紀昀刊誤本校改。〔四六〕尺一　查慎行：原訛作「一尺」。〔四七〕紹興二年　紀昀：「紹興」二字再校。〔四八〕争看　按：「争」原作「曾」，據康熙五十二年本、紀昀刊誤本校改。〔四九〕彦才　查慎行：「彦」當作「秀」。

瀛奎律髓彙評卷之四十三　遷謫類

遷客流人之作，唐詩中多有之。伯奇擯，屈原放，處人倫之不幸也。或實有咎責而獻靖省循，或非其罪而安之若命，惟東坡之黄州、惠州、儋州尤偉云。

紀昀：古名人之遷謫者，豈止東坡？何得獨曰「尤偉」！

五言 二十首

初到黄梅臨江驛

宋之問

馬上逢寒食，途中屬暮春。可憐江浦望，不見洛陽人。北極懷明主，南溟作逐臣。故園腸斷處，日夜柳條新。

方回：之問之爲人不足道也，然唐律詩起於之問與沈佺期。此詩貶瀧州參軍時所作，坐媚張易之事而敗。其早發韶州律詩有云：「珠厓天外郡，銅柱海南標。日夜晴明少，冬春霧雨饒。身經山火熱，顔入瘴江銷。觸景含沙怒，逢人毒草摇。霧濃看袂濕，風颺覺船飄。」又如發藤州云：「雲峯刻不似，苔壁畫難成。霖裛千花氣，泉和萬籟聲。戀結芝蘭砌，悲纏梧檟塋。」如發端州云：「人意長懷北，江行日向西。破顔看鵲喜，拭淚聽猿啼。」如「失意潛行蟲，猜顔輙報雠」，如「吴將水爲國，楚用火耕田」，皆佳。此篇「北極」、「南溟」一聯，老杜「北闕心長戀，西江首獨回」，亦何以異乎？乃知以言語文字取人，工則工矣。又當觀其人之心行爲如何？之問後逃還，爲考功，復以醜行貶越州長史，流欽州，賜死桂州。故曰其爲人不足道也。

紀昀：此論已見越王臺詩下。

馮班：五、六妙極。〇忠厚有體。

紀昀：次句「途中」即「馬上」，「暮春」即「寒食」，未免合掌。〇和平温厚，不爲怨怒之詞、蹶蹙之音。以詩而論，固自不愧古人。

寄遷客

張　祐

萬里南遷客，辛勤嶺路遥。溪行防水弩，野店避山魈。瘴海須求藥，貪泉莫舉瓢。但能堅志義，白日甚昭昭。

馮班：妙極，真詩人之文也。後四句沈、宋不過矣。
紀昀：純作戒詞，立言有體，愈於感慨之言。末二句立意尤正大，惜其詞未工，病在「甚昭昭」三字太腐氣。
無名氏（甲）：「水弩」，即蜮，有箭射人。地有貪泉，飲之者多黷賄，惟吴隱之偏酌而不改其廉。

寄流人

項斯

毒草不曾枯，長流客健無。霧開蠻市合，船散海城孤。象跡頻驚水，龍涎遠閉珠。家人秦地老，泣對日南圖。
紀昀：「頻驚水」三字不妥，中四句亦不串首尾。

送流人

司空曙

聞説南中事，悲君重竄身。山村楓子鬼，江廟石郎神。童稚留荒宅，圖書託故人。青門好風景，爲爾一沾巾。
馮班：哀哉！
紀昀：有「聞説」二字，三、四便有根。不似項詩癡徵土風，只如自説所歷。○五、六淒楚。

無名氏（甲）：粤俗好巫鬼，故凡樹石之異者多列祭祀。

送流人　王　建

且説長沙去，無親亦共愁。陰雲鬼門夜，寒雨瘴江秋。水國山魈引，蠻鄉洞主留。漸看歸處遠，垂白住炎洲。

紀昀：中四句太冗砌，七句太拙笨。

送人流雷州　楊　衡

逐客指天涯，人間此路賒。地圖經大庾，水驛過長沙。臘月雷州雨，秋風桂嶺花。不知荒徼外，何處有人家。

方回：此五首大抵相似。唐人之所長，而宋人多不爲之，惟梅聖俞集有此調度，多是作送人之官詩耳。

紀昀：中四句用地名，頗爲礙格，與伯玉「遥遥去巫峽」一首自敍長途所歷者不同。

無名氏（甲）：雷州，在廣東，經大庾嶺。

遷　客〔一〕

張司業

去去遠遷客，瘴中衰病身。青山無限路，白首不歸人。海國戰騎象，蠻州市用銀。一家分幾歲〔二〕，誰見日南春。

方回：唐人有長流者，恐此亦是寓言，無其人而立此題。

馮舒：無其人，安用作此不祥語？

紀昀：長流豈有寓言者？不書其人姓名，或諱其人，或其人無足重輕耳。虛谷論謬極。

查慎行：唐時用錢不用銀，第六句可考。

紀昀：五、六太率易。七句不明晰，再校。

獨向長城北，黄雲暗塞天。流名屬邊將，舊業作公田。擁雪添軍壘，收冰當井泉。知君住應老，須記别鄉年。

方回：此乃没家資配邊戍者。果有之，亦可憐。

馮班：寄流人。

紀昀：此首較清妥，然亦無深味。

黔中書事

竇　羣

萬事非京國，千山擁麗譙。佩刀看日曬，賜馬傍江調。言語多重譯，壺觴每獨謡。沿流如着翅，不敢問歸橈。

方回：竇羣字丹列，德宗時布衣，召除右拾遺。憲宗時以御史中丞舉職太過，出觀察黔中。此乃左遷時詩也。尾句尤佳，江流雖遠，而不敢言歸云。

紀昀：「刀」何用曬？當指其匣。○「如着翅」者，順流如飛之謂，殊嫌其鄙。

無名氏（甲）：黔今貴州。

謫至千越亭作

劉長卿

天南愁望絶，亭上柳條新。落日獨歸鳥，孤舟何處人。生涯投越徼，世業陷胡塵。杳杳鍾陵暮，悠悠番水春。秦臺悲白首〔三〕，楚澤怨青蘋。草色迷征路，鶯聲傍逐臣。獨醒翻引笑，直道不容身。得罪風霜苦，全生天地仁。青山數行淚，滄海一窮鱗。牢落機心盡，唯應〔四〕鷗鳥親。

方回：此詩所賦〔五〕四聯可賞，而「得罪風霜苦，全生天地仁」，尤佳。長卿詩謂之「五言長城」，世稱劉隨州。然不及老杜處，以時有偏枯。

馮舒：器局思路，事事不如老杜，時代使然。止曰偏枯，非知詩者。

馮班：長卿大略小。○虚谷云：「不及老杜處，以時有偏枯。」亦不在此。

紀昀：不及處不在偏枯。

馮舒：清華。

馮班：忠厚之至。

陸貽典：番，即鄱陽湖。

紀昀：「獨醒」一聯太淺率，亦太激訐。下二句則詩人之筆矣。

無名氏（甲）：千越亭，在江西。

許印芳：原詩共十韻，「怨青蘋」以下有四句云：「草色迷征路，鶯聲傍逐臣。獨醒翻引笑，直道不容身。」「草色」二句亦佳，惟「獨醒」二句太露，曉嵐抹而删之。但删此聯，韻數單而不雙，有乖體製。遂併「草色」一聯删之，如此則爲完璧矣。○「生」字、「天」字、「青」字俱犯複。

月下呈張秀才

自古悲摇落，誰家奈此何。夜螢偏傍枕，寒鳥數移柯。向老三年謫，當秋百感多。貧家唯有月，空愧子猷過。

方回：此遷謫中作，八句皆有味。

紀昀：天然湧出，格韻渾成。

許印芳：「家」字複。

北歸次秋浦界清溪館

萬里猿啼斷，孤村客暫依。雁過彭蠡暮，人向〔六〕宛陵稀。舊路青山在，餘生白首歸。漸知行近北，不見鷓鴣飛。首二句一作「萬古啼猿後，孤城落日依〔七〕」。

方回：末句最新。此公詩淡而有味，但時不偶，或有一苦句。

紀昀：隨州以格韻勝，不以淡勝。自古詩集豈能聯聯工緻，寧獨隨州？苦語亦詩家之常，又豈能篇篇矯語高尚？

馮班：八句俱有味。

紀昀：三、四自然清遠。○首二句一作「萬古啼猿後，孤城落日依」。此本不可從。

無名氏（甲）：館在今池州。鄱湖，在江西饒州。宛陵，今寧國府。

送客南遷

白樂天

我説南中事，君應不願聽。曾經身困苦，不覺語丁寧。燒處愁雲夢，波時憶洞庭。春畬烟勃勃，秋瘴霧冥冥。蚊蚋經冬活，魚龍欲雨腥。水蟲能射影，山鬼解藏形。穴掉巴蛇尾，林飄鴆鳥翎[八]。颶風千里黑，葹草四時青。客似驚弦雁，舟如委浪萍。誰人勸言笑，何計慰漂零！慎勿琴離膝，長須酒滿瓶。大都從此去，宜醉不宜醒。

方回：樂天一貶江州司馬，移忠州刺史，後歸朝爲中書舍人，出知杭州，召復爲蘇州，未嘗遠貶。其始借此爲題，以誇筆端之富，妙於鋪敍南土風景歟？微之相與倡和，尤長於斯。予所選五言律，止於十韻。惟此至十二韻，亦破例也。

紀昀：「雲夢」、「洞庭」，明言其地，「曾經」句亦豈揑造耶？○「破例」云云，不知有何例？

馮班：二聯説開。

查慎行：工於鋪叙。元、白擅長在此。

紀昀：敷衍是香山家法。此首序次整潔，措詞亦雅，不妨存此一格。○結亦竭情。然長慶集自爲門户，不能以古法繩之。

無名氏（甲）：「葹草」，燒而復出，故常青。

戲題巫山縣用杜子美韻　黄山谷

巴俗深留客，吴儂但憶歸。直知難共語，不是故相違。東縣聞銅臭，江陵換裌衣。丁寧巫峽雨，慎莫暗朝暉。

方回：山谷以紹聖元年甲戌，朝旨於開封府界居住。取會史事，二年乙亥謫黔州，實甲戌十二月之命。是年四月二十三至摩圍，元符元年戊寅六月改元。去年紹聖四年丁丑十二月，避使者張向嫌移戎州。今年六月至僰道。三年庚辰正月，徽廟登極。五月得鄂州監鹽，十月寧國僉判，十二月離戎州。建中靖國元年辛巳至峽州，乃後始有舒州之命，吏郎之召，改知太平州等事，蓋流離跋涉八年矣，未嘗有一詩及於遷謫，真天人也。此出峽詩起句，有石本作「巴俗殊親我，吴儂但憶歸」，細味則改本爲佳。「直知難共語，不是故相違。」此老杜句法。巴人相留非不用情，奈不可與語，所以去之。此有深意。「東縣聞銅臭」者，蜀人用鐵錢，過巫山始用銅錢。山谷舊改此句，謂乃退之「照壁喜見蝎」之意。予以爲即班超「生入玉門關」之意也。「江陵換裌衣」，紀時序，亦見天氣漸佳。尾句殊工〔九〕，有憂時之意。建中改紀，熙、豐之黨不樂，想是已見萌芽，必亦有所深指，謂不可以雲雨蔽太陽也。學老杜詩當學山谷詩，又當知山谷所以處遷謫而浩然於去來者，非但學詩而已。

馮舒：學老杜尚謬而爲山谷，學山谷差到何處？譬如學書，言學顔先學蘇可乎？

馮班：「學老杜詩當學山谷詩。」此却無不可。○「未嘗有一詩及於遷謫。」此佳事，可用。

紀昀：「巴人相留非不用情，奈不可與語，所以去之。」此仍解石本二句，改本乃「信美非吾土」意。○「尾句殊工，有憂時之意。建中改紀，熙、豐之黨不樂，想是已見萌芽，必有所深指，謂不可以雲雨蔽於太陽也。」此解是。○「學老杜詩，當學山谷詩。」此虚谷一生歧路。

馮舒：如此亦得。○「銅臭」字儘粗。

馮班：太露，少敍致。○次聯二句不好。○「聞銅臭」既非佳語，意尤晦。○結聯二句，好意。

查慎行：此詩訛入東坡集。

紀昀：五句不雅。

十二月十九日夜中發鄂渚曉泊漢陽親舊載酒追送聊爲短句

接淅報官府，敢爲王事程。宵征江夏縣，睡起漢陽城。隣里煩追送，杯盤瀉濁清。祇應瘴鄉老，難答故人情。

方回：建中靖國元年辛巳夏，山谷至江陵，召至吏部，即病癰不能入朝，乞知太平州。崇寧元年壬午春，還江西。六月初九日，太平州到任，九日而罷，九月至鄂渚寓居。二年癸未，以荆南作承天塔記，運判陳舉承望趙挺之風旨，摘謂幸災，除名編隸宜州，十二月十九日啓行。此詩亦無一毫不滿之意，而老筆與少陵詩無以異矣。○試通前詩論之，「直知難共語，不是故相違」。即老杜詩「直知騎馬滑，故作泛舟回」也。凡爲詩，非五字、七字皆實之爲難，全不必實，而虚字有力之爲難。「紅入桃花嫩，青歸柳葉新。」以「入」字、「歸」字爲眼。「凍泉依細石，晴雪落長松。」以「依」字、「落」字爲眼。「櫸柳枝枝弱，枇杷樹樹香。」以「弱」字、「香」字爲眼。凡唐人皆如此，賈島尤精，所謂「敲門」、「推門」，争精微於一字之間是也。然詩法但止於是乎？惟晚唐詩家不悟。蓋有八句皆景，每句中下一工字，以爲至矣，而詩全無味。所以詩家不專用實句、實字，而或以虚爲句，句之中以虚字爲工，天下之至難也。後山曰：「欲行天下獨，信有俗間疑。」「欲行」、「信有」四字是工處。「剩欲論奇字，終能諱秘方。」「剩欲」、「終能」四字是工處。簡齋曰：「使知臨難日，猶有不欺臣。」「使知」、「猶有」四字是工處。他皆倣此。且如此首「宵征江夏縣，睡起漢陽城」，又與「氣蒸雲夢澤，波動岳陽城」不同，蓋「宵征」、「睡起」四字應「接淅」之意，聞命赴貶，不敢緩也，與老杜「下牀高數尺，倚杖没中洲」句法一同。詳論及此，後學者當知之。

馮舒：俱旁門小乘語。

馮班：「以虚字爲工，天下之至難也。」不然。○盲論。○「與老杜『下牀高數尺，倚杖没中洲』句法一同。」不同。

紀昀：「而老筆與少陵詩無以異矣。」好在和平，然未免枯槁。以爲無異老杜，則不然。○虚谷平生見解盡於此段，平生偏僻亦盡於此段。

懷遠

陳後山

海外三年謫，天南萬里行。生前只爲累，身後更須名？未有平安報，空懷故舊情。斯人有如此，無復涕縱横。

方回：東坡以紹聖四年丁丑謫儋州，至元符二年己卯三年矣。生前以名爲累，故至此，豈復要死後名乎？「無復涕縱横」，謂涕已爲公竭也。

紀昀：末句所謂人生到此，夫復何言？惟以冥情處之耳。語至沉痛，虚谷所解淺矣。

馮班：似杜。○落句亦不佳。

查慎行：「更須」猶「底須」，宋人詩每如此言「不須」也。

紀昀：第三句欠明晰。

許印芳：此懷東坡詩也。如此命題，便合古法。曉嵐解末句的當，三句須合四句看，本自明晰。曉嵐以尋常對偶法，上下句截然分説者繩之，遂覺上句不明晰，謬矣。○此二語亦極沉痛，曉嵐獨賞結句，亦是偏見。又按：後山詩鍊意鍊格，俱高出時輩。獨於字句不甚檢點，故重複處多。此詩五句，與深明閣詩犯複。又有和晁無斁偶作一首，亦懷東坡之作。起句云：

「此老三年别，何時萬里回？」亦與此詩相犯，皆瑕玷也。〇「有」字複。

宿深明閣二首

窈窕深明閣，晴寒[一〇]是去年。老將災疾至，人與歲時遷。默坐元如在，孤燈共不眠。暮年身萬里，賴有故人憐。

紀昀：五、六是後山獨造。

許印芳：如後文虚谷所解，此懷黄魯直詩也。題中即宜標明，或避嫌而隱其人亦宜標明有懷，或標明有感，或標明感友人事，眉目清楚，讀詩者乃識詩意所在，而無誤會之虞。今此題全不標明有所感懷，向使無人注解，讀者但據宿閣推測前詩所云，皆誤認爲後山事，後詩所云且不知其何指矣。後山詩常犯晦塞病，此題亦然，不可奉爲命題之式。〇三、四承次句來，皆指山谷言。五、六語神力絶大，後山、山谷，兩面兼到。尾句仍歸到山谷一邊。〇「年」、「人」字俱複。

縹緲金華伯，人間第一人。劇談連晝夜，應俗費精神。時要平安報，反愁消息真。牆根霜下草，又作一番新。

方回：山谷修神宗實録，蓋皆直筆。紹聖初蔡卞惡其書王安石事，摘謂失實，召至陳留問狀，寓佛寺，題曰深明閣。尋謫居黔州。紹聖三年，後山省龐丞相墓，至陳留，宿是閣，有此詩。「暮年身萬里，賴有故人憐。」謂山谷至黔，州守曹譜伯遠、倅張銑茂宗皆善待之。「牆根霜下草，又作一番新。」謂紹聖小人也。

馮舒：霜可譬小人，被霜之草可喻君子，此却反説了。

紀昀：五、六即「深知問消息，不忍道何如」之對面，從老杜「反畏消息來」句脱出，而換一「真」字，便言路遠言訛、驚疑萬狀之意，用意極其沉刻。結句託喻故不着迹，只似感傷時序者然。

許印芳：此章承前章尾聯説來，前四句是就平日爲人而想現在光景，故五、六直接平安消息云云，尾句收到深明閣，回應前章首句，法律細密。又按：二詩俱精深，惟首句同一調法，尚少變化耳。○「一」字複。

次韻無斁偶作

此老三年別，何時萬里回。更無南去雁〔二〕，猶見北枝開。會有哀籠鳥，寧須溺死灰。聖朝無棄物，與子賦歸哉。

方回：此懷東坡也。坡在儋耳三年矣。

紀昀：結得和平，詩人之筆。偶用杜句，蓋一時口熟不覺。

獨坐　任伯雨

得喪榮枯事，悠悠過耳風。此身猶是幻，何物不爲空。酒聖心常醉，詩窮語更工。小軒搔首坐，斜日滿窗紅。

方回：伯雨，字德翁。眉州人。元符諫官，坐論蔡卞等謫儋耳。有海外詩曰乘桴集。此公鐵人，詩其餘事。然此首句句工夫。

馮舒：無宋氣。

馮班：全是宋矣，然氣味自好。

紀昀：人知憤激之爲牢騷，不知作曠語更爲牢騷。此詩殊少温厚之意。

七言　三十九首

送王李二少府貶潭峽　高適

嗟君此別意何如，駐馬銜杯問謫居。巫峽啼猿數行淚，衡陽歸雁幾封書。青楓江上秋天遠，白帝城邊古木疏。聖代只今多雨露，暫時分手莫躊躇。

方回：兩謫客，李峽中，王長沙。中四句指土俗所尚，末句開以早還。亦一體也。

紀昀：中四句非土俗。方批謬甚。○虛谷論體殊陋。夫體者，例之謂也。聲調有例，不可易也。格局有例，已隨人變化矣。若詩意則惟人自運，豈有例可拘哉？

馮班：中二聯從次句生下。

何義門：中四句神往形留，直是與之俱去。結句纔非世情常語，乃嗟惜之極致也。

紀昀：通體清老，結更和平不逼。○平列四地名，究爲礙格，前人已議之。

送鄭十八虔貶台州司户參軍傷其臨老陷賊之故闕爲面别情見於詩

杜工部

鄭公樗散鬢如絲，酒後嘗稱老畫師。萬里傷心嚴譴日，百年垂死中興時。蒼惶〔三〕已就長途往，邂逅無端出餞遲。便與先生應永訣，九重泉路盡交期。

方回：工部又有題鄭十八著作主人詩，七言八韻，起句云：「台州地闊海冥冥，雲水長和島嶼青。」尾句云：「窮巷悄然車馬絶，案頭乾死讀書螢。」尤爲哀痛。今此選七言律，過六韻者不收；五言律至十韻而止。蓋長篇太多，則讀者頗難精也。○按唐史鄭虔無表字，貶後數年死。

老杜度其終無量移之命，故詩云云。

紀昀：工拙不在長短。

許印芳：長篇多，何以讀者難精？此語不可解。

馮班：首四句微妙。

紀昀：一氣盤旋，清而不弱，非具大神力不能，然此只是詩家一體。陳後山始專以此見長，而「江西詩派」源出老杜之説亦從此而興，杜實不以此爲宗旨也。

許印芳：此章雖與前二詩同是一氣，而較有沈鬱頓挫之致。蓋題本沈痛，詩亦隨之而變也。

〇「中興」「中」字平仄兩用。

左遷至藍關示姪孫湘

韓昌黎

一封朝奏九重天，夕貶潮州路八千。欲爲聖朝〔一三〕除弊事，肯將〔一四〕衰朽惜殘年！雲横秦嶺家何在，雪擁藍關馬不前。知汝遠來應有意，好收吾骨瘴江邊。

方回：人多諱死，時謂有讖。昌黎自謂必死潮州，明年量移袁州，尋爾還朝。

紀昀：語極淒切，却不衰颯。三、四是一篇之骨，末二句即歸繳此意。

許印芳：湘字清夫。

次鄧州界

潮陽南去倍長沙，戀闕那堪又憶家。心訝愁來惟貯火，眼知别後自添花。商顔暮雪逢人少，鄧鄙春泥見驛賒。早晚王師收海嶽，普將雷雨發萌芽。

方回：元和十四年己亥春正月，以佛骨事謫潮州，三月二十五日到任。其秋七月，憲宗加號大赦。十月二十四日量移袁州刺史。唐左降官聞命即日上道，未能攜家，故有此詩。

紀昀：三、四鄙甚。○結得温厚。

無名氏(甲)：韓公貶潮，由藍田走商州，出武關。七、八言王師平李師道，收青、齊，定有恩赦也。

衡陽與夢得分路别贈

柳子厚

十年顦顇到秦京，誰料翻爲嶺外行。伏波故道風烟在，翁仲遺墟草木平。直以疏慵招物議，休將文字占時名。今朝不用臨河别，垂淚千行便濯纓。

方回：柳子厚永貞元年乙酉自禮部員外郎謫永州司馬，年二十三矣，是時未有詩。元和十年乙未，詔追赴都。三月出爲柳州刺史，劉夢得同貶朗州司馬，同召又同出爲連州刺史。二人者，黨王叔文得罪。又才高，衆頗忌之。憲宗深不悦此二人。「疏慵招物議」，既不自反，尾句又何其哀也？其不遠到可覘，夢得乃特老壽，後世亦鄙其人云。

紀昀：五、六乃規之以謹慎韜晦，言已往以戒將來，非追敍得罪之由。虚谷以爲不自反，失其命詞之意。

許印芳：次聯與首聯不黏。「占」，去聲。末句「行」字音杭。

别舍弟宗一

零落殘魂倍黯然，雙垂别淚越江邊。一身去國六千里，萬死投荒十二年。桂嶺瘴來雲似墨，洞庭春盡水如天〔一五〕。欲知此後相思夢，長在荆門郢樹烟。

方回：此乃到柳州後，其弟歸漢、郢間，作此爲别。「投荒十二年」，其句哀矣，然自取之也。爲太守尚怨如此，非大富貴不滿願，亦躁矣哉！

許印芳：末數語深文曲筆，全是誣罔古人，故曉嵐抹之。

何義門：五、六起下夢不到。落句用韓非子、張敏事。

紀昀：語意渾成而真切，至今傳頌口熟，仍不覺其濫。○「烟」字趁韻。

許印芳：語意真切，他人不能勦襲，故得歷久不濫。末句「烟」字當是「邊」字，因與次句重複，故改之。然或改次句以就末句，或改末句以就次句，皆宜更易詞語，方能使兩句完好，乃不肯割愛，但改重複之字，牽一「烟」字湊句，此臨文苟且之過也。

再授連州至衡陽酬贈別

劉夢得

去國十年同赴召，湘江千里又分歧。重臨事異黄丞相，三黜名慚柳士師。歸目併隨回雁盡，愁腸正遇斷猿時。桂江東過連山下，相望長吟有所思。

方回：説見子厚詩下。柳士師事甚切。

紀昀：此酬柳子厚詩，筆筆老健而深警，更勝子厚原唱。○七句綰合得有情。

無名氏（甲）：黄丞相，指霸，霸再爲潁州守。

許印芳：起句對。○以下諸詩凡有對起、對結者不再註明，細讀自見。

江湖秋思〔一六〕

司空曙

趨陪禁掖雁行稀〔一七〕，遷放江潭鶴髮垂。素浪遥疑八漢水〔一八〕，青楓忽似萬年枝。嵩南春遍傷魂〔一九〕夢，湖口雲深隔路歧。共望漢朝多沛澤，蒼蠅早晚得先知。

方回：遷人望歸之意見乎此。

紀昀：語語湊泊而成，殊爲單弱。置劉、李二詩之後，如鐘鼓鏜喤，忽聞扣缶。○結亦温厚。

無名氏（甲）：漢水有二源，後又分爲八流。

寄韓潮州

賈浪仙

此心曾與木蘭舟，直到天南潮水頭。隔嶺篇章來華嶽，出關書信過瀧流。峯懸驛路殘雲斷，海浸城根〔一〇〕老樹秋。一夕瘴烟風掩盡〔一一〕，月明初上浪西樓。

紀昀：起手十四字不可畫斷，筆力奇横。○意境宏闊，音節高朗，長江七律内有數之作。

許印芳：沈歸愚云：「起筆超超元箸，三句謂韓寄詩與己，四句謂己寄書與韓。」愚謂五句束住己一面，六句束住韓一面，結句緊跟六句來，但就韓言而已之思韓即在其中，正應起處「心」、「到」二字，詩律精妙如此。○「華」，去聲。

初到江州

白樂天

潯陽欲到思無窮，庾亮樓南湓口東。樹木凋疏山雨後，人家低濕水烟中。菰蔣餵馬行無力，蘆荻編房卧有風。遥見朱輪來出郭，相勤勞動使君公。

方回：樂天元和十年乙未貶江州司馬，年四十四。

查慎行：末二句謂太守出相迎。

紀昀：通體凡猥。○「低」即卑也，不如直用「卑濕」。○結句鄙甚，「使君」下贅「公」字，尤不妥。

無名氏（甲）：江州，今九江府，晉太尉庾亮鎮此。

初到忠州贈李六

好在天涯李使君，江頭相見日黃昏。吏人生梗都如鹿，市井疎蕪只抵村。一隻蘭船當驛路，百層石磴上州門。更無平路堪行處，虛度朱輪五馬恩。

方回：元和末自江州司馬移忠州刺史。此等遷謫作太守，未爲惡也，而氣象遽如此！

查慎行：一味條暢。

紀昀：三句香山習徑。

得微之到官後書備知通州之事悵然有感因成四章

來書子細説通州，州在山根峽岸頭。四野千重火雲合，中心一道瘴江流。蟲蛇白晝攔官道，蚊蚋黄昏撲郡樓。何罪遣君居此地？天高無處問來由。

紀昀：結太直。

匼匝巔山萬仞餘，人家應似甑中居。寅年籬下多逢虎，亥日沙頭始賣魚。衣斑梅雨長須熨，米澀畬田不解鉏。努力安心過三考，已曾愁殺李尚書。

方回：元注：「李實尚書先貶此州，身没於彼處。」予讀至此，乃知古人初無忌諱。元微之貶移通州司馬，今蜀之開州也。未爲甚惡，樂天在江州乃引死人事寄詩，足見前輩直情。

紀昀：結亦太直。

人稀地僻醫巫少，夏旱秋霖瘴瘧多。老去一身須愛惜，别來四體得如何？侏儒飽笑東方朔，薏苡讒憂馬伏波。莫遣沉愁結成病，時時一唱濯纓歌。

查慎行：第三句老杜成語。

紀昀：結複第二首。

通州海内悽惶地，司馬人間冗長官。傷鳥有弦驚不定，卧龍無水動應難。劍埋獄底誰深掘？松偃霜中盡冷看。舉目争能不惆悵，高車大馬滿長安。

紀昀：「有弦」二字圖對「無水」，未免湊泊。○結尤鄙猥。

酬樂天得微之詩知通州事因成四首

元微之

茅簷屋舍竹籬州，虎怕偏蹄蛇兩頭。暗蟲有時迷酒影，浮塵向日似波流。沙含水弩多傷骨，田仰畬刀少用牛。知得與君相見否？近來魂夢轉悠悠。

查慎行：「浮塵」，細蟲名，微之别有詩。

紀昀：與香山詩工拙相敵。

無名氏（甲）：「含沙」，射工，即蜮也。

平地才應一頃餘，閶闌〔三〕都大似巢居。入衙官吏聲疑鳥，下峽舟船腹似魚。市井無錢論丈尺，田疇付火罷耘鉏。此中愁殺須甘分，惟惜平生舊著書。

方回：元注：「巴人多在山坡架木爲居，自號閶闌頭也。」又元注末句云：「努力安心過三考，已曾愁殺李尚書。」予病甚，將平生所爲文題云：『異日送白二十二郎也。』」

紀昀：六句複前首六句意。雖各言一事，然同是田事也。

哭鳥晝飛人少見，倀魂夜嘯虎行多。滿身沙蝨無防處，獨脚山魈不奈何。甘受鬼神侵骨髓，常憂歧路起風波。南歌未有東西分〔三〕，敢唱滄浪一字歌。

紀昀：五句粗俚。

荒蕪滿院不能鋤，甑有塵埃圃乏蔬。定覺身將囚一種，未知生共死何如？饑摇困尾喪家狗，熱暴枯鱗失水魚。苦境萬般君莫問，自憐方寸本空虚。

方回：微之爲御史，以彈劾嚴礪分司東都，又劾宰相親故，貶江陵士曹，移通州司馬，未爲大戚。樂天以朋友之義傷之則可，微之答和乃全述通州衰惡，若不能一朝居者，詞雖善而意已陋。異日由宦官進得相位，僅三月，貽終古羞，蓋其本心志在富貴故也。四詩往往酸苦太楚〔四〕，選附白詩以識其非。

紀昀：五、六太猥。

送唐介之貶所

李誠之

孤忠自許衆不與，獨立敢言人所難。去國一身輕似葉，高名千古重於山。並游英俊顔何厚，未死姦諛骨已寒。天爲吾皇扶社稷，肯教夫子不生還！

方回：唐介子方，上殿劾宰相文彦博交結張貴妃，仁宗震怒，子方謫春州。李師中誠之送以此詩，係用出入韻。「未死姦諛骨已寒」，此句乃元本也，以指文公，不無少過。或改爲「已死姦雄骨尚寒」。子方劾生宰相，於已死姦雄何與？故予改從古本。

馮班：「係用出入韻」。直是走韻，何以巧立名目？

查慎行：兩韻間用，唐人謂之「進退格」。

何義門：緗素雜記載此詩，謂用韻略，「難」、「寒」俱第二十五，「山」、「還」俱第二十七，正合鄭如所定「進退格」。冷齋夜話以爲落韻詩，非是。鈍翁略於宋人書，亦悮評也。○詩人玉屑亦收此格，曰「進退韻格」。

紀昀：一韻、三韻用「寒」韻，二韻、四韻用「删」韻，謂之出入韻。宋人又謂之進退格，又謂之轆轤韻。究非正格。○此評是。

馮舒：潞公不受「奸諛」二字。

查慎行：此詩只是好名，不曾識人。甚矣言之不可苟也。

紀昀：語語板實，無復風人之致。其事可存，其詩不足道也。○東軒筆録謂介初劾張堯佐，諫官皆上疏。後劾潞公，則吴奎畏縮不前。「並遊英俊」句，蓋指吴奎之負約也。

初到黄州

蘇東坡

自笑平生爲口忙，老來事業轉荒唐。長江遶郭知魚美，好竹連山覺筍香。逐客不妨員外置，詩人例作水曹郎。只慚無補絲毫事，尚費官家壓酒囊。

方回：東坡元豐二年己未冬，責授檢校水部員外郎黄州團練使，本州安置，明年二月到郡。何遜、張籍、孟賓三詩人皆水部。

馮班：此何以似白公？有謂坡公不如谷者，我不信也。○此後詩不必工，多故事可用。○第六用白公語。

查慎行：結句元注自不可删，語在蘇集，觀者自考之。

張載華：結句「尚費官家壓酒囊」，元注：「檢校官例折支多得退酒袋。」

紀昀：東坡詩多傷激切。此雖不免兀傲，而尚不甚礙和平之音。○末句本集自有注，不載則此句不明。

八月七日初入贛過惶恐灘

七千里外二毛人，十八灘頭一葉身。山憶喜歡勞遠夢，地名惶恐泣孤臣。長風送客添帆腹，積雨浮舟〔二五〕減石鱗。便合與官充水手，此生何止略知津。

方回：元注：「蜀道有錯喜懽鋪，在大散關上。」紹聖元年甲戌，東坡自知定州降知英州，未到，貶惠州安置。

馮班：「充水手」可用。

查慎行：黄公灘在萬安縣前。自東坡改爲「惶恐」以對「喜歡」，其後文信國用之以對「零丁」，世遂沿襲不改，無復稱舊名矣。

紀昀：結太盡。

十月二日初到惠州

彷彿曾游豈夢中，欣然雞犬識新豐。吏民驚怪坐何事，父老相攜迎此翁。蘇武定知還漠北，管寧自欲老遼東。嶺南萬户皆春色，會有高人客寓公。

方回：紹聖元年甲戌。

紀昀：三句太淺，五、六不切。不得以東坡之故爲之詞。

六月二十日夜渡海

參横斗轉欲三更，苦雨終風也解晴。雲散月明誰點綴，天容海色本澄清。空餘魯叟乘桴意，粗識軒轅奏樂聲。九死南荒吾不恨，兹游奇絶冠平生。

方回：紹聖四年丁丑，東坡在惠州，年六十二矣。五月再謫瓊州别駕，昌化軍安置，即儋州也。

以六月二十日夜渡海，七月十三日至儋州。或謂尾句太過，無省愆之意，殊不然也。章子厚、蔡卞欲殺之，而處之怡然。當此老境，無怨無怒，以爲兹游奇絶，真了生死、輕得喪天人也。四詩可一以此意觀。

紀昀：此語分明。東坡南遷，乃時宰之意，非天子之意，故不妨如此説。

馮班：落句可用。

查慎行：前半四句俱用四字作疊而不覺其板滯，由於氣充力厚，足以陶鑄鎔冶故也。

紀昀：前半純是比體，如此措辭，自無痕迹。

無名氏（甲）：東坡晚年詩，人嘆爲精深華妙矣。孰知按之於唐，終不入格。只是直言，無詩味也。

過嶺二首

暫看南冠不到頭，却隨北雁與歸休。平生不作兔三窟，今古何殊貉一丘。當日無人送臨賀，至今有廟祀潮州。劍關西望七千里，乘興真爲玉局游。

紀昀：「不到頭」三字有病。五、六極典切，然出之他人則可，東坡自道則不可。

無名氏（甲）：東坡，蜀人，今去劍門甚遠。玉局觀在成都，東坡提舉奉祠處。

七年來往我何堪，又試曹谿一勺甘。夢裏似曾遷海外，醉中不覺到江南。波生濯足鳴空澗，霧繞征衣滴翠嵐。誰遣山雞忽飛起，半巖花雨落毶毶。

方回：紹聖元年甲戌貶惠州，四年丁丑貶儋州，明年元符戊寅改元，三年庚辰量移廉州，永州自便，凡七年。楊憑貶臨賀尉，惟徐晦送之，此事極切。「夢裏似曾遷海外」，此聯甚佳，殊不以遷謫爲意也。是年坡公年六十五。明年建中靖國元年辛巳七月卒於常州。

馮班：大筆自然不同。

查慎行：江西人以贛江爲南江。

紀昀：三、四真境。〇末句即「海鷗何事更相疑」意，非寫所見之景。

無名氏(甲)：曹谿，在廣東韶州。

送王元均貶衡州兼寄元龍二首

陳後山

先生英氣蓋區中，命與仇謀得老窮。又見長身有家法，可辭短簿怒吾公。石頭路滑行能速，宣室歸來語未終。宛洛風塵莫回顧，直須留眼送歸鴻。

馮舒：末句不明不白。

紀昀：起句太易。次句太獷。三、四入得清楚，嫌四句太露。七句更太激，異乎「駐馬望千門」矣。

先生秀句滿江東，二子緣渠得再窮。詩禮向來堪發冢，孫劉能使不爲公。炎方瘴癘避軒豁，故國山河開始終。傳語元龍要相識，江湖春動有來鴻。

方回：王安國字平甫，有校理集百卷行於世。尤富於詩，曾南豐作序，陳後山作後序。神宗召試賜第，坐忤呂惠卿，引連鄭俠獄，以著作佐郎集賢校理斥。元豐初卒，年四十七。子旊〔二六〕字元均，旊字元龍。元符元年看詳訴理所言，宣德郎王旊於元祐初進狀，稱安國寃抑，旊貶監江寧糧料。旊罷京東運判，監衡州酒税。後山家居作此詩送之。兩「先生」字皆指平甫。「詩禮向來堪發冢」，以指呂惠卿口先王而行市人也。「孫劉能使不爲公」，乃辛毗語，吾立身自有本末，就與孫、劉不平，不過不作三公而已。謂孫資、劉放。後山指謂惠卿之陷平甫，亦不過不作三公耳。予友陳杰壽夫嘗謂此詩用字奇妙，意至而詞嚴，不爲事所束縛，詩之第一格也。「瘴癘避軒豁」，謂衡陽非瘴地。「故國山河」，謂介甫封荆公，衡乃荆州。他日終復其始，未可知也。國史安國傳不載此事，止云「子旊有父風」，此事見舊録云。

馮舒：古人用二故事作對，辭意必相屬。宋人每每各開用，即如放翁國家科第與風漢之聯，亦是決落格，決不成文法，而黄、陳專以爲妙，方君又亟賞之，何怪本朝「七子」痛駡之也！

馮班：用事不亮不爲工也。○用事非難也。方君寡學，每汲汲於此。「崐體」用事極妙，方君何以抑之？談詩不平，莫過於此一節。○「予友陳杰壽夫嘗謂此詩用字奇妙，意至而詞嚴，不爲事所束縛，詩之第一格也。」未爲第一。

紀昀：三、四亦太激。六句不可解。虛谷所解亦迂曲，審爾則此句欠通。○五句言瘴癘避其豪氣，不敢相侵，甚言氣節之不撓耳。虛谷解謬。

馮舒：「避軒豁」，成何語？「開始終」，成何語？

查慎行：東坡自黄州召還時，亦與元均兄弟遊，有「遲留歲暮江淮上，來往君家伯仲間」之句，其起語云「異時長怪謫仙人」，則指平甫也。

紀昀：兩首俱從平甫入，格殊犯複。

無名氏（甲）：孫，指孫資。劉，指劉放。

次韻答清江主簿趙彦成

黄知命

日轉溪山幾百遭，厭聞虎嘯與猿號。笙歌忽把二天酒，風雨猶驚三峽濤。已作齊民尋要術，安能痛飲讀離騷。看君自是青田質，清唳當聞〔二七〕徹九皋。

方回：黄知命名叔達，山谷弟也。先是山谷貶黔州，未攜家。紹聖三年丙子知命自蕪湖攜己之子相、山谷之子相及兩所生母，五月六日抵黔州，先至施州，赴太守張仲猷飲。清江即施州城下。縣主簿趙彦成名肯堂，嘉州人。知命此詩謂「忽把二天酒」，當是與彦成同席也。知命凡二十詩，見山谷集。或謂經乃兄潤色以成其名。然則兄在貶所，弟爲攜家，孝友之道也。予先君四府君自廣州謫封州，先叔八府君元圭一至静江問勞，後又至封州取喪以歸，亦山谷之知命也。故有所感而取此詩云。

紀昀：此種亦是旁蔓。然出於孝友之心，異乎攀附標榜之語，固可録而存之。

查慎行：第三句意鄙語俗。

紀昀：筆力殊爲排宕。○「二天」字究竟不妥。

許印芳：後漢書蘇章傳：「章遷冀州刺史，有故人爲清河太守，爲設酒肴甚歡，太守喜曰：人皆有一天，我獨有二天。」此詩用此事，而曉嵐以爲不妥，何耶？○「把」，持也。

歲晚有感

張宛丘

疎梅點點柳毶毶，殘臘新春氣候參。天静秋鴻〔二八〕來塞北，雲收片月出江南。青霄雨露將回律，白首江湖尚避讒。未信世途無倚伏，有時清鏡理朝鬖。

方回：文潛兩謫黄州，其詩每和平而不怨。

紀昀：「天静」二字細思有病，似秋雁不似春雁，且月出必待雲收，鴻來却不必天静，此二字亦爲裝點湊對也。○三、四深至生動〔二九〕，亦最和平。七、八兩句，有一毫芥蔕，不肯如此道。

初到惠州

唐子西

盧橘楊梅乃爾甜，肯容遷謫到眉尖。因行採藥非無得，取足看山未害廉。辨謗若爲家一喙，著書不直字三縑。老師補處吾何敢，政謂宗風不敢謙。

方回：大觀四年子西謫惠州，乃東坡補處〔三〇〕。二字出釋書，釋迦佛補處，如崛闍耆、給孤獨，曾是佛位之地。

紀昀：次句淺露。○押韻甚巧，而巧處正是小處，故曰小巧。○「廉」字與「山」何涉？先插「取足」二字則「廉」字有根，此爲引韻之法。

無名氏（甲）：惠州，廣東。皇甫湜爲裴晉公作碑，每字以三縑與之。

收景初貶所書

信斷常懷信斷憂，得書還有得書愁。未應宿業都相似，總爲譊聲不肯休。見說胸中卷雲夢，莫將皮裏貯陽秋。乃公有道知興廢，不患無詞詣播州。

紀昀：第四句太激訐。

無名氏（甲）：陽秋，晉簡文太后諱阿春，故作「陽」。○六句指褚裒。

次景初見寄韻

此生正坐不知天，豈有豨苓解引年。但覺轉喉都是諱，就令搖尾有誰憐。腰金已付兒童佩，心印當還我輩傳。他日乘車來問道，葦間相顧共延緣。

方回：此皆子西貶所詩，皆工甚。任景初亦蜀人，大觀四年同子西入京師。子西貶之明年，景初亦謫江左，皆數歲未得歸。

陸貽典：此首大有唐氣，無一語直率也。

紀昀：三、四太盡情。

送胡邦衡之新州貶所二首

王民瞻

一封朝上九重關，是日清都虎豹閒。百辟動容觀奏牘，幾人回首媿朝班。名高北斗星辰上，身落南州瘴癘間。不待百年公議定，漢庭行召賈生還。

查慎行：起句犯昌黎。

紀昀：微傷蹇直，而其詞自壯。

大廈元非一木支，要將獨力拄傾危。癡兒不了公家事，男子要爲天下奇。當日姦諛皆膽落，平生忠義祇心知。端能飽喫新州飯，在處江山足護持。

方回：王盧溪先生諱庭珪，字民瞻，廬陵人，政和八年登第，調茶陵丞，以上官不合，去隱盧溪者五十年。紹興八年戊午十一月，編修胡公銓，字邦衡，以和議奏封事乞斬王倫、秦檜、孫近黜，十一年謫新州，盧溪作是詩送之。同邑人歐陽炎識遺其里人匡求告詩謗訕，送虎獄送勘〔三〕。盧溪引咎追官，送辰州編管，時年七十矣，檜殂得歸。孝廟立，召除國子監簿，再召除直敷文閣，時年九十餘。有盧溪詩集傳於世，楊誠齋作序。「盧」一作「瀘」。胡公謂於民瞻初未識面，胡再謫朱厓，檜殂，紹興二十六年移衡州，又久之，始得自便。孝廟立，召用至從官資政殿學士。張魏公謂秦檜之專權，只成就得胡邦衡一人。如盧溪隱節固高，因此詩得罪，大名愈著。夫人不可以爲不善，造物者未嘗肯泯没之。又以見夫正人義士之不幸，乃國家之不幸，生靈之大不幸也。選此詩識中國之所以衰也。

馮班：方君大好氣節！

馮班：二詩極似羅江東。

紀昀：語未免太粗、太激。前首已足，此首可省。

雷州和朱彧秀才詩時欲渡海　　胡澹菴

何人着眼覷征驂，賴有新詩作指南。螺髻層層明晚照，蜃樓隱隱倚晴嵐。仲連蹈海徒虛語，魯叟乘桴亦謾談。争似澹菴乘興往，銀山千疊酒微酣。

方回：紹興十八年戊辰十一月十五日，新州編管人胡銓，移吉陽軍編管。先是廣東經略使王鈇問知新州張棣曰：「胡銓何故未過海？」銓嘗賦詞云：「欲駕巾車歸去，有豺狼當轍。」棣奏銓倡和毁謗，而有是命。棣還使臣游崇部送，封小項筒過海。銓徒步赴貶，人皆憐之。至雷州，守臣王趯捕游崇私茗，械治，厚餉銓。趯後亦得罪。澹菴此詩，不少屈撓，真鐵漢，又過於劉器之云。丙子年始移衡州。

紀昀：過海用「驂」字不妥。○後四句不免頹唐。○必説「乘興」，亦是習氣。

和李參政泰發送行韻

落綱端從一念差，崖州前定復何嗟。萬山行盡逢黎母，雙井渾疑到若耶。山鬼可人曾入夢，相君談易更名家。此行所得誠多矣，更願從公北泛槎。

方回：元注：「李參政詩云：『夢裏分明見黎母，生前定合到朱崖。』蓋予嘗在新州，夢一媪立牀前，曰：『吾，黎母也。』黎姑山在瓊崖、儋、萬之間，子瞻所謂四山環一島是也。」先是秦檜大書三人姓名於其家格天閣下曰：趙鼎、李光、胡銓，所必欲殺者也。鼎謫瓊州，紹興十七年丁卯卒。光字泰發，上虞人，時謫儋州。澹菴朱崖之行，經過儋州，故泰發以詩送之。澹菴夙有黎母之夢，付諸前定，如謫新州時亦謂前定。福唐幕中分扇，得一畫騎驢人西南行者，後新州之命，亦若暗合。夫不以遷謫介意，而付之於分，非達人不能也。

馮班：黎母事可用。

紀昀：此首清穩。

次李參政送行韻答黄舜楊

打成大錯一毫差，萬里去尋留子嗟。微管閒思齊仲父，賜奴長價〔三二〕漢渾邪。道窮憐我空憂國，句好知君定作家。便欲相攜趁帆飽，要觀子美賦靈槎。

方回：齊仲父、漢渾邪，此澹菴心事也。不以秦檜講和爲然，流離顛沛，之死不變。今秦氏安在？而澹菴之忠肝義膽，萬古不朽也。識此詩以見張魏公之貶，岳武穆之死，趙、李、胡三公海外之竄，南渡之業所以不復再振，而至於厭厭無氣，愈弱愈下者，誰實爲之？此非常之痛，無窮之悲，不但爲二、三君子悵然也。

馮舒：「留子嗟」，箋云「人姓名」，然用之頗無謂。○首句不亮。

紀昀：首句粗。○「定作家」三字不穩。

李泰發參政得旨自便將歸以詩迓之

曾茶山

苦遭前政墮危機，二十餘年詠式微。天上謫仙皆欲殺，海濱大老竟來歸。故園松菊猶存否，舊日人民果是非。最小郎君今弱冠，別時聞道不勝衣。

方回：元注謂孫壻文授。○秦檜謫三大賢於海外，趙丞相鼎、李參政光、胡編修銓，又書其姓名於格天閣下，必欲殺之。趙先歿，李、胡皆生還。此詩第二句悲愴，三、四切題。

馮班：二、三用事不妥，落句漫漶之極。○「海濱大老」豈可用？李參政其歸金人乎？○落句似說他兒子，若說孫壻便不切。

紀昀：首句笨。三句用杜句生硬，不及四句之自然。後半只閒閒感慨，筆墨却高。

校勘記

〔一〕遷客　馮班：當作「送南遷客」。　〔二〕分幾歲　馮班：「歲」當作「處」。　〔三〕悲白首　李光垣：「憐」訛「悲」。　〔四〕唯應　馮班：「應」一作「憐」。　〔五〕所賦　李光垣：「點」訛「賦」。〔六〕人向　查慎行：「向」原訛作「過」。〔七〕首二句一作「萬古啼猿後，孤城落日依」。按：原缺此十五字，據康熙五十二年本、紀昀刊誤本校補。〔八〕鳥翎　馮班：「鳥」一作「烏」。〔九〕殊工　按「殊」原作「似」，據康熙五十二年本、紀昀刊誤本校改。〔一〇〕晴寒　紀昀：「晴」當作「清」。〔一一〕南去雁　李光垣：「去雁」應作「雁去」。〔一二〕蒼惶　李光垣：「皇」訛「惶」。〔一三〕聖朝　按：「朝」原作「明」，據康熙五十二年本、紀昀刊誤本校改。〔一四〕肯將　李光垣、許印芳：「肯」一作「敢」。〔一五〕水如天　許印芳：「如」一作「連」。〔一六〕江湖秋思　馮班：一作「酬崔峒見寄」。〔一七〕行稀　馮班：「稀」一作「隨」。〔一八〕八漢　馮班、李光垣：集作「太液」。〔一九〕傷魂　馮班：「傷」一作「愁」。〔二〇〕城根　查慎行：「城」原作「雲」。〔二一〕掩盡　紀昀：「掩」一作「捲」。〔二二〕閶闔　查慎行：「閶」，集作「閣」。〔二三〕東西分　查慎行：「分」原訛作「不」。〔二四〕太楚　李光垣：「過」訛「楚」。〔二五〕浮舟　馮班：「浮」一作「扶」。〔二六〕子旒　查慎行：「旒」原訛作「旄」。考王半山爲平甫墓志：二子，長旒次斿。「旄」字訛，當改「旒」。〔二七〕當閨　許印芳：本集作「猶堪」。〔二八〕秋鴻　紀昀：「秋」字訛，再校。〔二九〕三四深至生動　許印芳：「三四」當作「五六」。〔三〇〕東坡補處　紀昀：「東坡」字下有脱字，當云「乃東坡謫居之地」。〔三一〕送勘　紀昀：「送」字再校。〔三二〕長價　紀昀：「價」字再校。